Kapitel 1

Ever ist tot. Ich kann es immer noch nicht glauben. Auch nach zwei Tagen nicht, in denen ich neben Rose wach gelegen habe. Der Fluch der Dreizehnten Fee verbietet mir, allein zu schlafen, doch überhaupt nicht mehr zu schlafen stellt offenbar meinen neusten Fluch dar. Meine Hand streichelt in regelmäßigen Abständen über den Glassarg, während ich Evers Gesicht betrachte. Er sieht so friedlich aus, wie er da in Snows ehemaliger letzter Ruhestätte liegt.

»Ich kann es immer noch nicht fassen«, sagt Rapunzel neben mir. Offensichtlich freuen sich alle, dass ich zumindest wieder ansprechbar bin. Sie kaut auf ihren Haaren herum und legt eine Hand auf meine Schulter. »Wir könnten vielleicht die Goldene Gans fragen, ob sie einen Trank brauen kann, der Tote zum Leben erweckt. Oder uns bei Bane erkundigen, was man gegen ihr Gift unternehmen kann.«

Snow hustet. »Bane? Ist das dein Ernst? Sie wird uns niemals helfen. Selbst wenn es ein Gegenmittel gäbe.«

Ich beiße mir auf die Lippen. »Aber wie genau bist *du* damals von den Toten zurückgekehrt?«

Snow seufzt, vermutlich weil sie es schon einmal erklärt hat. »Philip hat Mund-zu-Mund-Beatmung bei mir gemacht und den Heimlich-Griff angewandt. Dadurch ist das Stück vergifteter Apfel aus meinem Hals gerutscht.«

Immerhin kann sie es endlich zugeben. Von wegen Wahrer-Liebe-Kuss.

Rexia und Pain gesellen sich zu uns. Natürlich. Wo Rapunzel ist, da sind die Hexen nicht weit. Heute haben sie sich sogar die Haare seitlich zu Zöpfen geflochten und tragen die gleichen lavendelfarbenen Kleider wie sie. Wenn ich die Energie dazu aufbringen könnte, würde ich den Kopf schütteln. Stattdessen streichele ich einfach weiter wie in Trance über den Sarg. Die Sonne reflektiert und wird mich über kurz oder lang erblinden lassen, aber ich kann nicht aufhören, hier im Innenhof von Snows Schloss an Evers Seite zu stehen. Gestern habe ich nur geheult und geschrien. Heute fühle ich mich, als könnte ich nie wieder ein Lächeln über meine Lippen bringen. Fear kommt gemeinsam mit der Herzkönigin auf mich zugeschlendert. Natürlich. Schließlich bin ich – oder genauer gesagt Ever – aktuell *die* Attraktion in Snows Schloss. Auf der Schulter der Herzkönigin sitzt ein Spatz und zupft an ihrem Ohrläppchen. Wer hätte gedacht, dass sie der achte Zwerg ist. Ich sicherlich nicht, obwohl man bei genauerer Betrachtung die Fakten einfach hätte zusammenzählen können. Die Herzkönigin ist geradezu winzig, kommt aus dem Märchenwald und ist nach Wonderland ausgewandert, hat früher in einem Bergwerk gearbeitet und kann mit Tieren sprechen. Nun ja, Letzteres können nicht alle Zwerge von sich behaupten. Wie auch immer. Eine Reflexion auf dem Sargdeckel lenkt mich ab. Es ist Spieglein, wie ich nach einigem Geblinzel feststelle, der sein selbstverliebtes Antlitz in jeder sich spiegelnden Oberfläche zeigen kann. Auch das noch. Spieglein, der nach Evers Tod und meiner Hilflosigkeit hier das Kommando übernommen hat. Einerseits bin ich ihm dankbar, dass er die Dreizehnte Fee mit

Für
Isabell Schmitt-Egner

Eine schon lange überfällige Widmung
für die beste Lektorin der Welt.
Du bist mein Spieglein! <3

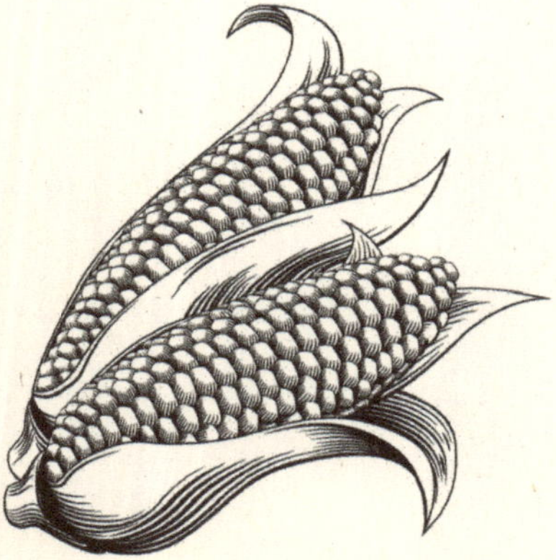

jeder Menge Schlagermusik verjagt hat (sie steht nämlich nur auf Neunziger-Pop, wie er von ihrem Twitter-Profil weiß), andererseits konnten wir uns noch nie leiden. Genauer gesagt hasst er mich, seit ich aus Spaß ein Spiegelei auf ihm braten wollte.

Er, der Meisterhacker-Spiegel, selbsternannter Whistle-Blower, räuspert sich in diesem Moment. »Meine Recherchen und Analysen sind abgeschlossen und ich bin zu einem eindeutigen Ergebnis gekommen.« Zuerst verstehe ich nicht, was er meint, bis mir wieder einfällt, dass er das Internet, alle Märchenbücher und was weiß ich durchkämmen wollte, um eine Möglichkeit zu finden, Ever zurückzubringen. Gleich nachdem er Rapunzels Idee umgesetzt hatte: Überall zu verbreiten, dass nicht die Büchse der Pandora, sondern gentechnisch manipulierter Mais schuld an dem zombieartigen Zustand vieler Märchenwaldbewohner ist. Die Ehemänner meiner Freundinnen reisen aktuell sogar deswegen durch das gesamte Reich. Um diese Nachricht zu verbreiten. Auf die klassische, altmodische Art und Weise. Zu Pferd und mit Pergamentpapier, das an jedem Dorfplatz angenagelt wird. Ein ziemlich ausgeklügeltes Theaterstück sozusagen. Dafür bin ich meinen Freunden wirklich dankbar.

»Es gibt wie immer drei Möglichkeiten.« Spieglein reckt den Hals, bis er sich sicher sein kann, dass er die Aufmerksamkeit aller Anwesenden hat. Sogar Pain wendet ihren Blick von Rapunzel ab, um ihn direkt anzusehen. »Erstens: Bane gibt uns ein Gegenmittel oder zumindest das Rezept gegen dieses Gift. Zuletzt hat Snow eine Woche durchgehalten. Das würde uns fünf Tage Zeit geben. Mindestens. Solange wäre Ever nicht endgültig tot. Zweitens: Evers wahre Liebe gewinnt drei Wetten gegen den Teufel, um seine drei goldenen Haare zu erbeuten. Legt man die einem Toten in die Hand, kehrt er zurück. Drittens: Evers wahre Liebe küsst ihn wach.«

Ich schnaube. »Nummer drei hat schon mal nicht funktioniert.«

»Vielleicht bist du einfach nicht Evers wahre Liebe«, sagt Spieglein. »Soll ich es mal versuchen?« Er spitzt seine Lippen zu einem Kussmund und ich verspüre das dringende Bedürfnis, ihm eine reinzuhauen. Mitten auf die Zwölf. Immerhin ist das auch eine magische Zahl.

»Lass sie, Spieglein«, mischt Snow sich ein. »Dieser Wahre-Liebe-Quatsch … mittlerweile glaube ich nicht mehr daran. Bei mir war es eher die Mund-zu-Mund-Beatmung und bei Rose war der hundertjährige Schlaf einfach um, genau in dem Moment, als Cedric sie geküsst hat. Schau, nicht mal Red braucht ihre wahre Liebe nachts, um vor dem Fluch geschützt zu sein. Rose reicht.«

Mit meiner Zungenspitze fahre ich über meine Oberlippe. In Evers Fall ist Banes Gift allerdings in seine Blutbahn geraten, direkt über Snows alten Kamm, mit dem er sich verletzt hat.

»Spieglein, welche von den beiden verbleibenden Möglichkeiten hältst du für am erfolgversprechendsten? Was soll ich deiner Meinung nach tun?« Ja, ich bin dermaßen verzweifelt, dass ich tatsächlich Ratschläge von ihm annehme.

»Beides liegt bei jeweils zehn Prozent Erfolgsquote. Grob geschätzt. Schließlich besteht die Möglichkeit, dass gar kein Gegenmittel existiert. Und drei Wetten gegen den Teufel zu gewinnen, grenzt ans Unmögliche.«

Na klasse. Bloß nicht zu optimistisch.

»Nein, es gibt noch eine vierte Möglichkeit«, behauptet Rapunzel.

»Oho, das Salat-Girl hat eine Idee«, brummt Snow, aber die Hexen hängen augenblicklich an Rapunzels Lippen. »Die Goldene Gans und Tischlein-deck-Dich können sicher einen Trank brauen, der Tote zurückholt. Was meinst du, Pain, könntest du dir das vorstellen?«

Pain, die Trankmischerin, neigt nachdenklich den Kopf. »So gern ich helfen würde, meine Trankmagie beschränkt sich auf Verwandlungstränke. Falls ihr Ever in einen Bären oder ein Reh verwandeln wollt …«

Nein danke, auch damit haben wir bereits genug Erfahrungen gemacht.

»… aber wenn du zur Gans reisen und sie fragen willst, begleite ich dich gerne, Rapunzel.«

»War ja klar«, seufzt Snow. »In dem Fall übernehmen Rappienz und die Flohtox-Opfer die Mission Drogenküche. Am besten ruft ihr vorher bei den beiden Verrückten an. Nicht dass ihr umsonst dorthin pilgert. Ich kümmere mich mit Cinder um die Genmais-Lobby und der Rest begleitet Red in die Hölle.«

Also ist Snow kategorisch für die Wette mit dem Teufel und gegen Banes Gegengift. Wenn ich so an die letzten Zusammentreffen mit Bane denke, möglicherweise nicht die schlechteste Idee.

»Ich könnte Flyer für unsere Genmaislüge drucken«, bietet Gretel an, die gerade um die Ecke biegt.

Damit wären demnach Rose, die Herzkönigin, Pan, die Grinsekatze und ich Team Hölle. Na, von mir aus. Außer Evers Rettung ist mir sowieso alles egal.

Fear hebt eine Hand. »Also eigentlich brauchen wir noch jemanden, der sich um unsere Verbündeten gegen Jasemin kümmert. Ich könnte zum Beispiel nach Neverland reisen und dort mit den

Tinkerfeen sprechen. Sie wollten uns doch mit ihrer Golem-Armee unterstützen. Pan könnte mich begleiten. Wenn er uns ab der Grenze zu Neverland fliegt, sparen wir Zeit.«

Cinder hüstelt und ich kann es ihr nicht verdenken. Schließlich waren nicht nur Fear und Jaz ein Paar, sondern die Hexe hat auch einst Pan verführt.

»Gut, allerdings kommt Cinder mit mir mit.« Pan ist der einzig Gelassene in dieser Konstellation, wie mir auffällt. Aber Fear will sicher noch aus einem weiteren Grund nach Neverland. Um ihren Sohn Asher zu sehen. Den süßen Asher. Daran bin ich wohl schuld. Wweil ich Jaz an den Kopf geworfen habe, dass ich ihn niemals lieben werde, ist er mit seinem Sohn abgehauen. Schande auf mein Haupt. Fear hat unzählige Male versucht, Jaz zu erreichen, aber er geht nicht an sein Handy. Natürlich gibt es nun wirklich Wichtigeres. Ich schlucke. Besser, ich breche früher als später in Richtung Hölle auf. Allein der Gedanke an diesen Ort lässt meinen Mageninhalt gefrieren. Zugegeben, für Ever würde ich alles tun.

Rapunzel zückt ein Notizbuch. »Wo war noch gleich der nächste Zugang zur Hölle? Muss man die Reise dorthin eigentlich im Voraus buchen oder irgendwo ein Ticket lösen?« Sie sieht auf, kaut auf ihrem Bleistift herum.

Snow stöhnt. »Himmel, ich hatte schon Birkenstaub-Sandalen, die waren intelligenter als du.«

Rapunzel verzieht das Gesicht. »Und ich hatte schon Strauchtomaten, die war netter als du.«

Auch die Hexen starren Snow böse an. »Der nächste Eingang befindet sich im Tunnel nach Neverland oder wir quetschen uns durch Rexias Ofen«, informiert uns Pain.

Stimmt. Der Ofen.

Gerade als ich meine Wahl treffen will, räuspert sich Spieglein.

»Eigentlich finde ich, brauchen wir zusätzlich ein Team, das sich um die Rückholung des Verlorenen Kinds kümmert. Ansonsten stehen unsere Chancen mehr als schlecht gegen Jasemin.«

Als ich den Kopf drehe, um seinen kalten Augen zu entgehen, die mich ganz offensichtlich dafür verurteilen, dass ich Jaz vergrault habe, sehe ich in zwei weitere vorwurfsvolle Gesichter. Fears und das der Herzkönigin. Ich schlucke. Natürlich. Jaz' Mom, seine Ex und Spieglein, der bis zum nicht vorhandenen Haaransatz in Jaz verschossen ist, geben mir die Schuld. Wem auch sonst?

»Kannst du ja übernehmen. Ruf ihn doch per facetime an«, murmele ich.

Aber Fear verkündet bereits ungerührt, dass sie das übernehmen wird.

Ich beschließe, dass ich den Ofen in Rexias Hütte nehme und das so schnell wie möglich. Ganz egal, wer mitkommt.

Eine halbe Stunde später stehe ich mit einer fast wachen Rose und unseren gepackten, coolen neuen Backpacks am Schlosstor. Snow hat ihre Puderdose gezückt und Spieglein weist mich in seine Recherchen über die Tricks des Teufels ein. Obwohl ich weiß, dass ich besser genau zuhören sollte, driften meine Gedanken immer wieder zu Ever ab.

Die Herzkönigin tritt hinter mich. Statt eines Rucksacks trägt sie die Grinsekatze auf dem Arm, die genau wie ich ein wenig verstört beim Anblick der verrückten Königin wirkt. Sicher würde sie viel lieber wieder um Rose' Schultern drapiert liegen. Ihr neues Hobby.

Cinder winkt mir mit ihrem neuen Selfiestick zu. »Du schaffst das, Red. Wenn einer den Teufel aufs Kreuz legen kann, dann du!« Eben bei unserer Verabschiedung hatte sie Tränen in den Augen. Als ob ich für immer in Richtung Hölle auswandern würde.

Ich schnüre mir den Rucksack enger und nicke Spieglein zu, der endlich mit seinem Monolog aufgehört hat.

»Updated uns bitte, wie es läuft«, ruft mir Rapunzel zu. »Oder ladet zumindest ein Selfie alle paar Stunden auf SnapNap hoch, damit wir wissen, dass ihr am Leben seid!«

Natürlich. Immerhin eine denkt an das Wichtigste bei dieser Mission.

Rose gähnt. »Okay. Du aber auch. Und viel Glück bei den Verrückten nachher.«

Ich schiele auf die Herzkönigin und die Grinsekatze. Können wir ebenfalls gebrauchen.

Kapitel 2

Erstaunlich geschickt schlängelt sich die Herzkönigin durch das Unterholz. Einer ihrer tierischen Freunde, ein Eichhörnchen, hat ihr eine Abkürzung verraten. Wir folgen also aktuell dem Rat eines Nagetiers und ich zerkratze mir die Arme an Nadelbäumen. Genauso fühlt sich mein Leben an.

Rose gähnt und gähnt. Ihren Mittagsschlaf mussten wir ausfallen lassen, was ihr sichtlich nicht bekommt. Immerhin ist die Grinsekatze wieder glücklich, sitzt auf Rose' linker Schulter und flechtet ihr die Haare neu. Erfreulicherweise begegnen wir keinem Zombie. Nur von Weitem meine ich, meine Freunde Hase und Igel heulen hören. Bin mir allerdings nicht zu hundert Prozent sicher, ob es wirklich Hase ist, der da jammert: »Demnach waren unsere Rennen auch nicht echt! Das heißt, ich komme nie nach Olympia!«

Im Wald riecht es nach Abenteuern und Tannennadeln. Ein Eichhörnchen flitzt neben uns her, gefolgt von einem Waschbären. Hoffentlich wären das dann alle. Vor allem möchte ich vermeiden, einem Zombie über den Weg zu laufen. Nein, danke. Wirklich nicht.

Ich weiß nicht, wie viel Zeit vergangen ist, als wir endlich vor der gammeligen Lebkuchenhütte stehen. Zehn Jahre verrottetes Gluten – wie Snow immer sagt. Steht nur noch, weil ein bisschen Zuckerguss die Einzelteile zusammenhält. Nicht gerade das schönste

Zuhause. Womöglich ist das ein Grund, weshalb Rexia bereitwillig ein Gästezimmer in Snows Schloss bezogen hat. Irgendwie mag ich die klapperdürre Hexe mit der rotbraunen Haarmähne, die mit Begeisterung alles nachahmt, was Rapunzel so anstellt. Aber ich habe keine Zeit mehr, einen Gedanken an Rexia zu verschwenden. Rose zückt den Schlüssel, den wir von der Hexe erhalten haben, und schließt auf. Gefolgt von der Herzkönigin tritt sie ein.

Völlig ohne Schamgefühl hält die Grinsekatze kurz im Haareflechten inne, lehnt sich zurück und beißt einen Teil des Türrahmens ab. Ich verkneife mir ein Stöhnen. Wie gesagt, meine Verrückten sind womöglich ein größeres Problem als die von Rapunzel. Unsere Blicke treffen sich, der von der Katze ist allerdings alles andere als schuldbewusst. »Soll ich dir den Rest für unterwegs einpacken?« Mit diesen Worten schlüpfe ich ebenfalls durch die Tür und deute auf die Decke und alles um mich herum.

Die Katze nickt.

Genervt verdrehe ich die Augen. Wir müssen sie unbedingt zurück nach Wonderland bringen. Blöderweise hängt sie zu sehr an Rose. Viel zu sehr.

»Da drüben«, sagt Rose und erlangt damit sofort meine Aufmerksamkeit. Im Gegensatz zu mir war sie schon einmal hier. Sie bedient den Lichtschalter in der angrenzenden Küche, die ich noch gar nicht entdeckt hatte. Kein Wunder bei diesem fensterlosen Raum. Hier also hat Rexia versucht, Hänsel zu rösten. Bevor sie ihren veganen Lifestyle entdeckt hat jedenfalls. So fair muss man sein.

Die Katze, die endlich fertig mit der neuen Frisur von Rose ist – ein locker gebundener Flechtzopf mit gedrehten Elementen im

Boho-Stil – nutzt die Gelegenheit und springt von Rose' Schulter direkt auf den Ofen.

»Das Tor zur Hölle.« Sie leckt sich eine Pfote und schaut mich an. Beinahe als ob sie eine Führung in einem Museum geben würde. »Wusstet ihr, dass es in Wonderland ebenfalls eines gibt? Direkt in –«

»Vergiss es«, unterbreche ich sie. »Für deinen Erdkundeunterricht fehlt uns aktuell die Zeit.«

»Soll ich lieber ein Freudenfeuer für dich entzünden? Du brauchst ja sowieso ein wenig Licht da drin.« Erwartungsfroh deutet die Katze auf den Ofen.

Zu meinem Erstaunen scheucht die Herzkönigin sie fort. »Du hattest noch nie ein Gespür für Timing, Grin. Lass Red ihr Ding durchziehen.«

Wir alle blinzeln. Hat sie das gerade wirklich ausgesprochen? Was ist *los* mit ihr?

Als niemand etwas sagt, dreht sich die Königin zu mir und Rose um. »Was? Ich weiß einfach, wie es ist, seine große Liebe zu verlieren.«

Oh. Natürlich. Jaz' Vater, Yuma. Laut Jaz' Aussage hat er sich das Leben genommen. Augenblicklich tut mir die Königin leid. Bis mir einfällt, dass ich mir selbst leidtun sollte. Genau wie sie habe ich jemanden verloren. Und Ever ist nicht irgendwer. Außerdem Jaz. Auch ihn habe ich verloren. Vergrault. Möglicherweise für immer.

Ein Geräusch zerreißt die Stille und ich stelle fest, dass es Rose ist, die an die Wand gelehnt eingeschlafen ist. Im Stehen oder auf dem Rücken liegend gleicht ihr Schnarchen dem eines Holzfällers mit Nebenhöhlenentzündung. Wie kann eine so zierliche und niedliche Person solche durchdringenden Schnarchgeräusche ausstoßen? Nicht zum ersten Mal frage ich mich, wie Prinz Cedric das aushält.

»Hey!« Ich schnipse einmal. »Rose! Reichst du mir die Taschenlampe?« Unsere Handylampen sind einfach zu schwach für eine Aufgabe wie diese. Den Weg in die Hölle leuchten.

Meine beste Freundin zuckt zusammen, reicht mir aber reflexartig die Lampe. Ich räuspere mich, ziehe gleichzeitig einen Stuhl heran, um uns den Einstieg zu erleichtern. Irgendwie erinnert mich der Zugang zur Hölle an einen Pizza-Ofen. Die Tür beginnt ungefähr eine Zwergenhöhe über dem Boden. Im Inneren riecht es nach gebackenem Tofu. Ich verziehe das Gesicht. Nicht gerade mein Lieblingsgericht.

»Du musst ganz weit hineinkriechen«, empfiehlt die Herzkönigin. »Halt, warte, zeig mir erst deinen Finger, damit ich weiß, ob du schon fett genug bist.«

Mit einem Knie im Ofen drehe ich mich zu ihr um. »Nicht witzig. Aber weißt du was? Vielleicht gehst du besser vor. Das Ungeziefer da drin zählst du doch zu deinen engsten Freunden.«

Die Königin presst die Lippen aufeinander und ich begreife zu spät, dass sie es vermutlich nur gut gemeint hat. Um mich aufzumuntern.

Letztendlich geht die Katze vor. Tänzelt in meinem Taschenlampenschein, wobei sie einen Kinderreim aufsagt.

Sie hüpft und wir anderen kriechen. Tatsächlich ist der verdammte Backofen irgendwie verhext. Fast seltsam, dass mich so etwas gar nicht mehr überrascht. Er scheint unendlich weiterzugehen, obwohl man von außen nichts davon erkennen kann. Rexia meinte, das war schon immer so, und dank der Verbindung in die Hölle brauchte sie nie Feuerholz. Der Immobilienmakler kam direkt aus der Hölle und hat ihr sogar einen ordentlichen Rabatt angeboten, wenn sie ein, zwei Kinder im Jahr dem Teufel überlässt. Dieses Schicksal hätte auch Gretel geblüht. Glücklicherweise wurde Rexia verhaftet, zu Hausarrest verdonnert und nach der Geburt ihrer eigenen Tochter bekehrt. Keine Ahnung, wie das mit dem Baby überhaupt geklappt hat. Daran will ich lieber nicht denken und die Hexe spricht selbst nie darüber. Ebenso wenig will sie mit der Sprache rausrücken, wo ihre Tochter sich aktuell aufhält.

Genauso wenig weiß sie angeblich, wie weit der Tunnel reicht und wie lange unsere Reise dauern wird. Letztlich ist das egal. Irgendwann wird er enden. Ever, ich komme!

Hinter mir jammert die Herzkönigin. »Wie lang denn noch? Meine Knie sind bald durchgescheuert.«

»Frag doch deine kleinen tierischen Freunde«, gebe ich zurück.

»Hier ist niemand. Nicht mal die kleinste Kellerassel. Die Nähe zur Hölle macht ihnen Angst.«

Aha.

Die verrückte Katze summt. Der Schein meiner Taschenlampe erwischt ihren Schwanz, aber dann aus heiterem Himmel macht sie sich unsichtbar, ist einfach nicht mehr da.

»Hey, was soll das?« Ich krabbele schneller. »Hast du etwas entdeckt?« Drei Krabbelschritte später ist unter meinen Händen plötzlich kein Untergrund mehr. Ich falle. Schreiend und um mich schlagend stürze ich kopfüber in die Dunkelheit.

~Rapunzel~

»Wir müssen sie verkleiden, irgendwie tarnen«, meint Pain. Rapunzel sieht von den Buttercremetörtchen in Snows Salon auf. Direkt in die Gesichter von Rexia und Pain, die ihren Ausflug zur Goldenen Gans planen. Die beiden Hexen haben in den letzten Tagen ein bisschen mehr Farbe im Gesicht bekommen. Sind zwar immer noch klapperdürr, aber sehen nicht mehr wie zwei Skelette mit Extensions aus. Rexia streicht sich die rotbraunen Locken über die Schulter. »Wegen den Zombies. Was, wenn sie dich erkennen?«

Rapunzel, die im Gegensatz zu den Hexen noch fähig ist, die Stirn zu runzeln, tut dies. »Soll ich mich vielleicht als Hexe kostümieren, damit wir drei weniger auffallen?«

»Eine gute Idee. Damit kannst du gleich einen Blick in deine Zukunft werfen, Rapunzel.« Gretel, die mit ihrem Laptop am Tisch sitzt und irgendwelche Flyer erstellt, kichert, wofür sie einen bösen Blick von Rapunzel erntet.

»Ja, nichts leichter als das.« Snow zieht ihren Hexenzauberstab aus dem Gürtel an ihrem Kleid und richtet ihn auf Rapunzel. »Könnte dich vermutlich mal eben dreißig Jahre älter zaubern. Wie wär's?«

»Wie wär's, wenn du dich um deine eigenen Probleme kümmerst, Snow?«

Unter Rapunzels Worten zuckt Rexia zusammen. Sie tauscht einen schnellen Blick mit Snow, ihrer Nichte. Dann ist der Moment auch schon wieder vorbei.

Rapunzel seufzt. »Genau das meine ich.«

»Waren die Anti-Aggressionstrainings also mal wieder alle ausgebucht, ja?«, fragt Gretel ohne von ihrem Laptop aufzusehen. Heute fällt ihr eine Strähne ihres blonden Haares, das sie in einem Herrenschnitt trägt, ins Gesicht. Ständig muss sie sie wegpusten. »Und was kommt nach Rapunzels Umstyling? Wollt ihr wieder nach dem Motto *Befragen und Erschlagen* durch den Märchenwald ziehen?«

Snow steckt den Zauberstab weg, zieht gleichzeitig eine Grimasse. »Wahnsinnig witzig. Nein. Ich kümmere mich mit Spieglein um unsere Genmais-Fake-News und Rapunzel samt Hexengefolge reist zur Goldenen Gans wegen einem Gegenmittel. Wenn du vorhin zugehört und keine Börsengeschäfte getätigt hättest, wüsstest du das.«

»Gegenmittel gegen die Zombifizierung?«

Alle Köpfe wenden sich in Richtung Gretel. Rapunzel ist die Erste, die sich fängt. »Eigentlich nicht. Aber gar kein übler Gedanke.«

»Ja und das ausgerechnet von unserer Meerschweinchenzüchterin.« Snow scheint Gretel die Lorbeeren für diesen Vorschlag nicht ganz freiwillig überlassen zu wollen.

»Du meinst wohl von der erfolgreichste Rosetten-Meerschweinchenzüchterin des Märchenwalds«, korrigiert Gretel sie.

Darauf antwortet Snow lediglich mit einem Schulterzucken.

In der Zwischenzeit tippt Pain mit ihren Fingernägeln auf der Ebenholzkommode herum. »Gar keine schlechte Idee. Wir schlagen zwei Fliegen mit einer Klappe, wenn wir die Goldene Gans um ein Gegenmittel gegen die Zombiekrankheit sowie um eins gegen Banes Gift bitten. Verdammt clever von uns. Bloß … zwei Tränke – das wird sicher nicht billig.«

Rapunzel kaut auf ihrer Unterlippe herum.

Aber bevor sie etwas sagen kann, manifestiert sich Spieglein im Spiegel direkt über der Kommode.

»Deine Schönheits-Ops waren auch nicht billig, Hexe.«

Pain schnaubt, sagt jedoch nichts.

»Ich habe dir eben eine Packliste auf dein Handy geschickt, Salat-Girl. Am besten nehmt ihr ausreichend Münzen und Edelsteine mit zur Gans, um sicherzugehen, dass sie für uns arbeiten wird. Und sie braucht eine Probe von dem Gift.«

Rapunzel nickt. »Weiß ich, Spieglein. Wirklich, ich bin keine zwölf mehr. Den vergifteten Kamm werde ich natürlich mitnehmen.«

Spieglein äfft sie nach und wackelt im Anschluss mit den Augenbrauen.

Die Hexen verschränken synchron die Arme vor der Brust. Besser, man legt sich in ihrer Gegenwart nicht mit Rapunzel an.

»Negative Menschen wie du tun mir nicht gut, sagt mein Therapeut.« Und damit wendet sich Rapunzel ab und stolziert aus dem Salon. Nicht ohne sich vorher noch zwei Buttercremetörtchen für den Weg zu schnappen.

Die Hexen folgen ihr. Als Rexia an Spieglein vorbeiläuft, formt sie lautlos das Wort »Bäm!« und grinst zum ersten Mal seit Tagen ihr fiesestes Hexengrinsen.

~Cinder~

Auf dem Flur begegnet Cinder Rapunzel, die mit hochrotem Kopf aus Snows Salon stürmt.

»Spieglein oder Snow?«, fragt sie ihre Freundin. Auch Pan und Fear bleiben stehen.

»Ach, nur diese zweidimensionale Knalltüte«, winkt Rapunzel ab. »Wir brauchen dringend einen Benimm-Kurs für ihn.«

»Oder einen Maulkorb«, pflichtet ihr Pain bei. Ihre blonden Wellen stehen am Haaransatz etwas unordentlich vom Kopf ab. Wie statisch aufgeladen.

Im selben Moment hämmert jemand am Ende des Flurs gegen die Eingangstür. »Cinder! Mach auf. Du kannst mich nicht ständig abweisen. Ich bin immer noch dein Ehemann!«

Cinder zuckt zusammen. »Oh, verdammt. Wie hat er es geschafft, das Tor zu überwinden?«

Pan greift nach ihrer Hand. »Das könnte an den fehlenden Wachen liegen.«

Ohne zu zögern atmet Fear tief ein. »Sie ist nicht hier, du Idiot. Und sie will die Scheidung. Also hau ab und such dir ein neues Heimchen für deinen Herd!«

Gar nicht übel, findet Cinder. Fear hat es irgendwie drauf.

Rexia und Pain nicken anerkennend. »Ich könnte mich um ihn kümmern«, bietet Pain an. »Hätte noch den einen oder anderen Reh-Trank in meinem Schlafzimmer.«

»Nein, lass mal.« Rexia legt ihr eine Hand auf die Schulter. »Ich übernehme ihn.« Sie schleicht an eines der Fenster. Dann bewegen sich ihre Lippen lautlos.

Keine fünf Sekunden später hört man, wie Charming sich umdreht. Seine Schritte verhallen draußen im Hof. Rexias Flüstermagie ist unschlagbar. Und seit Spiegleins Feinjustierung an ihrer

Fußfessel recht vielseitig einsetzbar. »Das wird ihn allerdings nicht lange aufhalten. Er wird zurückkommen, Liebes.«

Das fürchtet Cinder ebenfalls.

Pan drückt ihre Hand fester. »Mach dir keine Sorgen. Ich bin da.«

»Hey, da ist Post gekommen.« Rexia bückt sich nach dem Korb unter dem Türschlitz. Sie dreht eine Postkarte in ihren Händen. »Einladung zur Nicht-Verlobungsparty von Alice und dem verrückten Hutmacher. Versteht ihr das?«

~Red~

Im Fallen kratzen meine Hände und Ellenbogen gegen Wände, bremsen meinen Sturz ein wenig ab, bis ich laut platschend in einem Teich oder etwas in der Art lande. Nein, in einem Fluss, um genau zu sein. Denn eine sanfte Strömung zupft an meinen Füßen, versucht mich fortzutreiben. Ich schlucke Wasser, weil ich zu spät kapiere, was geschehen ist, und den Mund öffne. Typisch. Als ich nach Luft schnappend die Wasseroberfläche durchbreche, spüre ich, wie die Strömung stärker an mir reißt. Verdammt. Wo ist das Ufer? Es ist dermaßen dunkel, dass ich im ersten Augenblick nichts erkennen kann. Nur einen rötlichen Schimmer. Meine Kleidung und der Rucksack ziehen mich wie Steine nach unten und fast glaube ich, unterzugehen. Mit Haut und Haar. Aber dann sehe ich Evers trauriges Gesicht vor mir und mobilisiere alle Kräfte. Ich muss es schaffen. Das Licht meiner untergehenden Taschenlampe weist mir den Weg. Gerade so. Ich muss raus aus der Strömung. Also bahne ich mir einen Weg. Mal kraule ich, mal schwimme ich wie ein Frosch. Nach wenigen Sekunden erspähe ich tatsächlich festes Land vor mir. *Ever! Ich bin fast da!* Kurz bevor ich das Ufer erreiche, hüpft die Grinsekatze auf meinem Kopf. Sie muss ziemlich balancieren, bekommt es jedoch irgendwie hin, auf mir sitzen zu bleiben. Vermutlich weil sie ihre Krallen in meine Kopfhaut bohrt. »Armzug, Beinschlag, Armzug, Beinschlag«, weist sie mich hilfreich an.

»Na, vielen Dank auch«, knurre ich. Das zusätzliche Gewicht auf meinem Kopf drückt mich so weit nach unten, dass ich den Kopf in den Nacken legen muss. Dann bekommt meine Hand einen Felsen am Ufer zu fassen und ich halte mich daran fest.

Leichtfüßig springt die Grinsekatze an Land. »Erster. Worauf wartest du, Märchenwaldmädchen?«

Ich knurre wieder. Rufe aber in Richtung Decke: »Hier unten ist ein Fluss. Springt einfach.«

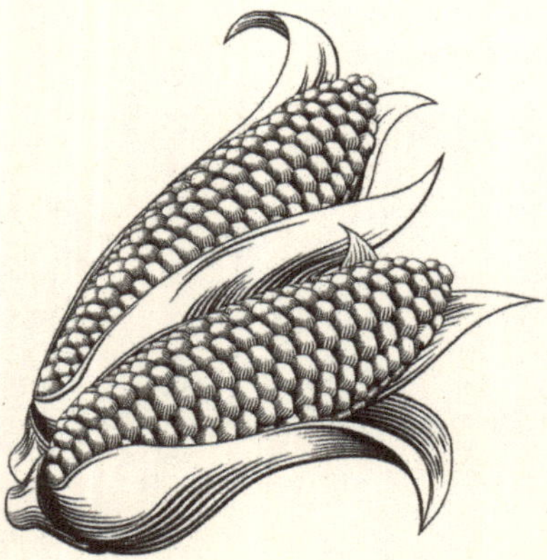

Kapitel 3

Es platscht ziemlich laut, als Rose mit dem Po voran im Fluss landet. Immerhin leuchtet ihre Taschenlampe noch. Auch als Rose wiederauftaucht. Ich wringe das Wasser aus meinen Haaren und schaue auf das Loch in der Decke. Die Herzkönigin wird uns doch nicht hängen lassen?

»Alles gut. Der Weg ist frei!«, ruft Rose, bevor sie meine Hand ergreift und sich ans Ufer ziehen lässt.

Nichts passiert. Da die erste Taschenlampe davongeschwommen ist, öffne ich meinen Rucksack, um eine Mini-Taschenlampe hervorzuziehen. Die hatte ich als Ersatz eingeplant. Wenn unser Taschenlampenverschleiß in diesem Tempo voranschreitet, stehen wir demnächst allerdings wortwörtlich im Dunkeln. Immerhin scheint das Innere des Rucksacks nur leicht durchnässt zu sein. Dafür tropfe ich umso mehr bei jeder Bewegung. Selbst aus meinen Wimpern rinnen kleine Sturzbäche.

Wasser spritzt und ich begreife, dass sich die Herzkönigin endlich ein Herz gefasst hat. Bei Frau Holle, Spiegleins Wortspiele färben wirklich auf mich ab. Ich verdrehe die Augen und schalte die Lampe ein.

»Oh, gut, dass dir auch endlich mal ein Licht aufgeht, Red.« Die Herzkönigin, die gerade in Richtung Ufer krault, grinst mich an und ich habe auf einmal das Gefühl, dass es gar nicht genug dumme Witze auf ihre Kosten geben kann.

»Hmpf«, brumme ich, überlasse es dann Rose, die Königin aus dem Wasser zu hieven.

»Ups«, sagt Rose und die Königin plumpst zurück in den Fluss. »Da hab ich deine Hand wohl nicht richtig zu fassen bekommen.« Sie zwinkert mir zu.

Daraufhin versucht es die Herzkönigin aus eigener Kraft, die Augen starr auf das Steinufer gerichtet.

Ich bin sicher, wenn es hier Haie gäbe, die Herzkönigin hätte sie gebeten, Rose und mich zu fressen.

Endlich hat sich die Mini-Königin aus dem Flussbett gestemmt, steht tropfnass vor mir, wobei sie mir mit glatten Haaren voller Wasser und ohne die übliche Turmfrisur kaum bis zum Brustansatz reicht. »Zwergenkönigin« bekommt hier eine ganz neue Bedeutung.

»Schubs sie wieder rein«, wispert die Grinsekatze an meinem Ohr. Ihr Schwanz streift meine Wange, weshalb ich sie von meiner Schulter scheuche und erst einmal Katzenhaare aus meinem Mund pulen muss.

Immerhin ist es hier unten so heiß, dass unsere Kleider in Windeseile trocken sein werden.

»Hier drüben«, höre ich Rose rufen. Dankbar für die Ablenkung drehe ich mich um. Rose, bewaffnet mit ihrer Handytaschenlampe, hat einen Gang entdeckt. »Da drin spürt man geradezu die Höllenhitze. Bin sicher, hier geht es lang.«

Die Grinsekatze wird auf ihrem Kopf sichtbar. Sie packt sich einen Zopf von Rose und hält ihn sich selbst wie einen Schnurrbart unter die Nase. »Kein Bier vor vier.«

Da ich die sinnfreien Kommentare der Katze schon lange nicht mehr beachte, straffe ich einfach die Schultern und laufe los. Schließlich ist das hier meine Mission. Mein Drang, für mein Happy End zu kämpfen. *Ever, ich komme!*

Sobald ich den Gang betrete, fühle ich mich in die Unterwasserhöhlen von Neverland zurückversetzt. Die Höhlen, durch die mich erst vor wenigen Wochen Jaz geführt hat. Jaz … Eine Winzigkeit senke ich den Kopf, unterdrücke ein Seufzen. Obwohl ich es nicht zugeben möchte, fehlt er mir. Seine ganze Art und seine Gesellschaft. Kapt'n James Hook, genannt Jaz, ist in den Tagen vor Evers Tod praktisch nicht von meiner Seite gewichen. Hat auf mich aufgepasst und wusste immer, was ich gerade brauchte.

Allerdings ist er nicht Ever. Mein süßer, verwegener Hipster. Geheimnisvoll, gut aussehend, starrköpfig und ein wenig verrückt – so wie ich … In seiner Nähe hüpft mein Herz. Und mein Herz will nur ihn.

Hinter mir kann ich hören, wie Rose eine Puderdose öffnet. »Hey Spieglein, glaubst du, wir sind auf dem richtigen Weg?«

Nichts passiert.

»Einen Reim. Reim über seine Schönheit, dann kommt er ganz bestimmt«, bemerke ich. Meine Fingerknöchel streifen die Wand, als ich meinen Rucksack richte. Komischerweise fühlt sich das Gestein unter meinen Fingern warm und irgendwie weich an. Als würde es leben. Wie seltsam.

»Spieglein, Spieglein in meiner Dose«, reimt meine beste Freundin daraufhin. Sie unterbricht sich selbst mit einem Gähnen. »Wem gibst du die letzte rote Rose?«

Die Herzkönigin, die unser Schlusslicht bildet, hüstelt. »Als ob wir das nicht wüssten. Jaz natürlich. Und du, Rose, schaust zu viel *Der Bachelor*.«

»Und du nicht oder wie?«, gibt Rose zurück. »Wer hat denn das Sofakissen vor Anspannung zerrissen, als Prinz Sofian seine letzte Rose vergeben hat?«

Die Königin schweigt. Wohlwissend.

»Zu Diensten«, meldet sich endlich Spieglein. »Na, schon mit dem Latein am Ende oder was?«

Nicht zu fassen, dass er gleich vom Schlimmsten ausgehen muss.

»Nein, genau genommen sind wir recht weit bisher gekommen. Wir haben uns lediglich gefragt, ob du uns sagen kannst, ob wir den richtigen Weg eingeschlagen haben?«

»Sieht es bei euch in der Unterwelt danach aus, als würde GPS funktionieren?«

»Hmpf«, sage ich. Verdammt, ich hätte Fears magisches Wollknäuel mitnehmen sollen. Warum habe ich vor unserem Aufbruch nicht daran gedacht? Wahrscheinlich weil mein ganzer Körper viel zu sehr gezittert hat, als ich meine Sachen gepackt habe.

»Wo genau steckt ihr denn? Beschreibt mal die Umgebung. Man erkennt kaum was durch den Spiegel.«

»Na ja«, sage ich langsam. »Ein dunkler Gang, ziemlich lang, durch den irgendwie rötliches Licht sickert. Die Wände fühlen sich warm an, beinahe lebendig.«

Warum auch immer saugt die Herzkönigin auf einmal scharf die Luft ein. »Und sie kommen gegenwärtig auf uns zu.«

»Was?« Der Sinn ihrer Worte kommt nicht bei mir an. Wie so oft eigentlich.

»Die Wände.«

Ich drehe mich zur Mini-Königin um und bemerke ihre verkniffenen Lippen und ihren Blick, der auf der Wand links von ihr weilt. Jetzt erkenne ich es ebenfalls. Die Wand verschiebt sich. Ganz langsam und irgendwie fast flüssig. Wie gleitendes Lavagestein.

»Die Wände rücken näher!«, rufe ich. »Sie werden uns zerquetschen.«

»In dem Fall würde ich empfehlen, dass ihr rennt«, sagt Spieglein.

»Und in welche Richtung? Spieglein, wo kommen wir schneller wieder raus?«

»Kann ich dir nicht sagen, aber auf das Licht zuzurennen erscheint mir eine gute Idee. Zumal sich der Gang womöglich für immer schließt und ihr keine zweite Chance bekommt. Das ist sicher ein Test.«

Ein Test. Vom Teufel höchstpersönlich?

»Und ihr besteht ihn nur, wenn ihr überlebt.«

Sehr hilfreich! Aber da beschleunige ich bereits meine Schritte. In Richtung Hölle. Nicht zurück. »Los, kommt! Wir können das schaffen!«

Hinter mir höre ich die anderen losrennen. Die Katze faucht.

»Ein Test!«, jammert die Herzkönigin. »Wenn ich wegen euch sterbe …«

»Was dann?«, bellt Rose zurück. »Bringst du uns um? Da musst du dich wirklich ganz weit hintenanstellen, klar? Und jetzt halt die Klappe und lauf.«

Ungewohnterweise hält tatsächlich daraufhin jeder den Mund, während wir um unser Leben rennen. Ist schätzungsweise das erste Mal seit Langem. Kein Geplapper, nur keuchender Atem schallt von den Wänden. Zentimeterweise schieben sie sich näher. Immer noch ist kein Ende des Gangs in Sicht. Ob er überhaupt irgendwo hinführt? Oder rennen wir gerade in unser Verderben? Mittlerweile sind wir viel zu weit vom Fluss entfernt, als dass wir den Rückweg in einem Stück schaffen würden. Nein, unmöglich. Der *Point of no Return* ist längst erreicht.

»Lebt ihr noch?«, will Spieglein wissen, gerade als ich die Ellenbogen einziehen muss, da die Enge im Schacht immer beklemmender wird. »Es ist so dunkel bei euch. Ich kann überhaupt nicht sehen, ob ihr schon plattgedrückt wurdet.«

Ich verdrehe die Augen, bin allerdings zu sehr mit Überleben beschäftigt, um meine Energie an Spieglein zu verschwenden. Das muss warten.

Die Herzkönigin knurrt.

Rose und die Katze keuchen synchron.

»Weißt du, wenn du nicht so dämlich gewesen wärst, dir den Feenzauberstab von Jasmin abluchsen zu lassen, könntest du vielleicht mit Magie etwas bewirken.«

Spiegleins Einwand lässt meine Nasenflügel beben, dennoch beschließe ich, ihn wie ein Störgeräusch auszublenden.

»Sterben wir, Red?« Die Stimme meiner besten Freundin klingt ganz dünn.

»Nein. Halt durch. Da vorne ist Licht.«

Gut, genau genommen war da vorne immer Licht. Könnte im Prinzip nicht mehr als eine Sinnestäuschung sein. Aber ich muss an uns glauben.

Zwei Atemzüge später wird mir klar, dass es keine Sinnestäuschung ist. »Leute, kein Spaß jetzt, da vorne sehe ich das Ende! Eine Höhle mit Licht. Endspurt. Gebt alles, wir schaffen das!«

Eigentlich bin ich mir gar nicht sicher, ob wir das schaffen, schließlich scheint der Weg bis zum Licht noch unendlich weit zu sein. Bloß irgendwie muss ich ja verhindern, dass hier jemand draufgeht. Hoffentlich reicht mein Pep-Talk dafür aus.

»Oh, das wird knapp«, stöhnt die Herzkönigin. »Das ist ein wirklich schlechter Tag zum Sterben.«

»Ja«, pflichtet ihr die Katze reichlich kurzatmig bei. »Und wer würde kommen, um mit dem Teufel um unser Leben zu feilschen?«

»Das würde sowieso nicht für uns alle funktionieren. Die drei goldenen Haare wachsen nicht schnell genug nach. Habt ihr dem Whistle-Blower nicht zugehört?«

Ist das eine ernst gemeinte Frage? Allerdings zerstört die Herzkönigin damit all unsere Illusionen.

Spieglein räuspert sich zufrieden, offensichtlich in der Gewissheit, wenigstens von einer Person in dieser Gruppe ernst genommen zu werden.

Ich verscheuche den Gedanken, bin zu sehr damit beschäftigt, gegen mein Seitenstechen anzuatmen. Wir müssen das Ende des Gangs erreichen! Alles andere verschwimmt in einer Art Nebel. Alles abseits meines Überlebenswillens. Niemand sagt mehr etwas. Lediglich Gekeuche schallt durch den Tunnel. Wir müssen es packen. Leider wird es auf einmal zu eng zum Rennen. Ich muss seitlich hüpfen und die Hände ganz nah am Körper halten. Meine Handflächen sind viel zu schwitzig und ich spüre, wie mir kleine feuchte Rinnsale sowohl den Nacken als auch mein Schlüsselbein hinunterlaufen. Nicht mehr als ein paar Schritte, dann ist es geschafft. Meine Haut schrappt über den Stein, als ich mich nur noch schwerlich vorwärtsschieben kann, sogar die Luft anhalten muss. Die Wände pressen mich zusammen wie Gretel ihre Gäste in ihren Assitoastern. Bloß fester.

Viel, viel fester. Und dann erkenne ich einen Raum, der sich vor mir auftut. Dort endet der Tunnel! Ich kann unser Glück kaum fassen. Gleich haben wir es! In der Tat ist es wirklich nicht mehr weit, als ich plötzlich feststecke. Bei allen bösen Stiefmüttern! So knapp. Meine Muskeln schmerzen, dermaßen heftig werde ich zusammengequetscht. Das war's also. Innerhalb einer Millisekunde sehe ich mein baldiges Ende vor mir. Ein Fettfleck an der Wand. Nicht mehr und nicht weniger.

»Red, halt die Luft an!«, brüllt die Herzkönigin, bevor mich ein Tritt in die Seite trifft. Sie hat mich getreten!

»Weniger Buttercremetörtchen könnten dir wirklich nicht schaden«, sagt Spieglein. »Oder wenn du dich an Snows Diät halten würdest.«

Leider fehlt mir der Atem, um ihm eine passende Erwiderung an den zweidimensionalen Kopf zu werfen.

Der Tritt der Herzkönigin katapultiert mich aus unserer Mausefalle heraus in eine kreisrunde Höhle, wo ich endlich wieder atmen kann. Dazu muss ich mich allerdings auf den Knien abstützen.

Hinter mir stolpern die Herzkönigin und Rose aus dem Schlitz, zu dem der Tunnel geworden ist. Ich sehe den Kopf der Grinsekatze, ihre Pfoten umklammern Rose' linke Schulter, aber auf einmal weiten sich ihre Augen und die Pfoten greifen ins Leere. Die Katze steckt fest! Glücklicherweise schaltet Rose schnell. Sie wirbelt herum und packt die Katzenpfötchen, zieht daran. »Vielleicht würde es helfen, wenn du dich unsichtbar machst?«

»Nein«, entgegnet die Königin. »Seine Verwandtschaft mit einem Chamäleon zweiten Grades dürfte nichts zu seinem Überleben beitragen.«

Verflucht, wir dürfen die Katze, wie verrückt sie auch sein mag, nicht in zwei Hälften quetschen lassen.

Ich springe auf und packe das Nackenfell. »Zieh den Bauch ein, Kitty!«

Die Grinsekatze atmet überrascht aus, während Rose und ich an ihrem Fell ziehen. Und endlich, endlich spuckt die Wand die Katze aus. Rose und ich stolpern rückwärts, ich kann mich gerade noch ausbalancieren, doch Rose fällt zu Boden und Grin landet genau auf ihrer Brust. Rose lächelt. »Den Guten Feen sei Dank.« Sie atmet schwer und ich bemerke, dass sie keine Anstalten macht, aufzustehen. Vermutlich braucht sie ein Schläfchen. Eins ihrer Nickerchen. Kurz vor dem Eingang zur Hölle.

»Mädchen, ich denke, da vorne ist es.« Die Augen der Königin sind fest auf eine Art Steintür im Felsen gerichtet. »Zeit, hinab in die Hölle zu steigen.«

Ich folge ihrem Beispiel und richte meinen Blick in dieselbe Richtung. Bei genauerer Betrachtung sehe ich, dass das Antlitz des Teufels in die Steintür gehauen ist. Spitzes Kinn, Ziegenbart, zwei Hörner. Unverkennbar … Und die Augäpfel sind leuchtende Rubine, die fortwährend Lichtimpulse abgeben. Jetzt wird mir klar, woher das pulsierende Licht kommt. Direkt aus den Teufelsaugen.

»Rose, es tut mir leid. Ich fürchte, du musst dich zusammenreißen und aufstehen. Deinen Mittagsschlaf müssen wir auf später verschieben«, sage ich abwesend. Immer noch fesseln mich die leuchtenden Rubine. Sie sind groß wie Babyfäuste. Zudem wirken sie auf schrecklichste Art und Weise lebendig.

Meine beste Freundin seufzt, folgt aber meiner Anweisung und steht auf. Aus den Augenwinkeln bemerke ich, wie sie sich das feuchte Kleid glattzupft und die Katze auf ihren Schultern ihre Frisur richtet.

Gerade als ich eine Frage äußern will, neigt Rose den Kopf zur Seite, hebt den Taschenspiegel vom Boden auf und überprüft, ob Spiegleins Antlitz uns immer noch entgegenblickt. Tut es zu meinem Leidwesen.

»Das war jetzt eine Prüfung vor der Prüfung oder wie sehe ich das? Wird die am Ende auf die drei Prüfungen, die Red machen muss, angerechnet?«

Spieglein schnaubt. »Werden dir deine dummen Fragen auf deinen Intelligenzquotienten angerechnet?«

Also nein.

Ich verdrehe die Augen und wünsche mir, dass alle Verrückten uns so schnell wie möglich in Ruhe lassen.

»Hört mal, wir sind wegen Ever hier und nicht, um uns zu zanken. Herzkönigin, hörst du ein Tier oder so, das wir fragen könnten, was hinter der Tür liegt?«

Sie schüttelt den Kopf. Natürlich haben wir kein Glück. Also müssen wir wohl selbst in den vergifteten Apfel beißen und die Klinke drücken. Je länger wir warten, desto mehr tödliche Fallen könnten hier auftauchen. Nicht zu vergessen, dass Ever die Zeit davonläuft.

Ich trete näher an die Tür heran. Die Spiegelung auf den Rubinaugen verändert sich irgendwie, sodass ich mich beobachtet fühle. Bei genauerer Betrachtung hat die Tür nicht mal eine Klinke. So einfach wird es einem hier also nicht gemacht.

»Was müssen wir tun, um da reinzukommen?«, überlege ich laut. »Ein Erstgeborenes opfern?«

Die Herzkönigin zuckt zusammen. Ob sie an Jaz denkt?

»Nicht ganz«, grollt eine Stimme, die aus den Wänden um uns herum zu kommen scheint. Von überall. »Lediglich einen klitzekleinen, bindenden Vertrag eingehen.«

Keine Sekunde zweifele ich daran, dass es die Stimme des Teufels persönlich sein muss. Eine männliche Vorzimmerdame wird er kaum haben.

»Da soll mich doch der Teufel holen!«, wispert Rose.

»Könnte ich für dich arrangieren«, sagt die Stimme.

Die Tür vibriert, als würde sie lachen.

Ich presse die Lippen fest aufeinander. Wie ich es hasse, von einer Falle in die nächste zu tappen. Aber da ich keine Lust habe, zu viel von mir preiszugeben, schweige ich, warte ab, dass der Teufel mehr dazu erklärt.

Nach Dutzenden Herzschlägen in absoluter Stille tut er das auch. »Wenn ihr durch diese Tür gehen wollt, und ich weiß, das wollt ihr, dann –« Er legt eine dramatische Pause ein, in der ich überlege, ob womöglich eine Verwandtschaft zwischen ihm und Spieglein bestehen könnte, bis er endlich fortfährt: »– müsst ihr einen Vertrag unterzeichnen. Nichts Großes eigentlich. Nur ein paar klitzekleine Paragraphen und Rechtsverdrehungen, die euch später noch zum Verhängnis werden könnten. Also der übliche Papierkram.«

Ich tausche einen Blick mit Rose. »Aha, und wenn wir nicht unterschreiben?«

»Verrottet ihr in meinem Wartezimmer, bis euch irgendjemand ausgräbt.«

Dann ist das ja eine ganz einfache Entscheidung.

»Eigentlich möchte ich den Vertrag vorher gerne von meinem Anwalt prüfen lassen«, höre ich mich sagen, im vollen Bewusstsein, dass ich gar keinen Anwalt habe, keinen kenne und nicht mal von jemandem gehört habe, der einen kennt.

Der Teufel lacht. War ja klar.

Fieberhaft zermartere ich mein Gehirn. »Spieglein, könntest du Snow zu unserer Hilfe schicken? Sie hat einen Zauberstab und –«

»Nicht mal zehn Zauberstäbe würden euren Freunden dabei nützen, euch zu finden. Ihr bleibt hier oder unterschreibt. Selbst schuld, wenn ihr freiwillig in die Hölle wollt.«

Auch wieder wahr.

»Was genau steht denn im Vertrag?«, will die Herzkönigin wissen. »Reicht es, wenn Red einen unterschreibt? Wir sind quasi ihr Geleitschutz. Im Grunde will allein sie in die Hölle.«

»Sieh an, nur Rotkäppchen will? Und warum das?«

Rose will ihm antworten, aber ich hebe eine Hand, um sie verstummen zu lassen.

»Eine interessante Frage, nicht wahr? Beantworte ich dir gerne, solange ein einziger Vertrag ausreicht, um uns alle hineinzulassen.«

Die Stimme seufzt. Ich meine, eine Staubwolke aus der Tür entweichen zu sehen. »Wie wäre es damit: Du unterschreibst, trittst ein und deine Freunde warten hier auf dich. Außer du kommst nie wieder zurück durch diese Tür. Das wäre natürlich ungünstig. Für dich.« Der Teufel schmunzelt. Ich kann es ganz klar an seiner Stimmfarbe erkennen.

Irgendwie scheint es mir keine gute Idee zu sein, uns zu trennen.

Rose schüttelt ganz leicht den Kopf.

Ich recke das Kinn, entschlossen, keinerlei Unsicherheit zu zeigen. »Zeig mir zuerst den Vertrag für mich, dann sehen wir weiter.«

»Wir sind voll verloren oder was?«, flüstert die Grinsekatze. »Aber wenn im Vertrag steht, dass ich ab sofort täglich meine Unterwäsche wechseln muss, bin ich raus.« Sie greift sich theatralisch an die Stirn.

Rose hustet, sagt jedoch nichts.

»Unterwäsche täglich wechseln? Nein, so grausam bin nicht mal ich«, erklärt der Teufel.

Die Katze nickt beruhigt.

»Hallo? Haben hier jetzt alle ihr Hirn gegen Wackelpudding eingetauscht? Ich habe nach dem Vertrag gefragt!« Auch hier unten ist natürlich alles voller Irrer. Wer hätte es gedacht.

Wie aus dem Nichts entrollt sich ein Pergament vor meinen Augen. Der Vertrag. Eine Feder mit rotem Kiel, aus dem es tropft, erscheint ebenfalls.

»Ticktack«, sagt der Teufel. Seine Stimme klingt recht selbstzufrieden.

Mir schwant Übles. »Wieso *ticktack*?«

»Die Feder ist direkt mit dem Blut in deiner Herzarterie verbunden. »Je länger du wartest, desto mehr verlierst du.«

Was?

»Ich würde dir raten, schnell eine Entscheidung zu treffen. Unter sieben Minuten im besten Fall. Sonst wird dein Herz mit zu wenig Blut versorgt und du musst dir keine Sorgen mehr um den Vertrag machen.«

Noch während er es sagt, wird mir schwindelig. Das ist jetzt nicht wahr.

»Genau genommen hat dich das Erscheinen der Feder einen Riss in der Aorta gekostet. An einer Stelle, nicht mehr als ein Teufelshaar von deinem Herzen entfernt.«

Meine Atmung beschleunigt sich. Gleichzeitig fährt ein Schmerz wie der Stich einer Nadel durch meinen Brustkorb.

»Am besten, du liest recht schnell«, empfiehlt der Herrscher der Unterwelt.

Kapitel 4

~Rapunzel~

Der Abschied von Cinder fällt Rapunzel nicht gerade leicht. Aber da es Unsinn wäre, mit der ganzen Gruppe zur Goldenen Gans zu reisen, ist es nur vernünftig, dass sie sich aufteilen. Vor zwei Wochen hätte sie es sich nicht mal zugetraut, ohne ihren Ehemann im Dorf einkaufen zu gehen. Aber jetzt – jetzt durchquert Rapunzel das ganze Land, nein – den ganzen Kontinent, völlig ohne Prinz Adrian.

Ihr Blick fällt auf die Hexen, die sich rechts und links von ihr im Schlosshof aufgestellt haben. Die gestrafften Kinne gereckt und mit einem Glitzern in den Augen, das von Abenteuerlust erzählt. Rexia und Bane haben sich in schicke, hochmoderne Jumpsuits geworfen. Außerdem in Keilabsatzsandalen, die ihnen vermutlich auf dem einen oder anderen Waldweg zum Verhängnis werden.

Pain sieht lächelnd zu ihr auf.

Rapunzel starrt an ihrem eigenen olivgrünen Jumpsuit hinunter auf ihre Glitzersandalen. Obwohl ihre Schuhe flach sind, überragt sie die Hexen um mehr als einen Kopf.

»Pass auf dich auf, Rappienz.« Cinders Worte klingen belegt. »Vergiss nicht, dass du dir da draußen einige Feinde gemacht hast. Die Zombies wollen dir an die Gurgel.«

Rapunzel schluckt gerührt. Cinder macht sich Sorgen! »Nein, das wird kein Problem sein. Schau hier, ich werde die Prinzessin-Leia-Perücke vom vorletzten Halloween tragen.« Sie bückt sich und zieht aus ihrer riesigen Handtasche eine Perücke mit braunen Zöpfen, die an den Seiten zu zwei Schnecken gedreht sind.

Snow schnaubt. »Also total unauffällig.«

Rapunzel ignoriert den Einwand. »Ich hatte die Idee, als ich meine Laserschwert-Zahnbürste eingepackt habe.« Sie fischt ein grünes Mini-Laserschwert aus ihrer Kunstlederhandtasche mit dem langen Trageriemen, drückt einen Knopf. Kampfgeräusche ertönen. Auch dann noch, als Rapunzel das Laserschwert in der Mitte auseinandernimmt und eine Zahnbürste zum Vorschein kommt.

Die Hexen scheinen beeindruckt.

Snow weniger. »Wo ist eigentlich Spieglein, wenn man mal jemanden für einen dummen Nerd-Witz braucht?«

Rapunzel schürzt die Lippen. »Wie auch immer. Viel Glück mit euren jeweiligen Missionen. Hoffentlich hält Prinzessin Jasemin die Füße still.«

»Ja, und sorg dich nicht. Wir räumen hinter dir und deinem Chaos auf.« Snow hebt einen Mundwinkel.

Die Hexen knurren.

»Zum letzten Mal, Snow. Das war ein Versehen! Ich habe die Büchse der Pandora nicht absichtlich geöffnet. Jedenfalls war mir nicht bewusst, wie viel Leid das über unsere Welt bringen würde.«

»Ja«, knirscht Rexia durch ihre zusammengebissenen Zähne. »Vielleicht entschuldigst du dich mal bei Rapunzel. Im Übrigen hat sie sich in den letzten Tagen zu einem ganz neuen Menschen entwickelt. Viel über psychologische Kriegsführung gelesen und über Detektivtechniken. Im Gegensatz zu dir.«

»Ich mich entschuldigen?« Snow lacht so hell, als wollte sie auf einem Ball einen unliebsamen Verehrer loswerden, der um einen Tanz bittet. »Erst wenn Gretels Meerschweinchen fliegen können.«

Gretel blinzelt irritiert. »Aber die fliegen doch. Sogar ständig. Oder glaubst du, die gehen zu Fuß zu ihren Schönheitswettbewerben?«

»Dafür gibt's einen Feenstaub-Express-Service«, pflichtet ihr Rapunzel bei, die die Arme vor der Brust verschränkt und ihren Triumpf voll auskostet. »Wie es scheint, bist du tatsächlich die Einzige, die sich hier nicht weiterentwickelt hat. Könnte sein, dass du auf einem sinkenden Schiff stehst, während alle anderen davonsegeln, Snowtanic.«

Und das ist der Moment, in dem sich Cinder räuspert. »Okay, bevor hier gleich jemand eskaliert, sollten wir uns auf den Weg machen. Schickt mir Updates, wie eure Missionen laufen, in Ordnung?«

Während Snow etwas Unverständliches brummt, nickt Rapunzel. »Selbstverständlich. Ich –«

Doch diesen Satz soll sie nie beenden, nicht mal richtig beginnen.

»Jemand hier?«, schreit Spieglein von ganz in der Nähe.

Alle wenden den Kopf.

Der Whistle-Blower hat sich erneut in den Deckel des Glassargs projiziert.

Von seinem Tonfall alarmiert stürzen alle in seine Richtung. Die Hexen auf ihren Keilsandalen staksen hinterher wie Babygiraffen auf einem zugefrorenen See.

»Sind die Hexen in der Nähe?« Der Spiegel keucht merkwürdigerweise. Also ist es ernst.

»Ja.« Rapunzel nickt. »Was ist los?«

»Wir haben eine Code-Black-Situation bei Red.«

Gretels Nase zuckt. »Was jetzt? Red, Black? Braucht dein Spiegel ein Softwareupdate, Snow?«

Spieglein atmet zischend ein, offensichtlich tödlich beleidigt. »Update? Ich update gleich mal die Klapsmühle, die du ein Sonnenstudio nennst. Ist dein Internetauftritt eigentlich datenschutzkonform?«

Gretel schnaubt, tut im Anschluss reichlich überrascht. »Ach, schau, da ist eine Spieglung im Sarg. Snow, frag deinen dressierten Affen, was er will.«

Zu Rapunzels Erleichterung geht Spieglein nicht auf diesen Seitenhieb ein. Ein Indiz, dass die Lage wirklich ernst ist.

»Ich brauche Rexias Hilfe. Ist sie da?«, will der Whistle-Blower wissen.

»Ja, hier«, meldet sich die Hexe. Ihre Wangen röten sich, als sich sämtliche Köpfe zu ihr umdrehen.

»Ah, gut. Sag, deine Flüstermagie … Würde die auch wirken, wenn ich dich auf einen, sagen wir Handspiegel übertrage und du mit deiner magischen Stimme den Teufel überredest, uns, ohne Red zu killen, in die Hölle einzulassen?«

Alle stutzen. Tatsächlich braucht Rexia etwas mehr als einen Atemzug, um Spiegleins Frage zu reflektieren.

»Was? Den Teufel beflüstern? Meinst du, meine Flüstermagie, die mir praktisch von ihm verliehen wurde, wirkt bei ihm?«

»Du weißt schon, dass alle Hexen von ihm erschaffen wurden? Ursprünglich als seine Dienerinnen?«, fragt Pain.

»Mist. Und da gibt es keine Hintertür? Nicht mal ein Türchen?«

»Nein.« Rexia schüttelt den Kopf.

»Ach du großes Meerungeheuer, was machen wir denn jetzt? Bei allen heißen Piraten in Neverland …« Spiegleins Stimme klingt, als würde sie sich selbst erwürgen, während er flucht.

»Sag ihm einfach, dass er euch reinlassen soll, oder er bekommt nächste Woche keine Schwarzwälder Kirschtorte.«

Alle Umstehenden bis auf Pain schauen irritiert auf Rexia.

»Was?« Die Hexe hebt beide Hände. »Die wünscht er sich jedes Jahr zum Geburtstag von mir.«

»Ja. Der Teufel wird nächste Woche zum unendlichsten und einsten Mal dreißig«, ergänzt Pain.

»Aha, also genau wie du«, sagt Spieglein, worauf er sich einen Blick von Pain einfängt, aus dem nichts als purer Hass spricht.

Rapunzel blinzelt und versucht diese Information sinnvoll einzuordnen. Der Teufel und die Hexen …

»Zurück zum eigentlichen Problem.« Rapunzel schüttelt den Kopf, um sich zu sortieren. »Was genau ist bei euch los? Steht ihr vor den Toren der Hölle? Schwebt Red in Gefahr?«

»Ja. Red hat ein Problem. Eine blutige Feder und ein Vertrag spielen dabei eine tragende Rolle.«

»Ah, na klar.« Pain nickt, als ob sie den Sinn hinter diesen Worten verstehen würde. »Richte dem Teufel einfach die Sache mit der Schwarzwälder Kirschtorte aus. Kuchen ist immer die Lösung.«

Eigentlich denkt Rapunzel das im Prinzip ebenfalls, bloß in Bezug auf eine brenzlige Lage wie diese?

»Tu es, Spieglein.« Snow betrachtet ihre Nägel. »Ich sage es zwar nicht gern, aber diese beiden …« Sie nickt in Richtung der Hexen. »… kennen den Teufel am besten. Wir sollten ihnen vertrauen.«

Als wollte sie widersprechen, öffnet Rapunzel den Mund, schließt ihn jedoch gleich wieder. Was hat sie auch erwartet?

»Ich muss weg von hier. Von euch«, murmelt sie, während sie sich die Stirn reibt. Ihre Füße bewegen sich praktisch von allein in Richtung Torbogen. »Kommt mal klar mit euren Problemen.«

Rexia und Pain folgen ihr ohne zu zögern.

Aber Rapunzel hebt nicht mal den Kopf. Starrt wie gebannt auf ihre Füße. Red könnte in diesen Momenten draufgehen. Und Snow jagt Spieglein mit einer Torten-Entzugs-Drohung zum Teufel.

Rapunzel stampft immer noch mit abgehackten Schritten über die Brücke, als Rexia sie daran erinnert, die Prinzessin-Leia-Gedächtnis-Perücke aufzusetzen, wenn sie nicht erkannt werden will. Ein ganz passabler Rat von einer Hexe, die in ihrem Leben sicherlich genug Erfahrung mit einem zornigen, mit Mistgabeln bewaffneten Mob sammeln konnte. Inkognito reisen hat erstaunlich viele Vorteile. Vor allem, wenn man aktuell Gefahr läuft, von wütenden Zombies in der Luft zerrissen zu werden, weil sie einen für ihr Leid verantwortlich machen. Leider hat Rapunzel aber einfach zu viel Eigenhaar, um alles unter das Kunsthaar geschoben zu bekommen. Doch für diesen Fall hat Pain mitgedacht. »Benutz einfach diesen Schal. Habe ich aus Snows Erinnerungskiste gemopst. Deinen Zopf verstecken wir unter deinem Hosenanzug.«

»Jumpsuit«, korrigiert Rexia sie.

»Ach ja, richtig. In letzter Zeit habe ich einfach zu wenig Social Media konsumiert.«

Rexia grinst. »Hiermit verurteile ich dich, mit mir die aktuellen Folgen von *Keeping up with the Kardashians* zu schauen. Popcorn bringst du mit.«

Die Hexen kichern, während Rapunzel in ihrem Handspiegel überprüft, ob man nichts mehr von ihrem blonden Zopf sehen kann.

Mit der Perücke kommen sie ganz gut voran. Ungefähr zwei Dörfer weit. Auf dem Waldweg zwischen Dorf zwei und Dorf drei schnauft Rapunzel. »Wir sollten eine Pause einlegen. Es ist viel zu heiß.« Sie lehnt sich gegen einen Baum und fächelt sich mit der Hand Luft zu.

»Warum bloß mussten sämtliche Angestellte von Snow, bis auf den Koch, zu Zombies mutieren? Warum konnte es nicht der Kutscher sein, der uns geblieben ist?«

»In dem Fall müsstest du dir deinen Feldsalat und das Rührei aber selbst zubereiten«, gibt Rexia zu bedenken, die in diesem Moment auf eine Wurzel sinkt und sich Luft zufächelt. Ein bisschen so, wie Snow es manchmal tut.

Ohne den Blick von Rapunzel zu nehmen, nickt Pain langsam. Das Wispern der Bäume malt Schatten auf ihre Gesichtszüge. Im Stillen vergleicht Rapunzel die Hexe gern mit einem niedlichen Backenhörnchen, das sich noch nicht genug Speck für den Winter angefuttert hat. Liegt womöglich an Pains Wangenimplantaten, die immer den Eindruck erwecken, sie hätte Nüsse in ihren Backen versteckt.

»Wirklich merkwürdig, wie manche Zivilisten verschont werden. Womöglich ist da was in ihrer DNA … Wenn ich den Koch aufschneiden und sein Blut in Flaschen füllen könnte …«

»Das haben wir doch besprochen. Es wird niemand aufgeschnitten und der Koch will dir freiwillig nicht mehr als ein paar Tropfen geben.«

»Ein paar Tropfen? Wann hat man jemals mit ein paar Tropfen Blut etwas erreicht?«, jammert sie und wird mit jedem Wort lauter. Ein paar Vögel stoßen sich vor Schreck von den Baumwipfeln über ihnen ab und flattern davon.

»Wie weit ist es noch?«, will Rexia im Tonfall einer Dreijährigen wissen, die übermüdet nach einem Lebkuchen kräht.

Genervt wirft Rapunzel beide Hände in die Luft. Sie will schon nach ihrem Zopf greifen, bis ihr einfällt, dass sämtliche Haare geschickt unter der Perücke und unter ihrem Jumpsuit versteckt sind. Genau in dem Moment landet etwas Pelziges auf ihrem Rücken, krallt sich in ihr Kleid und springt direkt wieder ab. Die Prinzessin-Leia-Gedächtnis-Perücke wird ihr vom Kopf gerissen, ehe sie ganz weiß, was passiert ist. Jemand oder etwas gackert. Sowohl Rapunzel als auch den Hexen entfährt ein Keuchen. Obwohl es längst zu spät ist, greift sich Rapunzel an den Kopf, fühlt dort nichts mehr als ihre eigenen Haare. Dafür bemerkt sie, wie das Pelzding in den Büschen verschwindet.

»Ein Waschbär!«, japst Rexia, springt auf die Zahnstocherbeine und nimmt die Verfolgung auf. »Er hat deine Haare!«

Schon wieder. Warum stehen Katzen und Waschbären bloß immer auf ihre Haare?

»O nein, deine Tarnung!«, kreischt Pain. »Tu doch was, Rexia. Er haut mit Rapunzels Haaren ab!« Der letzte Satz hallt unnatürlich lange im Wald nach. Oder vielleicht ist das nur Einbildung? Könnte daran liegen, dass sie heute zu wenige Spiegeleier hatte. Und das, obwohl sie Hank, den einzigen verbliebenen Koch, um drei Eier gebeten hatte.

»Spinnst du?« Rexia holt aus und verpasst Pain im Laufen einen Schlag gegen die Schulter. Zähne klappern. »Du kannst sie doch nicht auffliegen lassen und ihren echten Namen nennen.«

Pain muss sich unter einem tief hängenden Ast hindurchbücken. »Wie sollen wir sie denn sonst nennen?«

»Snow nennt mich immer Rappienz oder Salat-Girl. Manchmal Nervfunzel.« Rapunzel schließt dank ihrer langen Beine locker zu den Hexen auf. »Gewisse Personen nennen mich auch Turmhockerin.«

»Alles ungeeignete Spitznamen«, keucht Pain. Ihre blonden Wellen verheddern sich, sind bereits voller Blätter. »Und ich kann nicht mehr.«

»O doch, du kannst noch«, flüstert Rexia. »Da hinten am Bach ist der Waschbär.«

Auf ihre Worte hin fährt ein Ruck durch Pains Körper und Rapunzels Augen weiten sich.

»Hast du sie etwa beflüstert?«

»Verzeihung, wenn ich versuche, die Situation zu retten.«

»Das ist eine illegale Beeinflussung einer Person. Ich werde Spieglein bitten müssen, deine Fußfesselprogrammierung zu verschärfen.« Immerhin kann sie ihre Flüstermagie nicht bei Rapunzel anwenden, die zu Spiegleins geschützten Personen innerhalb der Widerstandsbewegung zählt. Nicht ohne von der Fußfessel gegrillt zu werden jedenfalls.

Rexia schaut pikiert, verlangsamt die Schritte. »Nein. Das darfst du nicht. Bitte nicht! Ich brauche das Gefühl der Magie, die durch mich strömt, wie die Luft zum Atmen.« Die Hexe hält an, beginnt sich im selben Moment wie im Wahn über die Unterarme zu kratzen. »Nein, nein, nein, alles, nur das nicht!«

»Könntest du den Waschbären denn beflüstern?«, will Rapunzel wissen. »Ich meine, könntest du ihn überreden, die Perücke fallen zu lassen?«

»Nein, Tiere sind schwerer zu beeinflussen und ich habe hierfür nicht genug Kraft gesammelt«, heult die Hexe, wobei sie sich blutig kratzt.

»Da vorne! Wir müssen uns anpirschen, Leute!« Ungeachtet von Rexias Kratzanfall deutet Pain auf das Ufer des Bachs. Ein kleiner Abhang trennt sie von dem Tier.

»O nein, wie macht man so was? Ich habe mich noch nie angepirscht! Oder brauche ich einen Waschbären-Verwandlungstrank, damit er mich als einen der seinen erkennt?« Die Hexe rauft sich die Haare. Zieht Blätter und Zweige daraus hervor. An einem Zweig klebt eine ganze Käferfamilie.

Während die beiden Hexen komplett ausflippen, beißt sich Rapunzel auf die Unterlippe. Das darf doch alles nicht wahr sein! Sie wirft die Hände in die Luft und deutet auf den kleinen Waschbären am Fluss, der wie verrückt ihre Perücke im Flussbett wäscht.

»Warum ist denn niemand in diesem Land mehr normal? Liegt es an mir? Mache ich alle verrückt? Es ist meine Schuld, oder? Selbst dieser Waschbär hat eine Zwangsneurose entwickelt! Seht ihn euch an.«

»Ähm, ja«, sagt Pain, die das wild vor sich hin waschende Kleintier betrachtet, »was das angeht …«

Allerdings kommt sie nicht weit.

»Die Haare sind die Lösung!« Als hätte ihr jemand einen Stromstoß verpasst, zittert Rexia zuerst und stürzt sich gleich darauf den Abhang hinunter. »Wenn ich Rapunzel heil nach Hause bringe, wird Spieglein vielleicht sogar meine Fußfessel komplett abnehmen. Wenn ich beweisen kann, dass ich ein neuer Mensch geworden bin.«

Wie erstarrt schauen ihr Rapunzel und Pain hinterher. Die Hexe beugt sich zu ihr herüber. Tränen schimmern in ihren Augen. »Du tust ihr so gut, Rapunzel.«

Rexia ringt ungefähr zwei Minuten lang mit dem Waschbären, wobei beide Parteien einige Bissspuren einstecken müssen. Beide zetern und kreischen, sodass ab diesem Moment sicher der ganze Wald Bescheid weiß, dass hier eine Prügelei stattfindet. Letzten Endes stolpert Rexia überaus unglücklich, sodass die Schnauze des Waschbären in der Achselhöhle der Hexe eingequetscht wird. Kein besonders schöner Anblick. Rapunzel verzieht ihre Lippen. Dieser Vorfall ist der letzte Anstoß, der den Waschbären dazu zwingt, die Perücke fallen zu lassen und stattdessen wie im Wahn sein Gesicht im Bach zu waschen. Schon schlimm, dieser Waschzwang.

»Ha! Game over, du niederträchtiges Nagetier!« Rexia reißt einen Arm hoch und schwingt das Kunsthaar, als sei es ein Pokal. »Für dich, Ra- ich meine Leia! Dieser Waschbär wird nie wieder deine Tarnung auffliegen lassen.«

Dafür beißt er sie in die Wade.

»Autsch!«

Rapunzel schenkt der Hexe ein sanftes Lächeln. »Tausend Dank! Ich werde auf jeden Fall ein gutes Wort bei Spieglein für dich einlegen. Du bist echt –«

»Da vorne! Das ist sie doch. Rapunzel!« Männerstimmen durchdringen den Wald. Mehrere Männer rennen auf sie zu. Durch die Schatten und Baumstämme kann man nicht mehr als ihre Umrisse erkennen. »Schnappt euch das Miststück.«

»Knüpft sie auf!«

Als wäre das Ganze lediglich ein Film oder Videospiel, beobachtet Rapunzel die Näherkommenden mit ihrem früheren glasigen Blick. Keiner ihrer Muskeln rührt sich. Warum sind bloß alle sauer auf sie? Kann sie denn niemand mehr lieb haben?

»Bauern mit Mistgabeln!«, japst Rexia. »Lauf, Leia!«

~Red~

»Das ist ein Scherz, oder?«

»Mitnichten.«

»Mit Früchten?«, hakt Rose nach, wobei sie ihre Stimme bis auf ein Flüstern senkt. Sie muss sich ein Gähnen verkneifen. »Ich dachte, Schwarzwälder Kirschtorte enthält höchstens eingelegte Kirschen.« Jetzt kommt der Gähner.

»Haltet alle mal kurz die Klappe, ich muss nachdenken.« Ich presse mir die Handflächen ins Gesicht. Will nichts mehr sehen. Niemanden mehr. Und vor allem keinen toten Ever, sobald ich die Augen schließe.

Letzten Endes, nachdem lange niemand mehr etwas gesagt hat und nur das Atmen des Teufels zu hören und der Schmerz in meinem Herzen zu spüren ist, lasse ich die Hände sinken. Erneut starre ich auf die Nachricht im Spiegel. Die Spieglein geschrieben hat. In der alten Geheimsprache, die Rose und ich früher benutzt haben. Ziemlich agentenmäßig. »Wie lange habe ich noch?«

»Ungefähr dreißig Sekunden.« Die Stimme aus der Wand klingt gleichmütig. »Egal, was ihr plant, es wird nicht funktionieren. Kein Sterblicher trickst den Herrn der Unterwelt aus. Niemand bringt den unsterblichen und allwissenden Teufel dazu, einzuknicken. Es gibt nichts, was ihr mir –«

»Du bekommst keinen Geburtstagskuchen von Rexia, wenn du uns nicht reinlässt«, platze ich heraus. Mir blieb sowieso keine Wahl.

Der Teufel schweigt. Ziemlich lange. Bis er sich letzten Endes zu einer Antwort hinreißen lässt. »Aber dann ist es ja keine Party mehr.« Die Stimme in der Wand klingt weinerlich.

»Lass uns einfach rein. Du wirst doch keine Schwarzwälder Kirschtorte wegen drei lächerlichen Märchenfiguren aufs Spiel setzen wollen, oder?«, blafft Spieglein.

Die Wände schweigen. Dafür wird das Stechen in meiner Herzgegend stärker, lässt mich in die Knie gehen.

»Wenn sie stirbt ...« Rose zeigt auf mich. »... gibt es nie wieder irgendeine Torte von Rexia! Und auch keinen Lebkuchen!«

Die Wand hüstelt oder kommt es mir nur so vor? Jedenfalls schwingt eine Sekunde später das Tor zur Hölle auf. Im selben Moment lässt das Stechen nach, verflüchtigt sich ganz. Ungläubig fasse ich mir an die Brust. So schnell es mir möglich ist, richte ich mich auf, will nichts verpassen.

Wir alle sehen uns an. In Rose' Gesicht kann ich immer noch ihre Sorge um mich ablesen. »Alles okay. Es hat aufgehört.«

Sie stützt meinen Unterarm und zieht mich nach oben. Bei dieser Bewegung scheint endlich wieder Blut in meine Gliedmaßen zu fließen. Meine Füße kribbeln. Wie auf Wackelpudding stakse ich in Richtung der Steintür, die sich vollkommen zur Seite geöffnet hat. Von innen scheint uns goldenes Licht entgegen. Nein, halt, ein weiterer in den Felsen gehauener Gang, der in leuchtend orangegelbes Licht getaucht ist. Okay, fast wirkt es golden.

Die Grinsekatze hüpft als Erste über die Schwelle, streckt bei jedem Hopser die lila Beinchen. Genau in dem Augenblick, in dem das goldene Licht ihr Fell erfasst, dreht sie ihren Kopf in meine Richtung.

»Willkommen in der Hölle, Red. Erfrischungen müssen selbst mitgebracht werden.«

Der verdammte Gang scheint noch länger zu sein als der erste. Zudem ist es stickig und heiß hier drin. Als würde irgendwo in der Nähe verwesendes Fleisch brennen. Vielleicht tut es das ja. Wenn man bedenkt, durch welche Hallen wir schreiten. Ich schlucke, spüre meine trockene Kehle. Trotzdem wage ich es nicht, stehen zu bleiben und eine Flasche aus meinem Rucksack zu nehmen. Will keine Zeit verlieren und meine Aufmerksamkeit keine Millisekunde von den Wänden ablenken lassen. Was, wenn hier weitere Fallen auf uns warten? Die Stimme des Teufels hören wir nicht mehr. Und auch sonst verändert sich nichts. Nur wird es immer schwüler im Gang. Drückend heiß zuletzt.

»Da!« Unter den Worten der Herzkönigin zucke ich zusammen. Ihre Schulter stößt gegen meine Rippen. »Seht ihr das? Eine Höhle.«

Ich blinzele und erkenne, dass sie recht hat. Wie von selbst beschleunigen sich meine Schritte. Was ist da vorn? Können wir wirklich am Ziel angelangt sein? In mir pocht es, als stünde ich nun wirklich kurz vor dem Herzkasper und mein Blut rauscht wie das Meer in meinen Ohren.

»Red, nicht so schnell!«, versucht Rose es, doch ihre Worte prallen an mir ab wie Snows Gummikonfettikanonen, mit denen sie um sich schmeißt, wenn der erwartete Konfettiregen nicht einsetzen will.

Ein Gefühl wie Vorfreude durchflutet mich. Ich bin fast da und kann damit beginnen, die drei Prüfungen abzulegen, um Ever zurückzubekommen. *Ever, meinen Ever!*

»Warte auf uns, naives Ding!«, ruft mir die Herzkönigin hinterher. Aber wenn ich immer auf sie und ihre Stummelbeine warten würde, käme ich nie irgendwo an.

Der Gang legt eine sanfte Kurve ein und komischerweise schlägt mir genau am Scheitelpunkt der Kurve Hitze entgegen. Außerdem verstärkt sich der Gestank.

Und dann sehe ich sie, erkenne die Bestien, die mir den Weg versperren. Mitten in einer neuen Höhle, an deren Ende ein rotgoldenes Tor mit zwei Torflügeln – natürlich beide verschlossen – mitten in der Wand eingelassen ist.

»Na, da sieh einer an«, sagt die Grinsekatze, wobei sie sich genau neben mir auf dem Hintern niederlässt. »Tick, Trick und Track.«

Das sind natürlich mitnichten drei kleine Enteriche ohne Hose, die mir entgegenknurren. Stattdessen handelt es sich um drei ausgewachsene Monster. Nein, eher überdimensional riesige Hunde, die mir nicht nur fürchterlich groß vorkommen, sondern auch sehr böse in meine Richtung grollen. Mit spitzen Ohren und Fell von der Farbe von vergossenem Mitternachtshimmel.

Mein linker Zeigefinger zuckt, ansonsten wage ich es nicht, mich zu rühren. Keinen Muskel. Sollten wir wegrennen? Bloß wohin? Was verflucht noch mal soll das? Ist das der Humor des Teufels?

Sabber tropft aus den Lefzen des Scheusals ganz links. Der Hund in der Mitte erhebt sich, kommt langsam auf uns zu. Ich straffe die Schultern, versuche die Angst aus meinen Augen zu verbannen.

»Wer ist ein braves Hündchen?«, fragt die Katze gut gelaunt.

Rapunzel

Rexia zerrt Rapunzel hinter sich her, als ginge es darum, die besten Plätze bei einem Rockkonzert zu erobern.

Zugegeben, in diesem Fall folgen ihnen keine Groupies, stattdessen fuchsteufelswütende Märchenwaldbewohner, die zu nah an den Inhalt der Büchse der Pandora herangekommen sind. Laut Spieglein sind ungefähr 95 Prozent der Bevölkerung danach durchgedreht. Können einfach nicht verarbeiten, geschweige denn akzeptieren, dass sie »nur« Märchenfiguren und keine echten Menschen sind. Diese Erkenntnis hat den meisten von ihnen die Füße unter dem Boden weggezogen. Rapunzel wirft einen Blick zurück, mitten im Lauf, wobei sie Rexias Führung folgt. Sie starrt genau in das Gesicht eines Bauern mit Schnurrbart und von Falten durchzogener Stirn. Er fletscht die Zähne, es könnte sogar sein, dass er in ihre Richtung knurrt, da ist sich Rapunzel nicht sicher. Lediglich kann sie mit Gewissheit sagen, dass ihr blanker Hass entgegenschlägt und das nicht nur von diesem einen Bauern.

Reichlich unverständlich, findet Rapunzel. Immerhin existieren sie alle. Und was ist schon »echt« heutzutage? In einem Märchen zu leben hat doch auch was? Warum sollte man in einer Welt ohne Magie, aber dafür mit umweltverschmutzenden Maschinen wohnen wollen, wenn man stattdessen eine Endlosschleife an Märchen durchleben kann? Leider scheinen das vor allem die Bauern anders zu sehen. Wonach sie sich wohl sehnen? Vielleicht nach Urlaubstagen und Krankenversicherungen? Sie muss unbedingt mit ihnen sprechen. In Ruhe. Herausfinden, wie Snow das Leben der

Bürger vereinfachen kann. Jedoch muss zuerst die Genmais-Version fruchten. Die feine Lüge, um die Gemüter zu beruhigen. Damit ihr die Menschen endlich zuhören.

»Rexia!«, schreit Pain. »Magie. Jetzt!«

Genau wie bei den Hexen stolpert Rapunzels Atem bereits. Lange kann sie nicht mehr durchhalten, dafür treibt sie normalerweise zu wenig Sport. Ganz langsam sickert die Bedeutung von Pains Worten durch ihr Bewusstsein. Oh!

»Benutz den mit dem Schnurrbart und die Frau mit der Schaufel.« Immerhin hat Pain offenbar einen Plan.

Nach einem Blick in Rexias Gesicht bemerkt Rapunzel, wie sich ihre Züge aufhellen. Manchmal kommt man eben auf das Naheliegendste nicht. Vor allem nicht, wenn man erst seit Kurzem wieder Magie wirken kann. Jetzt muss sie bloß genug Kraft unter dem Zwang der Fußfessel gesammelt haben. Spieglein unterdrückt immer noch die volle Macht der Hexen. Dosiert ihre Kraft bewusst.

Jemand aus dem Mob japst nach Luft. Eine andere Person scheint über etwas zu stolpern und sich zu überschlagen. »Sofort stehen bleiben!«, vernimmt Rapunzel eine dunkle Stimme. Und genau weil sie wissen will, was hinter ihr geschieht, begeht sie den Fehler. Den einen Fehler. Sie dreht den Kopf. Mit geweiteten Augen beobachtet sie, wie zwei Bauern mit Mistgabel und eine Bäuerin, die eine Haube und ihre Schaufel trägt, den anderen den Weg versperren. Zuerst wirkt es so, als ginge Rexias Plan auf. Als würden die drei Bauern, denen sie ihren Willen eingeflüstert hat, ihre Freunde zum Umdenken bewegen. Rapunzel kann hören, wie sie versuchen, die anderen Bauern zu überzeugen, dass das alles nicht Rapunzels Schuld ist. Ja, dass sogar der Buchwurmbefall eine Lüge der Medien sein muss. Doch da entfährt Rapunzel ein leiser Schrei, unbewusst zwar, aber ihr Stolpern und die auf sie gerichteten Mistgabeln sind ein zu ungewöhnlicher Anblick. Ungefähr zwei Sekunden lang funktioniert Rexias Trick. Bis Rapunzels Schrei ihre Konzentration bricht. Sofort wirkt es, als wollten die Zombies die eingeflüsterte Erklärung nicht länger in sich aufnehmen. Nicht mal gründlich darüber nachdenken. Nein, sie wollen sie. Rapunzel. Womöglich sogar lieber tot als lebendig. Der Gedanke frisst sich tief in Rapunzels Gewissen. Im Grunde ist sie schuld daran, dass die Bauern unzufrieden mit ihrem Leben sind. Sie hat alles kaputt gemacht. Ohne auf den Weg zu achten, schließt sie die Augen, stößt ein stummes Gebet zu irgendeinem Gott aus. Zu Frau Holle oder einem anderen übernatürlichen Wesen, das hoffentlich über Märchenfiguren wacht. Ihre Beine werden schwer und sie spürt ein Stechen in ihren Seiten. Doch als sie ihre Hand aus Rexias nimmt, um sie sich auf den Leib zu pressen, kommt ihr rechter Fuß unglücklich auf dem Untergrund auf, knickt weg. Rapunzel stürzt, kann sich in einer akrobatischen Meisterleistung noch seitlich abrollen und entgeht damit einer Gehirnerschütterung oder Schlimmerem.

»Nein«, schreit Rexia. Ihre rotbraunen Locken wirbeln um ihr Gesicht, als sie die Richtung ändert. Sie versucht Rapunzel aufzuhelfen, aber es ist zu spät. Rapunzels Knöchel will sie nicht sofort wieder tragen und die Bauern sind ihnen zu dicht auf den Fersen. Schon spürt Rapunzel, die es immerhin geschafft hat, sich auf alle viere zu drehen, sich jedoch im gleichen Atemzug hoffnungslos in ihrem eigenen Zopf verheddert, etwas Spitzes im Nacken. Sicher ein Spaten.

»Wir haben sie.« Da klingt jemand sehr zufrieden. Immerhin hat sie einem Dutzend Bauern nun doch etwas Freude bereitet. Gemurmel erreicht sie. Man hat sie eingekreist. Die drei Bauern, die von Rexia manipuliert wurden, versuchen Einspruch einzulegen.

»Nein! Sie soll brennen. Bringt sie zum Dorfplatz!«, fordert ein ziemlich junges Mädchen, das sich in Rapunzels Sichtfeld schiebt. »Danach wird es uns besser gehen.«

Rapunzel hebt den Kopf und lächelt sie zaghaft an. Vielleicht hat sie recht. Womöglich ist es das Beste so. Irgendwann muss jeder für seine Taten geradestehen. Und die ganzen Dummheiten, die sie begangen hat, können nicht ungesühnt bleiben. Was hat sie sich nur gedacht?

»O nein, du wirst jetzt nicht aufgeben«, flüstert Rexia ihr zu. Wahrscheinlich hat sie an ihren Gesichtszügen abgelesen, was in Rapunzel vorgeht. Die Hexe zieht Rapunzels Zopf unter ihrem Knie hervor. Moos und Zweige kleben darin. Sogar ein Borkenkäfer, den Rexia vorsichtig abpflückt und dann den Zopf ordentlich um Rapunzels Schultern legt. Als bräuchten ihre zitternden Hände eine Beschäftigung. In der Zwischenzeit diskutieren die Bauern weiter, was sie mit ihr anstellen sollen. Mistgabeln und Spaten werden erbost gen Himmel gereckt. Mehr Klischee ging hier wohl nicht.

»Erschlagt sie auf der Stelle!«

»Sie soll dasselbe wie wir erleiden. Infiziert sie mit Bücherwürmern!«

Einfach lächerlich. Aber Rapunzel schweigt noch immer. Gibt es etwas, das sie tun kann? Vielleicht etwas für Red, Cinder, Rose und Snow? Oder für Prinz Adrian? Allerdings ist ihr Ehemann durchaus in der Lage, auf sich selbst aufzupassen.

»Ihr versteht noch immer nicht.«

Was? Dass Rexia sich aufgerichtet hat, das Kinn hoch erhoben, hat sie gar nicht mitbekommen. Jetzt starrt sie der Hexe direkt ins Gesicht. Pain, die hinter Rexia steht, hat eine Hand auf die Schulter ihrer Hexenfreundin gelegt. »Es war nicht Rapunzels Schuld. Ich habe die Büchse der Pandora geöffnet und es der Prinzessin angehängt. Wie jede ordentliche Hexe es tun würde.« Einen Moment herrscht Schweigen auf dem Trampelpfad mitten im Wald. Eine Gartenharke fällt zu Boden. Doch dann richten sich alle anderen Waffen im selben Atemzug auf Rexia.

Kapitel 5

~Red~

Die drei schwarzen Hunde starren mich an und ich starre zurück. Hoffe verzweifelt, dass ich sie hypnotisieren kann. Damit sie uns nicht angreifen.

»Ganz ruhig«, meint Rose, wobei sie beschwichtigend auf die Tiere einzureden versucht.

Einreden! Das ist es!

»Du musst sie zähmen, Herzkönigin!« Erst jetzt bemerke ich, dass ich immer noch nicht den Vornamen der Königin kenne. Wie gedankenlos von mir.

Die Königin hebt den Kopf. Kommt es mir bloß so vor oder beben ihre Nasenflügel? »Das sind Hunde. Hunde haben mich schon immer gehasst. Nur Yuma haben sie geliebt.«

»Was redest du da?«, fährt Rose die Königin an. »Keine Zeit für Sentimentalitäten.«

Die Herzkönigin blinzelt, legt die Stirn in Falten.

Allerdings kann ich keine Veränderung bei den Hunden erkennen.

»Sie blocken mich ab«, gesteht sie.

Tatsächlich schleichen die Hundemonster immer näher und scheinen über uns zu lachen, genießen die Angst, die uns umgibt wie eine scharfriechende Wolke Ausdünstungen aus der Küche der Goldenen Gans. Die Gans! Warum bin ich da nicht gleich draufgekommen?

Es ist einen Versuch wert, rede ich mir ein, vor allem, da die Fähigkeit der Herzkönigin, mit Tieren zu sprechen, offensichtlich keine Erfolge erzielt.

»Schnell, gib mir deinen Spiegel, Rose.« Glücklicherweise schleppt meine beste Freundin immer einen überdimensionalen Schminkspiegel mit sich herum. Kaum hat sie ihn aus der Handtasche gezogen, schnappe ich ihn mir schon, umklammere fest seinen verschnörkelten Griff. Als Nächstes zische ich Spieglein meine Anweisungen zu. Keine Sekunde zu früh, denn die Teufelshunde – nichts anderes sind sie – haben sich so weit genähert, dass ihr Anführer in der Mitte bereits in Richtung meiner Schuhe schnüffelt.

»Ha!« Ich kann mir ein triumphierendes Schnauben nicht verkneifen, als ich dem Hund den Spiegel entgegenhalte, so nah, dass seine Schnauze beinahe dagegenstößt. Der Hund schaut irritiert oder bilde ich mir das ein? Möglicherweise überlegt er, was das soll und ob man den Spiegel mitessen kann, wenn er mich in einem Haps verschlingt. »Na, komm, hol dir das Leckerli«, locke ich ihn, trete nun doch einen Schritt zurück und scheuche alle hinter mir zur Seite, damit ich freie Bahn habe. Der Hund in der Mitte grunzt. Niemand rührt sich. Lediglich die Grinsekatze springt auf meinen Nacken, um einen Blick in den Schminkspiegel zu werfen. In den Spiegel, den ich an seinem silbernen Griff gepackt wie einen Schutzschild vor mich halte.

»Aha«, stellt sie fest, »ein Steak. Ich bevorzuge allerdings Medium Rare durchgebraten.«

Davon lasse ich mich nicht irritieren. »Kommt schon, ihr Wuffis. Schnappt euch das Leckerli!« Ich hole aus und werfe den Spiegel so weit ich kann in den Gang hinein. Glücklicherweise hört man lediglich ein minimal leises Klirren, was die Monster nicht argwöhnisch werden lässt. Im Gegenteil, ohne zu zögern sprinten die Hunde hinterher. Rose und der Herzkönigin gelingt es gerade so, aus dem Weg zu hechten. Ziemlich zufrieden mit mir streife ich die Hände an meinen Hosenbeinen ab. Die Hitze in der Hölle hat immerhin mein Outfit nach dem Bad im Fluss komplett getrocknet. »Los, los, durch die Tür!«

»Ernsthaft?«, höre ich die Herzkönigin fragen, als ich längst losgestürmt bin. »Ein Steak von Spieglein erschaffen?«

»Was denn sonst? Vielleicht Schwarzwälder Kirschtorte?«

»Nein, ich dachte an so was wie den Signalton einer Hundepfeife.«

»Spieglein! Hundepfeife!«, brülle ich. Daraufhin ertönt ein durchdringendes Geheule seitens der Monsterkläffer. Da hat Spieglein erstaunlich schnell geschaltet. Fast tun mir Tick, Trick und Track leid.

Doch selbst mit Gefühlen wie diesen kann ich mich aktuell nicht aufhalten. Mal abgesehen von den alles überstrahlenden Gefühlen für Ever.

Ich drücke wie wild gegen die Tür, zuerst mit der Schulter, sodass die Grinsekatze fauchend von meinem Rücken springt (nicht ohne mir vorher noch ihre Krallen ins Fleisch zu jagen) und dann mit der Faust, die ich auf die Klinke sausen lasse. Wundersamerweise ist sie nicht verschlossen. Klemmt bloß ein wenig. Ob der Teufel annimmt, drei Monster vor der Tür könnten ein ordentliches Schloss ersetzen, um ungebetene Gäste aufzuhalten? Ich werfe meinen Begleitern einen Blick zu. *Willkommen in meiner Welt.* Gerade als sich mein linker Mundwinkel fast unbewusst hebt, bemerke ich, wie der erste Hund um die Ecke schießt. Genau auf uns zuhält.

Auch Rose dreht sich um und reißt die Augen auf. »Schnell. Durch die Tür. Beeilt euch!« Ich wedle mit der Hand und halte die Tür auf. Rose schiebt sich hinein, gefolgt von der Herzkönigin, die im Zuge dessen einen gewagten Sprung hinlegt. Fast wie in Zeitlupe kann ich sie durch den Türspalt segeln sehen. Nur die Katze und ich sind noch übrig.

»Jetzt oder nie«, sage ich.

»Nie«, sagt die Katze und hopst durch die Tür. Kopfschüttelnd eile ich hinterher, spüre bereits den Atem der Bestien in meinem Rücken. Oder bilde ich mir das ein? Natürlich bleibt im letzten Moment mein Rucksack an der Türklinke hängen.

»Red!«, kreischt Rose. Sie springt auf mich zu, doch die Herzkönigin ist näher an mir dran. Während ich mich schon halb im Maul einer Bestie wähne, befreit sie mich. Packt meinen Rucksack und schiebt den Gurt über die Klinke. Gleichzeitig zieht Rose die Tür ins Schloss, was dazu führt, dass draußen mehrere Körper gegen das Holz der Tür prallen. Wütendes Gebell setzt ein.

»Was? Bin ich etwa eingeschlafen?«, quakt der Whistle-Blower aus meinem Handy, das ich in meine Hosentasche geschoben habe. »Hundepfeifen machen mich immer ausgesprochen müde, wisst ihr?« Zwischen seinen Gähnern kann man ihn kaum verstehen. Allerdings strafe ich ihn für dieses Vergehen lediglich mit Nichtbeachtung. Zu mehr bin ich nicht in der Lage, solange sich mein Atem nicht beruhigt hat.

»Dir sind wohl die Leitungen durchgeschmort oder was? Beinahe hätten die Hunde Red erwischt. Was für eine Art Whistle-Blower bist du eigentlich?« Rose' Knurren steht dem der Hunde in nichts nach.

»Ja, stand dein erster Spiegel, in dem du aufgewachsen bist, zu nah am Kaminfeuer oder wie?« Die Katze blickt begeisterungsheischend zu Rose auf.

»Ähem.« Jemand räuspert sich. »Wenn ihr nun die Güte hättet, euch umzudrehen und einen recht erschrockenen Gesichtsausdruck aufzusetzen, sobald ihr mich erkennt? Ein bisschen Zittern und Zähneklappern wird zusätzlich gern gesehen, ist aber kein Muss.«

Die Stimme, die kurz zuvor noch dumpf aus den Wänden drang, kriecht mir nun wie eine Schlange aus Eis über den Rücken. Der Teufel höchstpersönlich muss hinter uns stehen. Allein die Vorstellung lässt mich würgen. Der, der eben kurz davor war, mein Herz von der Blutversorgung abzuschneiden. Wie in Zeitlupe drehe ich mich um. Meine Unterlippe zuckt, als ich ihn von oben bis unten betrachte. Dabei grabe ich die Fingernägel in meine Handballen, um ja keinen verängstigten Eindruck zu machen. Ich will mich im Griff haben.

Der Teufel lächelt mich an. Rote Haut spannt über seinen Gesichtsmuskeln, als sei er eins dieser traurigen Brandopfer aus den Nachrichten. Doch halt, dafür besitzt er zu viele Haare. In struppigen dunklen Bündeln fallen sie ihm über die Ohren. Als hätten sie seit Jahrhunderten keinen Kamm mehr gesehen. Ganz hinten auf seinem Schädel entdecke ich die berühmten drei goldenen Haare, etwa zehnmal so dick wie normale Haare. Er trägt einen Anzug mit dem typischen Muster von Louis Futtong. Nur an den Füßen trägt er nichts. Denn unter der Anzughose lugen zwei Hufe hervor.

»Schöne Schuhe«, sagt die Grinsekatze. »Gibt's die auch in meiner Größe?«

Die Herzkönigin tut so, als würde sie nach dem Kater treten, und räuspert sich. »So, ich schätze mal, das waren jetzt drei Prüfungen. Her mit den goldenen Haaren, würde ich sagen.«

»Euch hat, wie es den Anschein macht, niemand erklärt, wie das hier läuft, würde ich sagen.« Der Teufel kräuselt seine Nase, was ihm etwas von einem Hängebauchschwein verleiht. Im Anschluss deutet er auf seinen Hinterkopf. »Die drei hier sind ziemlich wertvoll. Die bekommt man nicht einfach so. Und das da draußen waren nur Aufwärmübungen.«

»Nur Aufwärmübungen?« Das Echo meiner Worte wird von den Höhlenwänden zurückgeworfen. Jetzt erkenne ich, dass ganz hinten ein Kessel sowie ein Schreibtisch mit einem Laptop stehen. Außerdem ein Vorhang, der wohl zu einem zweiten Raum führt. Oder tiefer in die Hölle hinab. Wo er die ganzen Seelen festhält. Ich schlucke.

»Ganz genau«, bestätigt der Teufel. Schiebt sogar ein Nicken hinterher. »Seit ewigen Zeiten ist niemand mehr bei diesen Aufwärmübungen draufgegangen.« Er dreht den Kopf um beinahe neunzig Grad über die Schulter. Natürlich nimmt er dabei nicht die tiefdunklen Augen von mir. »Hey, Siri, wie lange ist im Vorraum der Hölle niemand mehr einen grausigen Tod gestorben?«

Mit einem *Pling* springt der Bildschirm des Laptops an. Eine Statistik erscheint, die von einer Computerstimme vorgelesen wird. »Unfallfrei seit drei Tagen.«

Die Herzkönigin stemmt ihre Fäuste in die Hüften, wobei sie den Teufel vorwurfsvoll mustert. Ganz wie Lehrerinnen es bei Schülern tun, die ihre Hausaufgaben vergessen haben.

Leider weiß selbst ich nicht mehr, was ich dazu sagen soll. Also knurre ich. Genau wie es Rose eben getan hat.

Der Teufel breitet die Arme aus, als erwartete er Applaus, vielleicht sogar einen Konfettiregen.

Darauf schweigen wir alle.

»Immerhin könnte ich Schuhe tragen, wenn ich wollte«, verkündet die Grinsekatze. Als sie meinen Blick bemerkt, aus dem sicher nichts als Entgeisterung spricht, fügt sie hinzu: »Ich habe den Teufel beleidigt.« Durch ein kurzes Nicken bestätigt sie sich selbst ihren Erfolg, lässt sich auf die Hinterbeine nieder und beginnt, eine Pfote zu lecken. »Kann ich das endlich von meiner To-do-Liste streichen.«

Der Teufel neigt gelassen den Kopf. »Könntest du nicht. Sieh es ein, Kater. Keine Schuhe für keinen von uns.«

Grin starrt ihn böse an.

Ich verdrehe die Augen. Warum umgebe ich mich ständig mit Wahnsinnigen? Wahrscheinlich muss ich den Fehler bei mir suchen.

»Schluss mit dem Unsinn. Ich bin gekommen, um drei Prüfungen abzulegen. Erklär mir die Bedingungen. Und keine Tricks.«

»Bist du ganz sicher, dass du das willst? Wenn du versagst, erwartet dich Schlimmeres als ein Tod durch Zerquetscht- oder Gefressenwerden.«

»Falls ich bestehe, kann ich einen geliebten Menschen von den Toten zurückholen, richtig? Ohne irgendwelche Bedingungen?« Ich muss genau sein, habe mir diese Worte sorgfältig überlegt. »Keine Fallstricke. Ich will meinen Freund Ever genauso zurück wie vor seinem Tod. Wage es nicht, mich zu betrügen.«

Schulterzuckend hebt der Teufel eine Hand, zählt an seinen Fingern die Regeln ab. »Drei Prüfungen. Du musst jede einzelne davon bestehen. In diesem Fall erhältst du, wofür du gekommen bist. Versagst du auch nur bei einer, nehme ich dir das Liebste, das du hast.«

Das Liebste, das ich habe? Aber das hat er doch längst. Dennoch keimt in mir eine Ahnung, dass er mir genau das nehmen könnte, was mich erneut in den tiefsten Abgrund stößt.

»Zwei von drei«, erhebt die Herzkönigin die Stimme. »Bei solchen Abkommen herrscht immer die Zwei-von-drei-Regel. Wie bei Schnick-Schnack-Schnuck.«

»Mein Spiel, meine Regeln.« Der Teufel schaut wie ein Showmaster in die Runde. Als erwartete er von irgendwoher die Einblendung von Lachern oder Applaus.

Die Grinsekatze hebt eine Pfote an den Mund und versucht sich an unauffälligen Buhrufen wie aus der Konserve.

Der Teufel bleckt die Zähne.

»Denk an deine Schwarzwälder Kirschtorte«, sagt die Katze. Sie und die Herzkönigin tauschen einen zufriedenen Blick.

Daraufhin grummelt der Teufel etwas.

Die Herzkönigin fokussiert sich wieder auf den Herrscher der Unterwelt. »Wie war das, bitte?«

»Hmpf. Ist in Ordnung. Zwei von drei Prüfungen muss sie bestehen, um zu gewinnen.«

Immerhin etwas. Im Grunde kann ich mein Glück kaum fassen. Zwei von drei! Am liebsten würde ich die Herzkönigin umarmen.

»Was ist mit meinen Freunden?« Ich deute auf meine Begleiter, die mich stumm anstarren.

»Sie können gehen, wann immer sie wollen. Ich werde sie nicht hier unten festhalten.«

»Ohne Gefahr für ihr eigenes Leben?«

»Fest versprochen.« Der Teufel grinst wie ein Schuljunge, der hinter dem Rücken die Finger überkreuzt. Bloß zeigt er mir in diesem Fall seine erhobenen Handflächen.

Wie auch immer. Ich habe ja doch keine Wahl.

»Na gut. Einverstanden. Legen wir los. Was ist die erste Prüfung?« Ich lockere meine Schultern und erwarte fast, dass er sich ohne Vorwarnung auf mich stürzt.

Aber der Teufel grinst einfach nur, so als hätte er durch meine Einwilligung bereits gewonnen.

~Rapunzel~

Was? Rapunzel braucht einen Moment bis ihr Hirn verarbeitet hat, was Rexia da gerade gesagt hat.

Pain hat sich die Hände vor den Mund geschlagen, doch Rexia funkelt sie so wütend an, dass sie nicht wagt, zu widersprechen. Auch Rapunzel nicht. Niemand enthüllt die Worte als Lügen, die soeben über Rexias Lippen gekommen sind.

»Die Hexe war es!«, brüllt jemand. Rapunzel schaut nicht mal hin. Das muss ein Traum sein. Nein, nein, nein! Nicht Rexia! Ihre Wangen fühlen sich wie eingefroren an, erschlafft, und alles um sie herum irgendwie dumpf. Das kann nicht wirklich geschehen sein.

Da wird die Hexe von zwei kräftigen Bauern gepackt, beide so stattlich wie Bullen in ihren besten Jahren.

Das Mädchen in Rapunzels Alter hebt eine Faust. »War ja klar. Die Hexen stecken immer hinter allem. Sie soll brennen!«

»Sie soll brennen!«, echot eine Frau mit Kopftuch.

Alle jubeln. Bis einer sagt: »Nein, das geht nicht. Heute ist Mittwoch, der fünfzehnte, und damit Kingsday und der ist heilig. Aber morgen käme infrage.«

Rapunzel, die gar nicht bemerkt hat, dass sie die ganze Zeit über die Luft angehalten hat, atmet aus. Immerhin können sie heute keinen Scheiterhaufen errichten. Zwar etwas abwegig, jedoch innerhalb ihrer eigenen Logik sicherlich nachvollziehbar.

Sie tauscht einen Blick mit Pain, in deren Gesicht mehrere Muskeln zucken. Ob sie sich ebenfalls nicht entscheiden kann, ob sie diese Szene absurd, ungerecht oder zum Heulen findet?

Ganz als wären Rapunzel und Pain gar nicht da, zerren die Bauern Rexia davon. Stürmen los, wobei sie die Füße der Hexe über den Boden schleifen. Gut, Rapunzel um Erlaubnis bitten, wäre auch abwegig gewesen. Dennoch …

In ihrer Schockstarre reißt die Prinzessin die Augen auf. Sie muss etwas tun.

Rexias Haare wirbeln um ihren Kopf, als sie sich ein letztes Mal zu Rapunzel umdreht. Jedenfalls so weit das möglich ist. Mitten in diesem Pulk an jubelnden Bauern, die immer mehr Baumstämme und Hindernisse zwischen Rexia und Rapunzel bringen, indem sie sich weiter und weiter entfernen. Die Augen der Hexe sagen ganz eindeutig aus: »*Widersprich nicht. Halt sie nicht auf.*«

Ohne es zu wollen, beginnen Rapunzels Schultern zu zittern. Wo kommt das bloß her? Sie kann es sich weder erklären noch stoppen. Viel zu schnell gerät Rexia außer Sichtweite. Nur ein Pulk verschwommener Menschen ist zwischen den Bäumen zu erkennen. Eine Grille zirpt.

»Sie wissen nicht, dass ihre Fußfessel von Spieglein umprogrammiert wurde.« Pain nimmt Rapunzels Hand und blickt zu ihr auf. »Das ist nicht das Ende. Ich wette, sie kann ihre Magie einsetzen, sobald sie wieder bei Kräften ist und nicht mehr als eine oder zwei Wachen um sie herumstehen.«

Immer noch starr vor Entsetzen blickt Rapunzel auf den Fleck tief im Wald, wo der Mob mit der Hexe eben verschwunden ist.

»Was, wenn nicht? Wenn sie es merken und sie in großen Gruppen bewachen? Wir müssen sie retten. Sie hat niemanden außer uns.« Fieberhaft wägt Rapunzel alle Möglichkeiten ab. Nie und nimmer wird sie Spieglein überreden können, weiter an Rexias elektronischer Fußfessel zu schrauben, sodass die Hexe Zugriff auf ihre volle Magie hat. Da nimmt er lieber den Tod der Hexe in Kauf, als eine Bedrohung für Snow frei herumlaufen zu lassen. Zwar ist Rexia Snows Tante, aber niemand kann garantieren, dass sie nicht doch wieder in alte Muster zurückfällt …

»Du hast ein großes Herz, Rapunzel.« Hoffnung glimmt in den Augen der kleinen Hexe auf. Und es ist weit mehr als lediglich die Hoffnung auf Rexias Überleben.

Rapunzel drückt ihre Hand.

Zwanzig Minuten später haben Rapunzel und Pain fast den Pfad erreicht, der zum Haus der Goldenen Gans und Tischlein-deck-Dich führt. Zusätzlich haben sie einen Entschluss gefasst. Zuerst die Mission *Ever von den Toten zurückholen* und im Anschluss *Rexia befreien*. In dieser Reihenfolge.

Natürlich läuft das Ganze nicht weniger problemlos, wie in ihren Plänen erdacht. Und als es geschieht, fragt sich Rapunzel unwillkürlich, wie sie so dumm gewesen sein konnte, nicht daran zu denken. Dass der Mob, der Rexia mitgenommen hat, nicht der einzige sein kann, der unterwegs ist im Märchenwald.

»Scheiße, scheiße, scheiße!«, schimpft Pain, während sie hinter einen Baumstamm hechtet. Bunte Farbkugeln schießen an ihr vorbei. Die geschäftstüchtige Sterntaler, die eine Paintball-Freiluft-Arena besitzt, ist hinter ihnen her. Gemeinsam mit vielen ihrer Kundinnen. Allem Anschein nach ein Frauenteam, das Rapunzel stark an eine Horde Amazonen erinnert. Allesamt bewaffnet.

Eine Kugel trifft Rapunzels Kopf, zerplatzt und schickt eine Schmerzwelle durch ihren Schädel, der sie fast ohnmächtig zusammenbrechen lässt. Sie stürzt auf alle viere. Aber Pain springt zu ihr und zieht sie wieder nach oben. »Lauf, Rapunzel. Lauf!«

Und ohne Luft zu holen, fügt sie in Richtung der als Soldaten Verkleideten hinzu: »Es war die Hexe Rexia, die die Büchse geöffnet hat, nicht die Prinzessin! Habt ihr es nicht gehört?« Mehr Zeit bleibt ihr nicht. Die lächerlich kostümierte Sturmtruppe hat sich schon viel zu nah in halbgebückter Haltung an sie herangepirscht.

»Team Alpha: Spielzug. Dukatenflanke!«, brüllt Sterntaler ihre Anweisungen. Die Maske auf ihrem Gesicht verändert ihre Stimme unnatürlich. Klingt eher wie ein Roboter, der durch ein Büchsentelefon spricht. Die blonden Haare trägt sie ähnlich wie Pain als Wallemähne. Eine Rachekriegerin mit schwarzen Lederleggings, einer Armeejacke und einem Brustpanzer. Mit pinker Farbe hat sie darauf quer *NEMESIS* gepinselt.

Rapunzel rollt mit den Augen. Kann sie nicht einmal Glück haben? Und warum verdreht die Büchse der Pandora einfach allen das Hirn?

»Wir müssen uns verstecken.« Pains Stimme klingt heiser, als sie über ein Loch im Waldboden hopst. »Von hier aus ist es zu weit bis zum Haus der Gans.«

Sie hat recht. Rapunzel weiß das. Die Paintball-Amazonen würden sie beim Betreten des Hauses sehen und clever wäre es auch nicht, sich so offensichtlich dort zu verkriechen. Nur wo dann? Zweige peitschen in ihr Gesicht, kämmen durch ihre Haare. Ihren zerfledderten Zopf hat sie sich unter einem Arm geklemmt. Was würde Red jetzt tun? Oder die superschlaue Herzkönigin? Die Königin! Natürlich!

Kapitel 6

»Ich habe eine Idee!« Rapunzels Stimme ist ein Flüstern voller Zuversicht, was umgehend durch einen anerkennenden Blick von Pain belohnt wird. »Ich wusste, du rettest uns.«

»Schlag einen Haken, los.«

Die Hexe folgt ihren Anweisungen. Vielleicht – ganz vielleicht – hat sie da einen besseren Soldaten an ihrer Seite als all die Zwangsrekrutierten aus Sterntalers Einsatztruppe.

Ein Haken folgt dem nächsten und das Adrenalin rauscht bei jedem Baumstamm, den sie überspringt, heftiger in Rapunzels Ohren. Immerhin scheinen sie Sterntaler und ihre Soldaten damit so sehr zu verwirren, dass sie jedes Mal ein bisschen brauchen, um zu erkennen, in welcher Richtung Rapunzel und Rexia zwischen den Bäumen abgetaucht sind. Glücklicherweise dringt hier nur wenig Sonnenlicht bis zum Boden. Farne und Büsche verdecken ihren Verfolgern zusätzlich die Sicht.

Ein paar waghalsige Aktionen später, durch die sie immer mehr Abstand gewonnen haben, japst Rapunzel: »Da vorne. Beeil dich.« Snow hat ihr diesen Ort einmal gezeigt und Glück für sie: Es ist quasi *das* ideale Versteck in diesem Teil des Waldes.

Zuerst erntet sie einen verständnislosen Blick von Pain. Aber sobald Rapunzel den großen Farn vor der gut verborgenen Mini-Tür ganz unten an einem Erdhügel zur Seite schiebt, hellt sich ihre unterspritzte Augenpartie auf. »Ist es das, was ich denke?«

Rapunzel beantwortet die Frage der Hexe mit einem Zwinkern, während sie die Tür aufdrückt. In gebückter Haltung quetschen sich die beiden ins Innere der Höhle. Und Rapunzel ist sich fast sicher, dass diese Aktion von Sterntaler und ihrer Crew unbemerkt geblieben ist. Dunkel ist es hier drin und etwas wabert durch den Gang, der nach drei Holzstufen tiefer ins Innere führt.

Pain verzieht das Gesicht. Keine Falte wagt sich zu zeigen, abgesehen von der süßen Nasenkrause. »Was riecht denn hier so?«

»Könnten Zwiebeln sein. Vielleicht kochen sie Mittagessen.«

»Da kann man nur hoffen, dass wir nicht auf der Speisekarte stehen.«

Rapunzel neigt den Kopf. »Das hier sind freundliche und zivilisierte Wesen. Und jetzt komm.«

»Aber was, wenn sie vom Büchsenvirus befallen sind?«

»Glaube ich nicht, sie bleiben auf Abstand zum Dorf und verbringen die meiste Zeit des Tages unter der Erde. Mal ganz davon abgesehen, dass sie ziemlich diskriminiert werden von den Dorfbewohnern.«

Die beiden nehmen in einträchtigem Schweigen die Stufen, können kaum im Gang stehen. Glücklicherweise sind es nur wenige Schritte bis zur nächsten Tür. Wieder eine, so niedrig wie im Kinderparadies im ortsansässigen Möbelhaus. Gelächter schallt ihnen dahinter entgegen und ein Geräusch wie gegeneinanderschlagende Bierkrüge.

Pain schluckt, strafft jedoch die Schultern, schiebt sich sogar vor Rapunzel und öffnet die Tür. Sofort wird der Zwiebelgeruch intensiver, sodass Rapunzel ein Röcheln ausstößt. »Hier müsste mal jemand ordentlich lüften.«

Sieben Augenpaare starren ihr entgegen. Sieben Bierkrüge verharren in der Luft über einem Tisch. Sieben kleine Münder klappen auf.

Immerhin lässt die Raumhöhe gerade noch zu, dass Rapunzel und Pain aufrecht stehen können.

»Rapunzel?«, spricht der älteste der Zwerge sie an.

»Und eine Hexe?«, fragt der Zwerg rechts neben ihm.

»Wie seht ihr denn aus?«, fragen dann alle neun gleichzeitig.

Rapunzel sieht an sich herunter. Ihre Arme und Beine sind schlammbespritzt und teilweise von übel aussehenden Kratzern zerfurcht. Ihr Jumpsuit ist ebenso verdreckt und sicher geht es ihrem Gesicht da nicht anders.

»Wir waren auf der Flucht vor Sterntaler.«

Die sieben Zwerge nicken, als würde das alles erklären.

»Und wir waren auf einem Wettbewerb«, sagt einer ganz vorne links am Tisch. Er trägt eine grüne Zipfelmütze und einen blonden Bart, der wie ein Wirbel frisiert ist. Oder soll das eine Wendeltreppe darstellen?

»Die Wahl zum schönsten Bart im Märchenwald«, erklärt ein anderer, in dessen Bart mit einer Spraytechnik ein Bild gesprüht wurde. Soll das eine Entenfamilie sein, die direkt auf seinen Mund zuschwimmt?

»Aha.« Pain streicht ihren Jumpsuit glatt. »Und habt ihr gewonnen?«

Ein Zwerg mit blauer Mütze und Flechtkunstwerk im Bart heult auf, was eher nach dem Schrei einer Frau klingt. »Nein! Rübezahl hat uns geschlagen! Schon wieder!«

Der Zwerg vorne links springt auf. »Dieser Wettbewerb ist eine einzige Farce. Superduperungerecht. Dieser Riese hat viel mehr

Barthaare als wir!« Alle recken die Fäuste. Jemand schlägt auf den Tisch, was ziemlich viel Mett von einem Teller springen lässt. Das riecht hier also so nach Zwiebeln.

»Es ist Mettwoch«, erklärt der Zwerg mit der blauen Mütze. Erinnert Rapunzel sofort an die Schleife aus ihren eigenen Haaren, die die Grinsekatze erst kürzlich auf dem Kopf getragen hat. Er deutet auf mehrere Schüsseln, gefüllt mit rohem Fleisch und Zwiebeln.

»Mettwoch?« Ganz langsam lehnt sich Pain in Richtung von Rapunzels Ohr.

»Ja und bald haben wir sogar Mettsommer. Wollt ihr mitessen? Wir hätten da noch ein achtes Tellerchen.«

Sicher haben sie das.

»Rudi, holst du es?«

Der Zwerg mit dem Wirbel im Bart steht auf.

»Großkotz ist übrigens zweiter geworden«, verkündet der Zwerg mit der rosa Mütze. Er deutet auf seinen Kumpanen ihm gegenüber, der mit deutlich mehr Muskeln als die übrigen aufwarten kann. Unter seiner roten Mütze lugen schwarze Haare hervor, die in einen Bart übergehen, der wie ein Krake frisiert ist. »Beim Wettbewerb.«

Die Hexe nickt. »Ziemlich eindrucksvoll.«

»So eindrucksvoll nun auch wieder nicht«, sagt ein Zwerg mit orangefarbener Mütze und einem Gesicht wie eine Gewitterwolke. Auf seinen braunen Bart ist der Eiserne Thron aus *Game of Thrones* gesprüht. Daraufhin setzt sich Großkotz, der sich bereits auf halbem Wege aufgerichtet hatte, wieder hin. Wirft dem Gewitterwolkenzwerg stattdessen eine Handvoll Mett ins Gesicht.

»Essensschlacht!«, brüllt der mit der Entenfamilie im Bart und steigt direkt ein. Doch noch ehe er etwas werfen kann, fegt ihm eine

Kugel Fleisch die rosa Mütze vom Kopf. Der übereifrige Zwerg mit der blauen Mütze und dem Schleifenbart grinst.

Großkotz räuspert sich, die Augen fest auf seinen nun mützenlosen Freund gerichtet. »Punkt für Elvis.«

Danach bricht die Mett-Hölle los.

Rapunzel und Pain gehen in Deckung. Dennoch landet eine Packung rohes Zwiebelfleisch in den Haaren der Hexe.

»Soso, zivilisierte Wesen also, sagst du?« Pain hat sichtlich Mühe, ihre Haare wieder mettfrei zu kriegen.

Eine Wurzel streift Rapunzels Stirn, als sie den Kopf in den Nacken legt und einen Seufzer ausstößt.

Kurz danach reiben sich fünf Zwerge auf dem Boden mit Mett ein, haben sich gegenseitig im Schwitzkasten. Nur der älteste mit grauer Mütze und grauem Bart schaut kauend zu. An seinem Bart baumeln Mini-Christbaumkugeln.

Der Zwerg mit dem Wirbel im Bart ist auf dem Tisch eingeschlafen, sabbert auf seine grüne Zipfelmütze. Ganz wie Rose es in dieser Situation tun würde.

Rapunzel lächelt.

In vollkommenem Kontrast zu ihr schielt die Hexe pikiert in Richtung ihrer ruinierten Haare.

Okay, das muss ein Ende haben. Rapunzel formt mit Daumen und Zeigefinger einen Ring und legt ihn sich an die Lippen. Der Pfiff, den sie dadurch ausstößt, ist zwar leiser als sonst, da sie keinesfalls Sterntalers Aufmerksamkeit auf sich ziehen will, aber dennoch verstummen die Raufbolde und halten in ihrer Bewegung inne.

»Folgendes …« Rapunzel holt aus und wirft ihre Tasche direkt auf den Tisch zwischen die Teller. Tatsächlich bringt ihr das den letzten Rest Aufmerksamkeit seitens des eingeschlafenen Zwergs. »Erstens: Wir müssen uns dringend vor Sterntaler in Sicherheit bringen. Könnt ihr uns bitte verstecken?« Ein Geräusch unterbricht sie. Auch die anderen scheinen es gehört zu haben. Es kommt direkt aus ihrer Handtasche. Zischgeräusche und etwas wie eine verstimmte E-Gitarre. Alle Blicke richten sich darauf.

Rapunzel winkt ab. »Das ist nur mein Laserschwert.«

Die Zwerge gucken doof.

»Sie ist so cool«, wispert der Zwerg mit der rosa Mütze und der Entenfamilie im Bart. Vorhin hat ihn jemand »Oscar« genannt, erinnert sich Rapunzel. Sein Kumpel Elvis stößt ihn mit dem Ellenbogen an.

»Sätze, die ich schon immer einmal sagen wollte«, flüstert Rapunzel Pain zu, die erst voller Ehrfurcht zu ihr aufschaut und gleich darauf jammert: »Ich will auch eine Laserschwert-Zahnbürste!«

Der Zwiebelgeruch wird mit der Zeit erträglicher, findet Rapunzel. Oder sie gewöhnt sich einfach langsam daran. An die Hausherren gewandt fügt sie hinzu: »Habt ihr eine Idee, wie wir ungesehen zur Villa der Goldenen Gans und Tischlein-deck-Dich kommen?«

»Selbstverständlich.« Großkotz richtet sich zu seiner vollen Größe auf. »Wir haben zahlreiche Geheimtunnel von unserem Bau aus gegraben.«

Dafür fängt er sich ein mahnendes Zischen von dem ältesten Zwerg ein. Gut, damit ist das Tunnelsystem wohl nicht mehr ganz so geheim.

Aber Großkotz lässt sich nicht aus dem Konzept bringen. »Einer davon führt direkt zum Haus der Gans. In ihren Keller, um genau zu sein.« Er legt sich eine Hand auf die Lippen. »Welcher war das gleich?«

»Der unter dem Apfelkorb bei uns im Keller!«, brüllt Elvis, sichtlich erfreut, etwas Hilfreiches zu diesem Gespräch beisteuern zu können.

»Wollte ich ja gerade sagen«, stellt Großkotz klar.

Der Schlafmützenzwerg blickt von dem Mettigel auf, den er soeben aus Mett, Zwiebeln und zwei Oliven geformt hat. »Erlebt ihr etwa gerade ein Abenteuer? Nehmt ihr mich mit?«

»Da würdest du doch nach zwei Metern schon einschlafen, Rudi.« Der größte der Zwerge, bisher ziemlich schweigsam, gluckst. Seine einfallslos frisierten Bartzöpfe machen gerade mit dem Schüsselinhalt vor ihm Bekanntschaft.

»Und du …« Der kleine Rudi ringt nach Worten. »… würdest alle zu Tode langweilen!«

Beinahe sieht Rapunzel die nächste Essensschlacht auf sich zukommen, aber glücklicherweise steht der Zwerg mit den Christbaumkugeln im Bart auf.

»Lass dich nicht von Ringo provozieren. Zeig unseren Gästen lieber den Gang.« Er deutet auf eine Tür hinter dem Esstisch. Gleichzeitig kracht es nicht weit entfernt, so als sei eine Tür gegen die Wand geschmettert worden. Die Eingangstür!

»Zwerge!«, hört man Sterntalers Stimme durch die Wand. »Seid ihr da?«

»O nein!« Pain blickt sich hektisch um. »Wir müssen uns beeilen!«

»Keine Sorge.« Oscar nimmt ihre Hand. »Rudi und ich helfen euch.«

Wenn es dafür nicht schon zu spät ist. Rapunzels Nacken kribbelt, als sie ihre Handtasche packt und gemeinsam mit Rudi Pain und Oscar folgt. Ungefähr in derselben Sekunde, in der Oscar die

Kellertür hinter ihnen schließt, hört man, wie die Wohnzimmertür aufschwingt und mehrere Paar Füße über die Schwelle treten.

In drei Teufels Namen! War das knapp. Rapunzel traut sich kaum zu atmen, folgt auf Zehenspitzen den anderen über eine Hühnerleiter hinab in den Keller.

»Wir suchen diese Übeltäterin Rapunzel. Ich will sie haben!« Etwas Schweres wie ein Gewehrkolben kracht auf den Esstisch. Man kann Erde von der Decke rieseln hören. Rapunzel beißt sich auf die Innenseite ihrer Wange. Wenn Zombie-Sterntaler ihren neuen Freunden ihretwegen etwas antut …

»Weshalb sucht ihr sie?«, vernimmt sie die Stimme des ältesten Zwergs. Rapunzel beobachtet, wie Oscar einen Korb Äpfel zur Seite schiebt, lauscht währenddessen dem Gespräch im Wohnzimmer.

»Sie hat die Büchse der Pandora geöffnet! Habt ihr die Kunde noch nicht vernommen? Wohnt ihr unter einem Stein oder wie?«

»Gewissermaßen«, gibt der alte Zwerg unumwunden zu.

»Sie ist gemein«, blökt ein Mädchen. »Schuldig und gemein und dumm und hässlich.«

Mehrere Zwerge schnappen nach Luft. Genau wie Pain, doch Rapunzel hebt eine Hand, um sie zu beruhigen.

»Übertreibt ihr da nicht ein wenig?«, will Elvis wissen.

»Nein, eigentlich nicht.« Sterntalers Stimme klingt fest. »Rapunzel hat die Büchse geöffnet. Krankheit und die Erkenntnis, dass wir nicht echt sind, kam über uns. Ende der Geschichte.«

»Aber nur die Erkenntnis?«, hakt der alte Zwerg nach. »Es war doch schon vorher so, oder irre ich mich jetzt?«

»Du verrennst dich in unwichtigen Details«, faucht Sterntalers Stimme.

Inzwischen hat Oscar mit Rudis Hilfe die Falltür geöffnet, winkt Rapunzel und Pain zu, sich zu beeilen. Pain nimmt als Erstes die Leiter. Oscar reicht ihr eine Taschenlampe.

»Seid vorsichtig«, wispert er.

»Was ist das für eine dämliche Theorie eines Unwissenden? Willst du mich etwa hinhalten?«, kreischt Sterntaler sich in Rage. »Versteckt ihr womöglich die Verräterin? Mädels, durchsucht die Höhle! Dreht jeden Stein um!«

Mehrere Mädchen johlen und Rapunzel macht sich daran, so schnell wie möglich die Leiter hinabzusteigen.

Zum Schluss blickt sie ein letztes Mal nach oben, direkt in zwei kleine, lächelnde Gesichter.

»Danke«, formen ihre Lippen lautlos, dann schließen die Zwerge die Falltür über ihr.

~Red~

Ich sehe den Teufel unverwandt an. Warte, dass er den nächsten Schritt macht. Schweige beharrlich. Vor allem seine Feinde sollte man durch Schweigen nervös werden lassen. Eine von Prinz Adrians liebsten Weisheiten. Diese Taktik wendet er immer gern an seinem Freund Prinz Charming an, wenn er nervt. Klappt jedes Mal.

»Demnach willst du den Small Talk weglassen, wenn ich dein Schweigen richtig interpretiere, Rotkäppchen?«

Ein Restmaß an Intelligenz hat er sich also bewahrt.

»Nun gut.« Der Teufel fährt sich durch die goldenen Haare, was ihm Ähnlichkeit mit einem männlichen Stripper verleiht, der im Begriff ist, seine Performance zum Besten zu geben. Ähnlich wie bei Snows Junggesellinnenabschied. Sobald er mit seinen rötlichen Teufelsfingern schnipst, erscheinen zwei Metallstühle aus dem Nichts. Sie sind einander zugewandt und vor ihnen schwebt jeweils ein Glas Wasser in der Luft.

Die Grinsekatze hüstelt und als ich mich umdrehe, bemerke ich die Blicke meiner Freunde. Rose' kirschroter Mund formt ein O.

Noch ein Fingerschnipser und eine schwebende Kamera erscheint.

»Mit deiner informellen Einwilligung hast du automatisch zugestimmt, dass deine Prüfungen auf Youtube hochgeladen werden dürfen. Mein Kanal braucht neue Abonnenten«, lässt mich der Teufel mit einem vielsagenden Augenbrauengewackel wissen.

Ich betrachte das Szenario. Ziemlich klar, was das werden soll. YouTube-Challenges statt Prüfungen. Hm, gut. Irgendwie auch schon egal.

Mit einer Handbewegung lädt er mich ein, mich zu setzen, nimmt im Anschluss mir gegenüber Platz.

Die Kamera surrt und scheint mein Gesicht zu fokussieren.

»Diese Challenge ist dir sicherlich bekannt. Du nimmst einen Schluck Wasser, ich lasse Siri Witze erzählen und der Erste von uns beiden, der lacht, hat verloren.«

Das soll die erste Prüfung sein? Gut, von mir aus. Seit Evers Tod habe ich sowieso nichts mehr zu lachen.

Achselzuckend nehme ich einen Schluck Wasser in den Mund. Der Teufel setzt sein Glas an die Lippen, hält dann jedoch inne.

»Habe ich vergessen zu erwähnen, dass deinem Wasser Giggel-Pulver beigemischt wurde?« Er wedelt mit der Hand. »Nun ja, jetzt hole ich das jedenfalls nach. Einfach, um die Angelegenheit etwas leichter für mich zu machen. Du verstehst sicher, dass die meisten nicht viel zu lachen haben, wenn sie schon bereit sind, sich auf meine Prüfungen einzulassen, und ich möchte da gerne fair bleiben. Fair mir gegenüber. Siri, erzähl einen Witz!« Er prostet mir zu und nimmt dann einen Schluck.

Vor Schreck reiße ich die Augen auf. Giggel-Pulver? Das kann nicht wahr sein! Das verräterische Zucken, das bereits bei meinen Mundwinkeln einsetzt, belehrt mich eines Besseren. Verflucht! Nein, nein, nein. Ich muss gewinnen. Eine dunkle Vorahnung überkommt mich und ich gehe tief in mich, sodass ich den ersten Witz verpasse. Der Teufel schnipst und Siri gibt zum zweiten Mal einen Witz zum Besten. Gut, es ist vielmehr eine Scherzfrage: »Was ist eine Nuss im Gefängnis? – Eine Knastanie!«

Meine Mundwinkel zucken in immer kürzeren Abständen. Verdammt, ich muss mich besser im Griff haben. Vielleicht sogar mit Absicht weghören, das wäre das Beste.

»Wovon träumen Katzen nachts?«, fragt Siri. »Vom Muskelkater.«

Als ich den Kopf hebe, bemerke ich die tiefen Lachfältchen um die Augen des Teufels herum. Er klopft sich auf die Schenkel. Wasser ausgespuckt hat er nur leider noch nicht. Ein schaler Geschmack wie von vergammelten Heidelbeeren macht sich in meinem Mund breit. Ich muss ihn unbedingt dazu bringen, als Erster zu lachen! Bloß wie?

Aber hier kann ich auf meine Freunde zählen. Bevor der Teufel ein viertes Mal einen Witz bei der künstlichen Intelligenz seines Computers bestellen kann, springt mir die Grinsekatze auf den Schoß, drückt mir beinahe die Bauchdecke bis zur Wirbelsäule durch. Ein Glück, dass ich geistesgegenwärtig meine Lippen verschließe und den Schluckreflex abschütteln kann.

Der Teufel hat die Aktion der Katze ebenfalls bemerkt und hält inne, beide Augenbrauen zu kleinen, pelzigen Berggipfeln in die Höhe gezogen.

Die Grinsekatze scheint das nicht zu stören. Einen Moment herrscht Stille. Dann, wie aus dem Nichts, sieht sie völlig entsetzt an sich herunter.

»O nein. Wo ist meine Unterwäsche?«

Und das ist der Moment, in dem mich der Teufel anspuckt. Mich mit dem Wasser bespritzt, das er für die Challenge in den Mund genommen hat. Die Situation lässt sich im Grunde als absolut widerlich beschreiben. Ist überhaupt schon mal jemandem so was passiert? Ich denke nicht. Dennoch sacken meine Schultern herab und ich fühle mich, als sei ich Ever soeben um Meilen nähergekommen. Ich, ja ich, Rotkäppchen – die sich von einem als ihre Großmutter verkleideten Wolf hat an der Nase herumführen lassen – habe den Teufel in einer Challenge geschlagen!

»So.« Die empörte Stimme der Herzkönigin reißt mich aus meinen Gedanken. Gleichzeitig verschwindet der Stuhl unter mir, sodass ich mit dem Hintern voran auf dem Höhlenboden aufschlage.

»Red hat gewonnen. Keine dummen Tricks. Ich möchte, dass der Spielstand dokumentiert wird.«

»Kann ich mir vorstellen, dass gerade du das willst, Zwergenkönigin.« Der Teufel, der nicht im Mindesten gekränkt wirkt durch meinen Sieg, geht zu seinem Schreibtisch. »Nur komisch, dass du nie gekommen bist, um dasselbe für Yumas Seele zu tun, was Red gerade für Ever macht. Oder habe ich da was verpasst?«

Das Gesicht der Herzkönigin läuft genauso rot an wie die Hände des Teufels. Darauf erwidert sie nichts mehr.

Yuma … ihr Mann. Indianer und Jaz' Vater, der sich ihretwegen umgebracht hat. In meinem Kopf höre ich Jaz' Worte und darin wiederum die Wut auf seine Mutter.

»Könnte es sein, dass du die Puzzleteile in dieser Intrige endlich richtig zusammensetzt, Quinn?«

Ich kapiere gar nichts mehr, aber da drückt der Teufel auf einen Knopf, worauf eine Anzeigentafel wie bei einem Footballspiel an der Wand links neben dem Computer herunterfährt.

Red 1 vs. Teufel 0 steht in roten Leuchtlettern darauf.

Ein warmes Gefühl durchströmt meinen Magen. Neben mir drückt Rose meine Hand.

Und jetzt? Ich blicke auf. »Wie geht es weiter?«

Der Teufel wirft mir einen Blick zu, aus dem Geringschätzung spricht. »Du meinst wohl eher, wann. Und die Antwort lautet: Wenn ich dich zu mir rufe.«

Was meint er denn bitte damit? Bevor ich seine Worte ganz verstanden habe, hüstelt die Königin.

»Also findet die zweite Prüfung an einem anderen Tag statt? Dürfen wir gehen und wenn ja, auf welchem Weg kommen wir zurück?«

»Weg? Ich lasse euch an dem Ort raus, an dem es mir passt. Wo es unterhaltsam wird, euch zuzusehen, wie ihr euch so durchschlagt. Unterhaltsam für mich.« Die Lippen des Teufels kräuseln sich, bevor er sich die Hände reibt, mir zuzwinkert und dann ein letztes Mal schnipst.

Kapitel 7

~Rapunzel~

Der Schein von Pains Taschenlampe malt gruselige Schatten auf die Tunnelwände. Von oben kann man hören, wie jemand hektisch die Hühnerleiter hinabklettert und mit beiden Beinen voller Wucht auf dem Kellerboden aufkommt.

»Ist sie hier?« Sterntalers Stimme dringt durch die Ritzen der Falltür klar zu Rapunzel hindurch. »Habt ihr sie irgendwo versteckt? Vielleicht in einem Weinfass?«

»Ähm, nein«, antwortet Rudi ziemlich schrill, was selbst den Argwohn einer Babyziege geweckt hätte.

»Nehmt alles auseinander. Jede Kiste und jedes Fass!«, brüllt Sterntaler ihr Gefolge an.

Der Schrei lässt Pain zusammenzucken, stolpern und letztendlich stürzen.

O nein! Rapunzel beeilt sich, ihr aufzuhelfen, und legt einen Finger an die Lippen. Doch es ist zu spät.

Im Kellerraum ist es jetzt ganz still geworden.

»Was war das?«, will Sterntaler wissen.

Auf Zehenspitzen hasten Rapunzel und Pain weiter. Gebückt durch den niedrigen Tunnel wie altersschwache Hexen. Nun gut, dieser Vergleich hinkt ein wenig …

»Hier ist eine Treppe«, flüstert Pain nach ungefähr zehn Minuten, in denen beide angestrengt nach Geräuschen hinter ihnen im Tunnel gelauscht haben und dabei so schnell wie möglich geflohen sind. »Und so was wie eine runde Hobbit-Tür. Ob sie ins Haus der Gans führt?«

Rapunzel atmet zischend aus, streicht über die kurzen Hosenbeine ihres Jumpsuits. »Bei unserem Glück führt sie direkt ins Haus der Dreizehnten Fee oder in den Ofen einer Hexe.«

Ein Windhauch erfasst die beiden, trägt einen süßlichen Geruch an ihre Nasen.

»Hm«, brummt die Hexe. »Ich gehe einfach mal vor. Notfalls haust du ab.« Sie strafft die Schultern und klemmt sich die Taschenlampe zwischen die Zähne, bevor sie die Treppenleiter emporklettert.

Rapunzel sieht ihr nach. Weiß nicht so recht, ob sie geschockt oder gerührt sein soll.

»Riecht nach Shisha-Tabak«, erklärt Pain, sobald sie den kleinen Vorsprung am Ende der Treppe erreicht hat.

Oh, na, in dem Fall ist es eindeutig das richtige Haus. Muss es sein.

Da die Tür nicht gesichert ist, schlüpfen die beiden lautlos hindurch. Im Keller der Gans riecht es tatsächlich intensiv nach Tabak … und anderen Genussmitteln. Rapunzel rümpft die Nase, schiebt dann eine Kommode vor die Tür, durch die sie gekommen sind. Eine reine Vorsichtsmaßnahme gegen Sterntaler. Die Hexe stellt eine gläserne Shishapfeife oben drauf. »Wenn jemand die Tür aufbricht, werden wir das splitternde Glas sicher von überall im Haus hören.«

Gar nicht so doof, findet Rapunzel und schenkt Pain ein Lächeln. Die Hexe zupft geschmeichelt an ihrem Jumpsuit. Ihre Extensions wachsen langsam heraus. Durch die verstrubbelten Haare lugen hin und wieder die Verbindungsstücke der Kunststrähnen.

»Los, lass uns die Hausbewohner suchen«, schlägt Rapunzel vor.

Allerdings finden die Hausbewohner die beiden, noch ehe sie den Satz ganz ausgesprochen hat. Mit einem Krachen, als hätte sich ein Dinosaurier auf einer Parkbank niedergelassen, fliegt die Tür gegen die Wand. Im Gegenlicht kann Rapunzel Tischlein ausmachen, der auf die Hinterbeine gestellt vor ihnen aufragt. Eine Kerze klebt vorne an seiner Stirnseite. Dadurch drängt sich Rapunzel unwillkürlich die Frage auf, ob der lebende Tisch womöglich mit einem Einhorn verwandt sein könnte.

»Du?«, keucht er rasselnd. »Was willst du hier?«

Wen meint er? Mit Schrecken erkennt Rapunzel, dass sich die Schublade, die Tischlein zum Sprechen benutzt, quälend langsam zuzieht. Irgendwie, als würde er großen Hass auf sie verspüren. Aber was …? Oh!

Bevor sie den Gedanken ganz du Ende durchdacht hat, flüstert Pain: »Er ist infiziert.«

Ja, darauf ist Rapunzel mittlerweile ebenfalls gekommen. Ihre Nackenhaare scheinen sich aufzurichten. Unwillkürlich schlingt sie sich ihren Zopf um die Brust. O nein, nicht Tischlein! Sie brauchen ihn doch.

»Du verstehst nicht«, beginnt Rapunzel, jedoch unterbricht der Tisch sie.

»Nein, du verstehst nicht! Goldie, wir haben Verräter im Keller!« Er schlägt die Tür zu. Man hört das Schloss einrasten.

»Nein!«, brüllt Pain. Sie stürzt zur Treppe. »Mach sofort die Tür auf.« Wie bekloppt hämmert Pain mit der Faust gegen das Holz. Die Taschenlampe entgleitet ihren Fingern, kullert davon, bevor sie kurz vor Rapunzels Fußspitze zum Erliegen kommt. Die Prinzessin seufzt, bückt sich danach.

»Rapunzel ist nicht schuld! Liest du denn keine Nachrichtenseiten im Internet? Sie haben die Hexe gefasst, die die Büchse der Pandora geöffnet und Rapunzel die Schuld in die Schuhe geschoben hat. Gans, bist du da? Bitte, sag mir, dass du der Vernünftige von euch zweien bist. Wir brauchen deine Hilfe!« Eine Weile geht das so. Die Hexe zetert, niemand antwortet.

Rapunzel dagegen versucht ruhig zu bleiben, nicht wegen des geschlossenen Raumes auszurasten. Tischlein ist nicht Decay. Und notfalls können sie zurück durch den Tunnel fliehen.

»Argh!« Pain ballt die Fäuste und tritt gegen ein Regal voller leerer Einmachgläser und Blumenkübel. Ein Terrakotta-Blumentopf fällt heraus und zerschellt auf dem Boden.

Rapunzel streicht der Hexe sanft über den Oberarm. »Wir finden bestimmt eine Lösung. Lass uns nachdenken.« Eine Weile reden sie über Tischlein und Sterntaler, kommen aber zu keinem richtigen Schluss, außer dass die beiden dringend die Lüge von Rexia zu hören bekommen müssen. Arme Rexia. Rapunzel seufzt und dreht an ihrem Zopf. Da bekommt *Bauernopfer* plötzlich eine ganz neue Bedeutung.

Bis irgendwann ein Schatten durch das gekippte Mini-Kellerfenster fällt. Zu klein, um hindurchzuklettern. Selbst für eine abgemagerte Hexe.

»Oha. Was macht ihr denn hier?« Die Gans, an deren Kopf komischerweise ein paar Rastazöpfe baumeln, lugt herein.

Rapunzel hebt den Kopf. »Äh, du warst die ganze Zeit über gar nicht im Haus?«

»Nein, auf einem Festival.« In schneller Abfolge schwingt die Gans ihren Kopf samt Rastazöpfen von links nach rechts, als würde sie tanzen. Die Zöpfe schlagen dabei wild um sich.

»Ist das eine Bob-Marley-Gedächtnisfrisur?«, fragt Pain.

»Jep-Hepp! Hab den Breakdance-Wettbewerb gewonnen und das war der Preis.«

Pain und Rapunzel tauschen einen Blick.

»Breakdance?«, will Pain wissen. »Waren wohl nicht viele Gäste dort?«

»Nein. Die meisten leiden ja an diesem komischen Virus. Selbst Tischlein.«

Das linke Augenlid der Hexe zuckt. »Ach, wäre uns gar nicht aufgefallen.«

»Übrigens sucht Sterntaler euch. Glaube, sie läuft da drüben meine Grundstücksgrenze ab.« Die Gans wendet Kopf und Hals um ungefähr 180 Grad. »Soll ich sie herrufen?«

»Um Frau Holles willen, nein!« Rapunzel hebt beide Hände. »Sie ist auch krank. Das ist alles eine Verschwörung der Dreizehnten Fee gegen mich. Bitte, hilf uns. Dann erkläre ich dir alles.« Sie beißt sich auf die Unterlippe. Die Gans muss ihr einfach glauben.

»Verschwörung? Intrigen?« Die Gans wirkt interessiert. »Nun gut, da will ich nichts sagen. Warum rauchen wir nicht gemütlich eine Wasserpfeife und dabei erzählt ihr mir, wieso ihr hier seid? Bin schon ganz gespannt!« Den letzten Satz quakt die Gans regelrecht. Wirkt wie ein aufgedrehter Schuljunge vor der Klassenfahrt. »Ich habe ganz neuen Einhorntabak da. Der letzte Schrei aus Wonderland.«

Tippelnde Gänseschritte entfernen sich. Kurz darauf folgt eine Diskussion mit Tischlein vor der Kellertür.

»Alles wird gut werden«, flüstert Pain. Ob sie damit sich oder Rapunzel beruhigen will?

Rapunzel starrt abwechselnd auf die beiden Türen. Die zum Haus und die zum Tunnel. Falls Sterntaler wirklich draußen um das Haus schleicht, sollten sie vielleicht durch den Tunnel zurück zu den Zwergen laufen. Wäre das die bessere Option?

Obwohl sie bereits gar nicht mehr damit rechnet und kurz davor ist, den Gang zurück zur Höhle der Zwerge zu nehmen, knarrt auf einmal doch der Knauf der Tür. Etwas oder jemand scheint gegen das Holz zu drücken. Sie öffnet sich und offenbart eine strahlende Goldene Gans.

»Seid willkommen, liebe Gäste. Huch, wie seht ihr denn aus? Pain, hast du Lust auf eine Ampulle Flohtox? Deine Mundpartie wirkt etwas faltig. Tischlein hier hätte gerade einen Termin frei und könnte dich unterspritzen.«

Der Tisch hinter ihm brummt.

»War nur ein Scherz!« Die Gans breitet die Flügel aus und plustert sich auf. Dabei verliert sie zwei Rasta-Zöpfe. Halten wohl nicht so gut im Gefieder.

»Superwitzig«, grummelt Tischlein. »Wie gesagt: Ich will Rapunzel nicht im Haus haben. Das gefällt mir nicht. *Sie* gefällt mir nicht.«

Die Gans sieht ihm fest in die Augen am Tischrand.

»Dir gefallen auch Katzenbabys nicht. Denk an unseren Deal.«

Und damit tritt Tischlein zur Seite. Bereit, seine neue Erzfeindin Rapunzel eintreten zu lassen. Allerdings kneift er die Augen zusammen und Rapunzel ist sich sicher, dass er sie während ihres gesamten Aufenthalts beobachten wird. Und was für ein Deal soll das sein, von dem die Gans gesprochen hat?

»Hast du keine Nachrichten gehört?«, beginnt Pain, während sie die Treppe erklimmt. »Die Hexe Rexia wurde verhaftet, was Rapunzel ganz offiziell von aller Schuld freispricht.« Sie mustert Tischlein scharf, aber der kneift nur seine Schublade zusammen. Irgendwann, als die Hexe an ihm vorbeigelaufen ist, flüstert er seinem WG-Mitbewohner zu: »Fake News.« Rapunzel dreht sich zu ihm um und runzelt die Stirn.

Da die putzmuntere Gans sie allerdings ins Wohnzimmer führt und das Thema Rexia anschneidet, verdrängt sie den Gedanken an Tischlein. Erst mal jedenfalls.

Nachdem die Gans mit der ersten Runde Klatsch und Tratsch durch ist, scheint sie sich wieder auf ihre Gastgeberpflichten zu besinnen. Mitten in einem Vortrag über Hexen und Gender hält sie inne.

»Wolltet ihr eigentlich etwas trinken?«

Pain nickt. »Ja und wir würden recht gerne mal zu Wort kommen.«

Die Gans – nicht im Mindesten gekränkt – hopst in die Küche. Dort hängen an der Wand über dem Fenster ein regenbogenfarbenes- sowie ein weiteres bunt gestreiftes Fähnchen. Sicherlich um auszudrücken, dass man sich wie die Gans auf kein Geschlecht festzulegen braucht. Rapunzel zuckt mit den Schultern. Wenn das die Gans glücklich macht.

»Also, ihr Hübschen.« Die Goldene Gans schenkt Brennnesseltee aus und prostet Pain und Rapunzel zu. »Entgiftungskur«, erklärt sie, sobald sie Pains gespitzte Lippen bemerkt. »Wieso seid ihr hier? Jetzt bin ich wirklich gespannt wie Banes einwandfreie Wangenstraffung.« Die Dreadlocks wirbeln um das zuckende Gesicht der Gans.

Da das recht schnell erzählt ist, sind Rapunzel und Rexia nach einer Minute durch mit ihrem Bericht.

Bevor die Gans zu einer Antwort auf Pains letzte Frage eingeht, flattert sie auf den Herd. Würde jetzt jemand die Gasflamme entzünden, gäbe es *Gans flambiert*.

Rapunzel und Pain neigen synchron den Kopf, fixieren den in diesem Fall passenden Schalter des Herds.

»Einen Trank gegen den tödlichen Schlaf, den Bane euch beschert hat? Mhm, Mhm. Arme Red. Und einen gegen die Einflüsse der Büchse der Pandora, sagt ihr?« Sie hält sich eine Flügelspitze unter den Schnabel, als müsste sie überlegen.

»Genau. Letzteren könnten wir gleich an einem Freiwilligen austesten.« Pain schielt in Richtung Tischlein, der sich sogleich hinter den Vorhang zurückzieht, durch den er sie beobachtet hat.

»Das Ding ist, Pazifisten wir ihr machen mich mit euren Träumen einigermaßen ratlos.« Die Gans legt einen Spaziergang über die Herdplatte ein. Immer im Kreis. Einen Gänsemarsch. »Also gegen Banes Magie weiß ich keine Lösung, tut mir leid. Da müsst ihr die Hexe selbst nach einem Gegenmittel fragen. Bei dem Büchsenproblem könnte ich allerdings helfen.« Die Gans stoppt ihre Bahn, tippt dann mit dem linken Fuß auf die Kante der Arbeitsplatte.

»Wir können dich bezahlen.« Rapunzel kramt in ihrer Tasche.

Doch die Gans winkt mit einer Flügelspitze ab. »Dafür berechne ich euch nichts. Aber ihr müsst mir drei Zutaten besorgen, die ich nicht im Haus habe.«

Pain, die sich der Gans gegenüber an den Kühlschrank gelehnt hatte, stößt sich mit dem Fuß davon ab. Sowohl sie als auch Rapunzel halten aufgrund der neuen Enthüllungen die Luft an.

»Erstens: den Fingernagel einer Hexe.«

Rapunzel sieht erst die Gans und danach Pain an.

»Ach ja, richtig.« Die Gans schüttelt ihr Gefieder. »Ihr müsst mir *zwei* weitere Zutaten besorgen, die ich nicht im Haus habe: ein Pfund Mett und das Barthaar eines Zwergs.«

»Was?« Rapunzel stöhnt und Pain tut es ihr nach. »Das ist nicht dein Ernst!«

Kapitel 8

~Red~

Bevor ich widersprechen oder nach Luft schnappen kann, reißt es mich fort. Der Teufel schickt uns via Fingerschnipsen weg. Snap and Go sozusagen. Am liebsten würde ich aufschreien, ihm meine Meinung ins Gesicht sagen, Fragen stellen, aber dafür bleibt keine Zeit.

Sonnenlicht blendet mich, als ich endlich wieder etwas um mich herum erkenne. Fester Boden materialisiert sich unter meinen Füßen und dann doch wieder nicht. Ich stürze auf die Knie und merke, dass ich in einem Sandkasten gelandet bin. Nein, kein Sandkasten, eine Düne. Ganz langsam drehe ich den Kopf. O Himmel, der Teufel hat uns direkt vor die Wüstenstadt teleportiert, in der Prinzessin Jasemin regiert. Hinter den Stadtmauern glänzt das Dach ihres Palasts im Sonnenlicht. Blendet mich. Ist das seine Art von krankem Humor? Hieraus sollen wir uns zu seiner Belustigung herauswinden? Bei allen Orten in unseren vier Ländern! Ausgerechnet!

Um mich herum rappeln sich meine Freunde auf.

Rose schüttelt den Sand aus ihren Haaren. »Das ist nicht wahr, oder?«

Die Grinsekatze klammert sich an ihre Wade, als wäre sie kurz vorm Ertrinken. »Nein, das ist Morgenland.«

Schon bemerken uns die Stadtwachen, eilen mit ihren Speeren und komischen Turbanen auf uns zu und kreisen uns ein. Säbel klirren an ihren Gürteln. Als hätten wir je eine Chance gehabt. Was für ein abgekartetes Spiel. Sicher die Rache für meinen Triumph in der ersten Challenge. Vermutlich wird der Teufel mir jeden Sieg über ihn doppelt und dreifach heimzahlen. Egal. Für Ever werde ich das alles ertragen. Ich balle meine Hände zu Fäusten. *Für Ever!*

»Ergreift sie!«

»Aliens!« Die Grinsekatze macht sich umgehend unsichtbar, aber für alle anderen von uns gibt es kein Entkommen. Sie packen uns unter den Armen und schleppen uns fort. In ihren weißen Gewändern und mit ihren bärtigen Gesichtern, in denen sich keine Regung zeigt, wirken sie wie Roboter. Lediglich ihr scharfer Körpergeruch erinnert mich daran, dass sie wie jeder Mensch in der Hitze schwitzen. Und das nicht besonders vorteilhaft. Ich beiße und trete, allerdings ohne Erfolg. Im Gegensatz zu mir lassen sich Rose und die Herzkönigin widerstandslos abführen. Wie Adelige auf dem Weg zum Schafott.

Nach einem für alle deutlich vernehmbaren Seufzer tue ich es ihnen nach.

»Könntest du einen Sandwurm zu unserer Hilfe herbeirufen?«, flüstere ich der Herzkönigin zu. Der Teufel hat sie eben noch Quinn genannt. Ob das ihr Vorname ist?

»Ist gerade keiner in der Nähe«, wispert sie zurück, wobei sie wie ein Bauchredner-Künstler nur einen Mundwinkel benutzt.

Ach verdammt, verfluchter … Jetzt könnte ich den Feenzauberstab wirklich gut gebrauchen. Oder Jaz. Oder Ever. Nein, an diese beiden darf ich wirklich nicht denken, sonst kommen mir mit

Sicherheit die Tränen. Um meine Aggressionen abzubauen, trete ich einer Stadtwache gegen das Schienbein. Er verzieht keine Miene. Keine Reaktion kann ich mit meinen Tritten bei ihm hervorrufen, mit Ausnahme von seinem Schnurrbart, der manchmal eine Winzigkeit zuckt.

Den ganzen Weg über bis in den Thronsaal denke ich fieberhaft nach, wie wir hier wieder herauskommen. Lebend nach Möglichkeit. Ob uns ein weiteres Mal ein fliegender Teppich zur Hilfe eilt? Ob die Grinsekatze einen Plan hat? Darauf sollte ich mich womöglich nicht verlassen. Wenn ich nur an meinen Spiegel herankommen könnte … Warum hat eigentlich noch niemand mentale Kommunikationsformen erfunden? Ich rümpfe die Nase, bis meine Unterlippe mit meinen Nasenlöchern zusammenstößt. Meine Haare haben sich größtenteils aus meinem Zopf gelöst und kleben mir in Gesicht und Nacken. Sie schleppen uns vorbei an Marktständen, spielenden Kindern und Bettlern. Fast alle Bewohner der Stadt wirken unterernährt und sind in Lumpen gekleidet. Argwöhnische Blicke streifen uns.

Innerhalb kürzester Zeit hat mich die Wüstensonne zu hundertzehn Prozent versengt. Mein Hals fühlt sich trockener an als das Geröll unter meinen Füßen.

Jemand klatscht. Ich bemerke viel zu spät, dass es Jasemin ist, die lächerlich langsam applaudiert, als wir über die Schwelle ihres Thronsaals geschleppt werden. Heute in einem pinkfarbenen Einteiler. Mit viel zu viel goldenem Schmuck behängt, ihrem königlichen seidenen Mantel in derselben Farbe und einem Lidstrich von der Breite eines Autoreifens wirkt sie beinahe wie eine Wahrsagerin auf dem Rummel. Aber bitte. Wenn sie diese Illusion erzeugen möchte …

»Da sind ja meine Gäste. Spät, wie immer. Ich fürchte, das Mittagessen ist längst verdorben.«

»Das macht nichts«, röchele ich. »Ich hatte sowieso keinen Appetit auf *Falsche Schlange im Speckmantel.*«

Natürlich geht Jasemin kein Stück auf meinen Seitenhieb ein.

Die Wachen werfen mich einfach vor Jasemins Füße und ich habe nicht die Kraft, sofort wieder aufzustehen. Meine Muskeln fühlen sich auf einmal um Äonen gealtert an. Es ist viel zu heiß in diesem Land.

Letztendlich hilft mir Rose auf. Ergeben schließe ich die Augen. Von einer Hölle in die andere. Typisch mein Glück.

»Eigentlich habe ich mich schon gefragt, warum du noch nicht längst aufgetaucht bist, Red. Ich meine, willst du ihn etwa nicht wiederhaben?«

Wie bitte? Meine Finger, die gerade über meinen zerrupften Zopf geglitten sind, um den Schaden an meiner Frisur wenigstens halbwegs zu begrenzen, halten inne.

»Was?« Meint sie das, was ich denke? Hat sie eine Lösung und weiß, wie ich Ever wieder lebendig machen kann? Ohne es zu wollen, hänge ich gebannt an ihren Lippen.

Die Augen der neuen Morgenland-Königin funkeln. Sie lässt sich Zeit, bis sie erneut den Mund öffnet. Quälend lange Zeit. »Na, ihn natürlich. Deinen *Freund.*« Sie klatscht in die Hände, woraufhin sich eine Wache an der Tür rechts neben ihr entfernt. Sie hat wirklich übertrieben viel Personal, die Gute. Dieses Geld wäre an anderer Stelle dieses Königreichs vielleicht besser aufgehoben. Mir fallen die zerlumpten Gestalten ein, die wir auf dem Weg hierher passiert haben.

Schritte sind zu hören. Männliche Schritte. Nein, das kann nicht sein. Ever liegt in seinem Glassarg und … Mir bleibt der Mund offen stehen, als ich erkenne, wer da den Thronsaal betritt. Nein, das ist … gänzlich unmöglich. Sicher eine Halluzination wegen der Hitze.

Neben mir entfährt Rose ein Keuchen und die Herzkönigin schwankt für einen Augenblick, als würde sie gleich in Ohnmacht fallen.

Es ist Jaz, gekleidet wie ein Sultan, mit reichlich Schmuck behängt. Seine feinen Gewänder sind von silbernen Fäden durchzogen und aus goldenem, kostbaren Brokat und Atlas genäht.

Ohne mich eines Blickes zu würdigen, steigt er die Stufen zu Jasemins Thron hinauf und nimmt neben ihr seinen Platz ein.

Mit abwechselnd kalt und heiß glühenden Wangen beobachte ich, wie er einen Unterarm anwinkelt, was Jasemin als Einladung zu verstehen scheint. Ich atme zischend ein, als sie ihre Hand auf seine legt.

Jaz und Jasemin.

Hierhin ist er also geflohen. Die wildesten Gedanken und Vorahnungen prasseln auf mich ein, und dennoch fühlt es sich an, als würde die Zeit stillstehen. Als stünde ich vor einem Gemälde im Museum. Jasemin hat Jaz.

Aus einem kindischen Impuls heraus wünsche ich mir, dass jemand ruft, dass das nur ein Scherz ist. Ein Trugbild vielleicht.

Neben mir presst die Herzkönigin ihre Lippen fest aufeinander. Sicherlich ist sie ebenso wenig erfreut. Schließlich ist Jaz ihr Sohn. Auch wenn die beiden sich gegenseitig gern zu ignorieren pflegen.

Sie neigt den Kopf und sieht mich an. Sofort erkenne ich, dass sie mich davor warnen will, etwas Dummes zu tun. Am Ende die Sache mit dem Verlorenen Kind auszuplaudern. Und erst da wird mir klar, was auf dem Spiel steht und wie tief wir gefallen sind. Jasemin, die allein durch das Verlorene Kind besiegt werden kann, indem es die anderen Länder gegen sie vereint, hat eben dieses Verlorene Kind in ihrer Gewalt. Ohne dass die beiden etwas davon ahnen. Die Ironie an der Situation trifft mich wie ein Eimer voll Eiswasser. Wir sind verloren.

Immer noch sieht Jaz über mich hinweg. Komischerweise trifft mich das härter als die Erkenntnis, dass er nun auf Jasemins Seite steht und wir dadurch den Krieg gegen das Morgenland so gut wie verloren haben. Warum sieht er mich nicht an? In den letzten Tagen vor dem Angriff auf Snows Schloss haben wir die Nächte miteinander verbracht, haben uns alles erzählt. Er hat mich gehalten und mich getröstet, als ich um Ever geweint habe, der von Jasemin entführt worden war. Auf dem Wagen voll Stroh, der uns ins Morgenland brachte, haben wir uns gemeinsam die Sterne angesehen und er hat meine Haare aus meinem Gesicht gestrichen, bis ich eingeschlafen war. In seine Arme gekuschelt wurde alles erträglicher. Natürlich habe ich es ihm nie leicht gemacht. Ihm nie gesagt, wie sehr ich ihn … schätze. Stattdessen habe ich ihn im Affekt beschimpft. Das muss ich zugeben. Andererseits: Er ist, wie ich seit Kurzem weiß, das Verlorene Kind! Wir brauchen ihn. Auf einmal sehe ich ihn mit ganz anderen Augen. Komischerweise stiehlt sich eine Träne in meinen Augenwinkel, doch ich schlucke die Wut und die Trauer hinunter. Niemals hätte ich gedacht, dass mir seine Nichtbeachtung dermaßen tief ins Fleisch schneiden würde. Und was soll das Händchengehalte mit Jasemin? Sind sie etwa – ein Paar? Der Gedanke löst unwillkürlich einen üblen Brechreiz in meinem Rachen aus.

»Aber, aber …«, stottere ich. Mehr Worte wollen einfach nicht über meine Lippen kommen. Es dauert, bis ich mich halbwegs im Griff habe.

»Was ist mit Aladin?«

Jasemins Armreifen klimpern, als sie eine wegwerfende Handbewegung vollführt. »Was soll mit ihm sein? Ich habe mich von ihm getrennt. Wir leben bereits räumlich voneinander entfernt und lassen uns in den kommenden Tagen scheiden.«

Oh. »Und warum hast du das?« Mein Blick gleitet zwischen Jaz und Jasemin hin und her, verharrt letztendlich auf ihren Händen.

»Warum, warum? Weil er mich nicht mehr unterstützt hat zum Beispiel. Dieser Feigling. Mehr musst du nicht wissen, kleines Rotkäppchen.«

Kleines Rotkäppchen? Ich beiße mir auf die Lippen. Sicher, um mich zu beruhigen, drückt die Herzkönigin meine Hand.

»Ich weiß, wie du dich fühlen musst, allerdings müssen wir uns klug verhalten, wenn wir diese Tyrannin schlagen wollen.« Ihre Worte sind kaum mehr als ein Windhauch an meinem Ohr. Dennoch trösten sie mich. Ob sich so die Tiere fühlen, zu denen sie spricht?

Im gleichen Moment erkenne ich eine Fliege, die Jasemins Kopf umschwirrt und sich einfach nicht verjagen lässt. Egal wie intensiv die Königin des Morgenlandes nach ihr schlägt.

»Lästiges Biest!«, zischt sie.

Die Herzkönigin grinst.

Rose hält sich die Hand vor den Mund, um einen Gähner zu unterdrücken. Ich bemerke, wie übertrieben aufrecht sie sich hält.

Ganz die stolze Prinzessin in Gefangenschaft, die sich nicht unterkriegen lassen wird.

»Eine schnelle Scheidung, sagst du? Der arme Aladin. Warum so plötzlich?«

Jasemin lacht. »Euch bin ich keine Rechenschaft schuldig. Ich bin jetzt Königin und kann tun, was mir beliebt. Wenn ich wollte, könnte ich mich sogar von meinem rechten Zeh scheiden lassen!«

Vielleicht sollte sie sich zuerst von ihren Aggressionen scheiden lassen.

Jasemins spitz zulaufender Lidstrich verwischt, als sie sich mit der freien Hand über die Augenlider streicht.

»Diese Diskussion hat mich ermüdet. Ziehen wir uns zurück, Jaz? Meine Wachen werden unseren Gästen ein Quartier zuweisen.« Sie richtet ihren Blick auf einen Wachmann, der eine rote Schärpe und eine rote Feder am Turban trägt. Sein Bart wird mithilfe eines Haargummis in Form gehalten. Sicherlich der Hauptmann. »Vergesst die Fußfesseln nicht. Sie bleiben solange hier, wie ich es will.«

Also bis sie sich den Märchenwald unter den Nagel gerissen hat. Ich schlucke. Nichts anderes kann es bedeuten. Dennoch. Meine Gedanken kreisen weiterhin um sie und Jaz. Soll sie mir doch Fußfesseln anlegen. Sobald der Teufel mich zurück in die Hölle ruft, wird er sie mir doch abnehmen, oder nicht?

»Oh und ich möchte, dass Red und Rose zu meinen neuen Hofdamen ernannt werden. Legt ihnen standesgemäße Kleider heraus.«

Mein Kopf ruckt nach oben. Was? Warum?

Jasemins Lächeln trifft mich bis ins Mark. »Sie sollen mich waschen, ankleiden, mir vorsingen und zusehen, wie ich Zeit mit meinem Liebsten verbringe.«

Wie sie und Jaz turteln? Allein der Gedanke daran dreht mir erneut den Magen um. Ob sie Jaz irgendwie verhext hat? Mit dem Feenzauberstab? Ja, das muss es sein oder nicht? Der Gedanke, dass dem nicht so sein könnte, nagt an mir.

Rose atmet tief ein. »Was, wenn wir uns weigern?«

»Werdet ihr nicht. Die elektronische Fußfessel wird euch gefügig machen. Ihr werdet nicht besser dran sein als die Hexen, denen ihr diese Fesseln gewöhnlich anlegt.«

Stromstöße. Sie droht uns mit Stromfolter. Um mich herum beginnt sich alles zu drehen. Wo sind wir hier bloß reingeraten? Warum kann mich der Teufel nicht sofort zur zweiten Prüfung rufen und mir das hier ersparen? Moment mal. Er hat mich überhaupt erst in diese Lage gebracht. Zu seiner Unterhaltung! Das bedeutet, er wusste, was passieren würde. Vermutlich reibt er sich gerade die Hände und beobachtet uns durch seinen magischen Bildschirm.

»Kann ich Asher sehen?« Eigentlich wollte ich etwas ganz anderes sagen, aber letzten Endes kommt mir nur diese Frage über die Lippen.

Endlich finden mich Jaz' Augen. »Er ist in Neverland auf dem Schiff, bis wir alle Vorbereitungen für ihn getroffen haben. Zur Verlobungsfeier wird er hier eintreffen.«

Zur Verlobungsfeier?

Jasemins Mundwinkel heben sich, als sie meine Verwirrung bemerkt. »Jaz und ich werden heiraten. In zwei Tagen findet die Verlobungsfeier statt.«

Was? Vor Schreck taumele ich einen Schritt nach hinten und gehe leicht in die Knie. Rose und die Herzkönigin müssen mich stützen.

»Sei vernünftig, Jasemin.« Rose spricht sie ohne ein Quäntchen Furcht in der Stimme an. »Du bist nicht mal ordentlich geschieden. Du kannst so schnell kein zweites Mal heiraten.«

»Ich bin die Königin!«, kreischt Jasemin, als hätte Rose sie einmal zu oft provoziert. »Ich mache hier die Gesetze!« Ihr bitterböser Blick würde jede Schlange den Schwanz einkneifen lassen, ganz gewiss.

Rose hebt beide Augenbrauen. »Warum regst du dich so auf? Das hast du ja immer schnell getan. Ich erinnere mich an deinen zehnten Geburtstag, als der Clown eine Taube aus seinem Hut zauberte, du aber einen Falken wolltest und dann …«

»Halt den Mund, Spinnrad-Opfer!«

Die Herzkönigin seufzt und raunt mir zu: »Zu viel Macht verdirbt den Charakter.«

Sie muss es ja wissen.

»Wir brauchen einen Sandwurm«, flüstert Rose vollkommen ruhig der Herzkönigin zu. Ich bewundere ihre Coolness. Andererseits weiß ich, dass die Prinzessinnen bereits mehrmals ein Geiseltraining für den Notfall durchlaufen haben. Organisiert von Prinz Cedric und Prinz Adrian. Die Königin nickt. »Wie gesagt, noch ist keiner in der Nähe.«

Noch nicht.

»Aber ich werde einen Weg finden, um zu verhindern, dass mein Sohn Königin Gernegroß heiratet, verlasst euch darauf.«

»Komm, Schatz. Du weißt, wie du mich glücklich machen kannst.« Jasemin wirft Jaz einen koketten Augenaufschlag zu, bringt sich auf eine Art in Stellung, die nur einen Schluss zulässt.

Jaz folgt ihrer Einladung, bückt sich und drückt ihr einen Kuss auf die Wange.

Immer noch vermute ich, mich in einem Paralleluniversum zu befinden. Jaz und Jasemin? Sie können doch kaum zwei, höchstens drei Tage Zeit miteinander verbracht haben?

Jasemin, die meine Gedanken zu lesen scheint, dreht sich zu mir um.

»Jaz und ich glauben beide an die Liebe auf den ersten Blick. Im Gegensatz zu dir umarmen wir dieses Wunder der Natur. Frag mal deine Freundinnen, wie das ist. Snow, Cinder, Rapunzel und Rose können dir davon sicher ein Lied singen. Im wahrsten Sinne des Wortes. Lange Rede, kurzer Sinn: Ich habe Jaz' gebrochenes Herz geheilt. Ja, genau das Herz, das du mit Füßen getreten hast. Und wir wussten beide sofort, dass wir heiraten müssen.«

Noch ehe sie geendet hat, schlage ich die Augen nieder. Was habe ich mir nur einzureden versucht? Ehen wurden hier schon viel schneller geschlossen. Genau genommen hat Cinder nach einem Tag zugestimmt, Charmings Frau zu werden. Jasemin hat also *JA* gesagt. Sie gibt Jaz eine Chance. Im Gegensatz zu mir. Vermutlich habe ich es nicht besser verdient. Ich bin schuld daran, dass es Jaz verdammt schlecht ging, als er mich verlassen hat. Ich habe ihn immer wieder weggestoßen. Im Grunde habe ich dafür jede Strafe verdient. Doch ein Gedanke hält mich aufrecht. Der feste Glaube daran, dass ich zumindest Ever retten kann.

Eine halbe Stunde später stehen Rose und ich in unserer Zelle und starren an uns herunter. Die Tür ist verschlossen, die Fenster mit Eisengittern verrammelt, sodass nur wenig Sonnenlicht hindurchdringt, aber immerhin steht ein Himmelbett mit zerrupften und angestaubten Vorhängen in diesem Zimmer, breit genug für uns zwei.

»Wir sehen lächerlich aus.« Rose zupft an ihrem rosa Tüll-Oberteil mit den goldenen Nähten, das ihr noch nicht mal bis zum Bauchnabel reicht. Wo es zu wenig Stoff am Bauch aufweist, hat es an den Ärmeln zu viel, die sich übertrieben bei jeder Bewegung aufbauschen.

Ich trage dasselbe orientalische Outfit, allerdings in Hellblau. Außer Fußkettchen und Zehenringen hat man uns keine Bedeckung für unsere Füße angeboten, also starre ich über meinen kurzen Rock direkt auf nackte Beine und Füße hinunter.

»Wir sehen lächerlich verkleidet aus«, nehme ich Rose' Worte wieder auf.

Rose schnaubt. »Wie leichte Mädchen, willst du wohl sagen.«

»Wie Sklavinnen.«

»Wenn sich Jasemin das erlaubt ...« Rose kneift die Augen zusammen.

Ich kann es ihr nachfühlen. Entschlossen hebe ich das Kinn. Ich werde meine Freunde hier rausbringen. Den Feenzauberstab und Jaz gleich mit. Denn das Verlorene Kind kann ich niemals bei ihr lassen. Es wäre unser aller Untergang, selbst wenn sich das überdramatisch anhört. Ich schlucke. Wir müssen es bloß klug anstellen ... Blöderweise haben sie Rose und mich von der Herzkönigin getrennt, uns zudem unsere Handys und Spiegel abgenommen. Jasemin ist nicht dumm und sie hat zu viele Wachen in diesem Palast. Widerstand wäre zwecklos gewesen. Dieser verdammte Teufel! Er soll in der Hölle schmoren! Ich blinzele als mir bewusst wird, dass ich mir dringend andere Verwünschungen für ihn überlegen muss.

»Es ist nichts verloren, hörst du, Red? Eigentlich müssen wir nur eine Gelegenheit finden, um mit Spieglein zu sprechen. Er wird

Hilfe schicken. Und wenn wir Glück haben, kann die Herzkönigin ihre Gabe einsetzen und … Na ja, du weißt schon. Ihre Tierfreunde bitten, Jasemin zu fressen oder so.«

Mein Blick lässt sie innehalten. »Wir haben bereits viel zu viel Blut vergossen, findest du nicht?«

Rose nickt, streichelt über meinen Ellenbogen. Die Berührung fühlt sich wie der Flügel einer Taube an, der über meinen Arm flattert. »Wir werden Jaz aus Jasemins Fängen befreien, uns die Herzkönigin schnappen und abhauen. Im besten Fall vorher Jasemin stoppen. Wenn wir erst Jaz haben, haben wir damit auch das Verlorene Kind, das über den Ausgang des Krieges entscheiden wird.«

Wir beide schweigen eine Weile. Wenn die Herzkönigin im Vollbesitz ihrer Chaosmagie wäre … aber nein, soweit traue ich ihr in diesem Punkt nicht über den Weg. Und solange ich Spieglein nicht erreiche, kann ich ihn nicht bitten, seine Fußfesseleinstellungen bei ihr zu justieren. Zudem sitzt die Herzkönigin irgendwo in diesem Schloss, ohne dass wir mit ihr kommunizieren können. Mit gleich zwei Fußfesseln, falls sie die angekündigte von Jasemin bereits angelegt bekommen hat. Im Gegensatz zu Rose und mir.

Irgendwann blickt Rose auf. »Meinst du, Jasemin hat inzwischen Truppen entsandt? Zwingt sie in diesem Moment die Bevölkerung des Märchenwalds dazu, zu kapitulieren? Wäre immerhin ein günstiger Moment. Jetzt, wo alle verwirrt sind wegen der Büchse der Pandora.«

Da es momentan für uns keine Möglichkeit gibt, das herauszufinden, senke ich meine Augenlider.

Es bleibt uns ohnehin keine Zeit mehr für private Gespräche. Vier Wachen treten ohne zu klopfen ein, holen mich und Rose ab und eskortieren uns, wo immer Jasemin uns hinhaben will. Uns jedenfalls verrät man es nicht. Nicht eine einzige Frage wird uns beantwortet. Offenbar braucht es vier Wachen, um zwei Mädchen in Schach zu halten. Sie schweigen, behalten uns in jeder Sekunde fest im Blick. Die goldenen Knäufe der Säbel an ihren Hüften funkeln bei jedem Schritt. Links am Gürtel tragen sie einen Säbel, rechts einen Dolch und in der Hand einen Speer. Jasemins perfekte Soldaten. Zwei marschieren vor uns und zwei hinter uns. Als ich den Kopf minimal in Richtung eines Spiegels drehe, der im Gang auf halber Höhe hängt, bohrt sich direkt eine Speerspitze in mein Schulterblatt. Zwar sticht sie nicht durch meine Haut, tut aber höllisch weh. Die Botschaft ist klar. Wir dürfen uns keinem Spiegel nähern. Nicht nahe genug herankommen, um Spieglein zu rufen. Man hat selbst auf zu große Schmuckstücke bei unserer Hofdamentracht verzichtet, in der man sich hätte spiegeln können. Alles kommt mir gut durchdacht vor. Jasemin ist clever. Und niemand im Märchenwald schert sich um uns. Niemand würde für uns einstehen. Abgesehen von Cinder, Rapunzel, den Prinzen, Pan und Gretel. Möglicherweise noch Snow. Alle anderen hassen uns. Und viele nicht erst seit Beginn der Büchsen-Epidemie. Und diese wenigen Freunde sind in alle Windrichtungen zerstreut auf ihren eigenen Missionen unterwegs.

Wir steigen eine Treppe hinab und offenbar immer tiefer in den Bauch des Palasts. Ob sie inzwischen etwas erreichen konnten? Haben die Prinzen das Gerücht erfolgreich gestreut, dass Genmais Schuld an der Epidemie ist, die die Leute heimsucht? Haben Cinder, Fear und Pan die Tinker und Golems mobilisiert? Hat Rapunzel die Goldene Gans erreicht und braut in diesem Augenblick irgendwo ein Gegenmittel gegen die Zombiefizierung?

Bevor ich weiter darüber nachdenken kann, schieben mich die Wachen in einen unterirdischen Raum, ausgelegt mit beigefarbenen und roten Fliesen. In hübschen Mustern breiten sie sich von meinen Füßen bis über die Wände und sogar die Decke aus. Das hier muss so was wie ein Hammam sein. Jasemins orientalischer Spa-Bereich.

Was machen wir hier? Sollen wir der Königin ein Milchbad eingießen? Ihr mit einem Federwedel Luft zufächeln, während sie ein heißes Bad nimmt? Ihr die Beine enthaaren? Die letzte Option bringt mich zum Würgen.

»Nehmt Haltung an. Die Königin kommt.« Wieder sticht mir ein Speer in den Rücken. Langsam wird das zur ungeliebten Routine. Ich beiße mir auf die Lippen. Neben mir brummt Rose einen Fluch. Für eine halbe Sekunde glaube ich, die Grinsekatze hinter einem Whirlpool hervorlugen zu sehen. Doch als ich blinzele, ist sie fort. Mein Blick gleitet über die Tische voller Öle, den Whirlpool, den Raumteiler, der wohl als Umkleide dienen soll, die Fußbäder, die Massageliegen. Aber die Katze sehe ich nirgends.

Schritte ertönen, worauf mich die Wachmänner gegen die Wand drängen.

»Macht Platz für die Königin«, schreit einer von ihnen, sodass mir die Ohren klingeln. Kann man auch übertreiben. Nicht mal Snow macht so ein Aufhebens, um ihr Ego zu befriedigen, und das ist schon gewaltig.

Begleitet von noch mehr Wachen betritt Jasemin ihren Luxus-Waschraum. Gekleidet in einen seidenen Bademantel. Hinter ihr folgt Jaz in einer ähnlichen Aufmachung. Unsere Blicke treffen sich, dann gleitet seiner über meinen lächerlichen Aufzug.

Bilde ich mir das ein oder stockt er kurz, als er bei meinem nackten Bauchnabel ankommt?

»Ah, da sind ja meine neuen Hofdamen.«

Zuerst verstehe ich nicht, dass Jasemins gehässiges Lächeln uns gilt. Rose und mir.

Sie streckt uns ihre Hände entgegen. »Nehmt mir den Schmuck ab und steckt meine Haare hoch.«

Was? Es braucht einen weiteren Stoß einer Speerspitze, bis ich mich in Bewegung setze. Allerdings sehe ich Jaz unverwandt an, während ich mich um Jasemins Schmuck kümmere. Aber er schaut natürlich in eine andere Richtung, scheint mich nicht mehr richtig wahrzunehmen. Ist das sein Ernst? Keinen weiteren Blick schenkt er mir? Langsam werde ich ärgerlich über dieses kindische Benehmen. Ich muss mit ihm reden. Unter vier Augen.

»Wo bleibt denn der Magier mit den Fußfesseln?«, beschwert sich Jasemin, nachdem Rose ihr einen unordentlichen Dutt frisiert hat.

»Komme schon!« Die tiefe Stimme eilt der gedrungenen Gestalt eines schwarzhaarigen Mannes mit Schnurrbart voraus, der soeben um die Ecke biegt. Schweißperlen glänzen auf seiner Stirn. Kein Wunder, denn er ist in eine schwere, samtene Robe von der Farbe von Meergrottenwasser gehüllt. Viel zu heiß für die Temperaturen in Morgenland. In seiner Hand hält er zwei Fußfesseln. »Es kann losgehen. Das sind wohl unsere beiden Gäste?« Auf den ersten Blick empfinde ich ihn als ölig und schmierig. Solche Personen schart Jasemin um sich? Das hätte der alte Sultan nie getan.

Der Blick des Magiers streift mich und wandert dann zu Rose, bis sich seine Lippen zu einem Lächeln verziehen.

»Fangen wir mit dir an, schönes Kind.« Er packt meinen Arm und zieht mich weg von Jasemin. Erschrocken keuche ich auf, fasse mich allerdings gleich wieder, denn vor Jasemin will ich weder Angst noch Schwäche zeigen. Also hebe ich mein Kinn und straffe die Schultern. Versuche gebieterischer, sogar noch einschüchternder zu wirken als sie. Dennoch meine ich zu erkennen, dass ein Muskel an Jaz' Kiefer zuckt. Sicherlich bin ich ihm nicht so egal, wie er tut. Oder etwa doch?

Der Magier bückt sich und zieht einen Schemel heran, auf den er meinen rechten Fuß stellt. Natürlich weiß ich, was das bedeutet. Am liebsten würde ich um mich schlagen, treten, wegrennen. Aber es sind zu viele Wachen anwesend. Widerstand bedeutet vermutlich, dass ich mit dem Gesicht auf dem Fliesenboden ende, die Hände hinter den Rücken verdreht und ein halbes Dutzend Speere auf meinen Kopf und Rücken gerichtet. Wenn ich Jasemin gar zu lästig werde, tauscht sie meine Rolle als Hofdame möglicherweise gegen die einer Gefangenen in ihrem Verlies. Nein, da habe ich sie und Jaz lieber im Auge. Wie gesagt, wir müssen es klug anstellen. Keine Kurzschlusshandlungen. Irgendwie muss ich Kontakt zur Herzkönigin und zu Spieglein aufnehmen. Solange spiele ich bei dieser Scharade mit. Bei diesem Kindertheater. Ich drehe den Kopf, zupfe dabei den kratzigen Stoff an meiner Schulter zurecht. Über einem der Kosmetiktische hängt ein Spiegel. Meine Chance. Bloß wie soll ich es anstellen, Spieglein unbemerkt zu rufen, ohne dass Jasemin dazwischengeht? Wahrscheinlich werde ich es nicht mal schaffen, nahe genug an den Spiegel heranzukommen. Jasemin ist nicht so blöd, wie ich es gern glauben möchte.

Nie im Leben hätte ich gedacht, dass ich mich mal nach Spieglein sehnen würde.

Es macht klick und ich schaue nach unten. Der Magier drückt auf einen Knopf an der Fußfessel, wonach ein rotes LED-Licht aufleuchtet. Ähnlich wie bei den Fußfesseln, die die Jäger im Märchenwald verwenden. »So, das wäre es. Sobald du den Palast verlässt, jagen einige Tausend Volt durch deinen Körper. Das würde selbst einem Kamel vorübergehend die Lichter ausknipsen. Wirklich sehr unangenehm.« Er grinst, richtet sich dann auf. »Und wir wollen doch nicht, dass dir Schmerzen zugefügt werden.« Ich kann nicht fassen, dass dieser schmierige Typ sich erdreistet, eine Hand zu heben und Anstalten zu machen, meine nach vorne gefallenen Haare über meine Schultern zu streichen. Mit bebenden Lippen schlage ich seine Hand weg.

Der ölige Schnurrbart zuckt. Belustige ich ihn? Ich schiele zu Jaz. Tatsächlich starrt er den Magier böse an und ich hoffe, dass das ein gutes Zeichen ist.

Schulterzuckend nimmt sich der Magier als Nächstes Rose' Knöchel vor.

Ich sehe an mir herunter. Wird mich die Fußfessel auch grillen, wenn mich der Teufel in die Hölle ruft? Streng genommen würde ich mich damit außerhalb des Palastes begeben. Sicherlich ist das seine Art von Humor.

Als der Magier meine Freundin mit dieser Todestechnologie ebenso unschädlich gemacht hat wie mich, klatscht Jasemin in die Hände.

»Gut, neue Hofdamen. Nun nehmt uns die Mäntel ab und schrubbt uns den Rücken.«

Was? Eigentlich lässt sie ihren Morgenmantel selbst von den Schultern gleiten, ich muss ihn lediglich auffangen. Rose tut dasselbe bei Jaz. Dann steigen die beiden Frischverlobten (ich kann es immer noch nicht fassen und wer bitte hat hier wem einen Antrag gemacht?) in den Whirlpool. Die Königin drückt auf ein paar Knöpfe, woraufhin Wasser aus den Düsen sprudelt und sich das halbvolle Becken mit nach Rosen duftendem Schaum füllt. »Ich will Musik!«

Sofort kommt der Magier ihrer Aufforderung nach und Sekunden später dringen aus einem Lautsprecher Harfenklänge an mein Ohr.

Meine Lippen fühlen sich auf einmal ganz trocken an, als ich mitansehe, wie Jasemin und Jaz in Bikini und Badeshorts in das Becken gleiten. Hüfte an Hüfte lassen sie sich dort nieder. Mir fällt auf, dass das Badewasser durch die ganzen Seifenzusätze irgendwie milchig wird. Wieder keine Chance, mit Spieglein Kontakt aufzunehmen. Jasemin erdreistet sich sogar, eine große Menge Schaum in beide Hände zu nehmen und Jaz damit zu bespritzen, indem sie in den Schaum hineinpustet. Jaz lächelt, legt einen Arm um sie.

Ich möchte kotzen. Am besten direkt ins Becken.

Während ich mich nach einem Spuckeimer umsehe, drückt mir der Haus- und Hofmagier eine Waschbürste in die Hand. »Der Rücken der Königin. Los!«

Aber Rose ist schneller, blickt mich und dann Jaz' Rücken an. So als wäre das mein Job. Wie von allein heben sich meine Augenbrauen. Jedoch besteht Rose darauf. Gut, also er. Ich schlucke und auf einmal zittern meine Finger. Die Bürste fällt zu Boden.

Das bringt Jasemin dazu, sich zu mir umzudrehen. »Wirklich, Red? Bist du *so* ungeschickt?« Sie kostet ihren Triumph über mich aus. Ich weiß es. Dabei hat sie noch lange nicht gewonnen. Vielleicht im Moment, doch ich warte nur auf eine Gelegenheit, es ihr heimzuzahlen, sage ich mir. Meine Hände ertasten die Bürste am Boden, während ich Jasemins Blick begegne. Meine Finger streifen über dichte Borsten. Diese Scharade werde ich nicht lange aushalten müssen. Ich bin wie diese Sklavin im Buch 1001 Nacht. Meine Klugheit wird mich retten.

Kapitel 9

Rapunzel

»Mett und Barthaare?« Pain fährt sich mit der Zunge über die gebleckten Zähne. »Weißt du, wo wir gerade herkommen?«

Die Gans neigt den goldgefiederten Minischädel. »Aus meinem Keller?«

Pain stöhnt.

»Werdet ihr Hexen neuerdings anspruchsvoller mit euren Zutatenwünschen? Wäre dir ein Einhornhaar und Phönixfedern lieber?«

Pain plustert sich auf, ganz ähnlich wie die Gans wenige Sekunden zuvor. »Also, was machen wir jetzt? Zurück durch den Tunnel?«, fragt sie an Rapunzel gewandt.

»Was, wenn Sterntaler mit ihrer Armee noch dort ist?«

»Vielleicht könnten wir ihnen die Nachricht zukommen lassen, dass Rexia für das Öffnen der Büchse bereits verhaftet wurde?« Der Blick der Hexe fällt auf den eingeschalteten Fernseher im Wohnzimmer der Gans. Über den Schirm flattern Bilder von protestierenden Dorfbewohnern. Sie schwenken Schilder mit durchgestrichenen Maiskolben in ihren Händen. Dann ändert sich die Kameraeinstellung und man sieht Prinz Philip, flankiert von Prinz Adrian und Prinz Cedric, ein Interview geben. Im durchlaufenden Nachrichtenband ganz unten im Bild zieht der Nachrichtenticker vorbei:

+++ Genmais Schuld an Lage im Märchenwald +++ Verhaftung der Hexe Rexia +++ Prüfung wer hinter dem Buchwurmbefall und der allgemeinen Verunsicherung steckt +++ Heute: sonnig, 27 Grad +++ Börse: Gretel kauft Juckpulver-Firma +++

»Oder wir schicken ihnen einen besonderen Trank, der sie – sagen wir – in ein Reh verwandelt?«

»Ähm, nein.« Rapunzel schüttelt den Kopf. »Keine Verwandlungen mehr. Außer es ist ein Notfall.«

Die Hexe öffnet beide Hände, sodass die Handflächen nach oben zeigen. Ein ergebener Seufzer ihrerseits soll Rapunzel wohl sagen, dass die Hexe bei Rapunzel langsam aufgibt. Mit ihrem Latein am Ende ist.

»Mit Notfall meine ich, dass es für denjenigen in besagtem Moment sicherer ist als Reh und nicht als Mensch zu existieren«, ergänzt Rapunzel.

Die Hexe schürzt die Lippen. »Bei Sterntaler wäre das praktisch in jedem Moment, in dem sie atmet, der Fall.«

Nachdem Rapunzel auf diesen Einwand nicht reagiert, stöhnt die Hexe, knabbert an der Nagelhaut ihres Zeigefingers. »Warum habe ich das Gefühl, dass alle anderen wertvollere Fähigkeiten zu unserer Sache beitragen als ich?« Sie blinzelt. Ihre Schultern beginnen zu zucken.

Oh. Rapunzel sieht sie an, doch Pain weicht ihr aus. Entwickelt die Hexe etwa gerade Komplexe?

Die Gans pfeift und schaut demonstrativ aus dem Fenster. Ein Windstoß weht ihr die Gardine gegen den Schnabel.

Um Pain zu beruhigen, legt ihr Rapunzel eine Hand auf die Schulter. »Du bist ein wichtiges Mitglied unserer Gruppe.«

»Genau dasselbe hat man meiner Schwester erzählt und dann wurde sie gerupft«, bemerkt die Gans. Die Perlen an ihren verbliebenen Rastazöpfen klappern.

Dafür wird sie von Rapunzel mit einem Blick aus zusammengekniffenen Augen bedacht. »Hier wird niemand gerupft.«

»Tischlein, nein!«, ruft die Gans aus heiterem Himmel. Rapunzel und Pain wirbeln herum und bemerken Tischlein, der sich von hinten an sie herangeschlichen hat. In einem seiner Holzbeine steckt eine Messerschneide und auf seiner Tischplatte verteilen sich mehrere Springseile wie Haare.

»Wir müssen die Verräter fesseln«, knurrt er durch seine geschlossene Schublade.

»Bei dir sind wohl Holzwürmer das größere Problem«, sagt Pain.

»Jetzt behaltet mal alle die Nerven.« Die Augen fest auf Tischlein gerichtet, flattert die Gans von der Küchenarbeitsplatte genau zwischen Tischlein und Pain, die sich vor Rapunzel geschoben hat. »Gewalt ist keine Lösung.«

Sowohl Pain als auch Tischlein scheinen das anders zu sehen. Pain kramt in ihrer Handtasche.

»Nein! Keine Tränke, Pain!«

»Diese wurmstichige Holzplatte will dir die Kehle aufschlitzen«, zischt die Hexe zurück. »Aus ihm mache ich Pressspan!«

»Nein, wir beruhigen uns jetzt. Und zwar alle.« Die Gans wiederholt ihr Mantra, breitet die Flügel aus, als wollte sie eine Predigt vorlesen. »Tischlein, bitte sei mal so gut und dreh dich zum Fernseher um. Die Nachrichten zeigen, dass Rapunzel keine Schuld trifft.«

»Alles Lügen!«, brüllt Tischlein. »Lügenpresse!«

Pain rollt mit den Augen. »Vernunft war wohl nicht im Angebot, als du lackiert wurdest?« Sie seufzt theatralisch. Tut gleich danach übertrieben überrascht. »Ach, schau da. Ein Gratismittel gegen Holzwurmbefall.« Sie deutet auf den Fernseher.

»Oh«, entfährt es dem Tisch, dann dreht er sich auf zwei Beinen um, folgt der Richtung, die Pains abgekaute Fingernägel vorgeben.

Darauf hat Pain wohl nur gewartet. Sie holt aus und tritt ihm die Klinge aus dem Schlitz im Holz.

Tischlein heult auf, doch es ist zu spät. Blitzschnell wirft die Hexe Tischlein auf den Rücken, reißt die Kordel an den schweren Wohnzimmervorhängen ab und bindet zwei seiner Beine an der Heizung fest und die anderen zwei am Wohnzimmertisch. Dadurch wirkt der Tisch, der währenddessen Zeter und Mordio schreit, wie ein besiegter Stier in der Arena. Zu guter Letzt knebelt die Hexe ihn mit einem Kissen.

»So.« Sie wischt sich über die Stirn und reibt die Hände an ihrem Jumpsuit ab. »Wo waren wir?«

»Äh«, sagt die Gans. »Du wolltest gerade die zwei fehlenden Zutaten besorgen. Derweil rühre ich mal los.«

Diese Antwort scheint Pain zu gefallen, denn sie nickt.

In diesem Moment klirrt etwas im Keller wie zerberstendes Glas.

»Oh, verdammt. Sterntaler!« Rapunzel beißt sich auf die Lippe. »Sie hat uns gefunden.«

»Was?« Die Gans hüpft auf einen Stuhl. »Kommen sie, um mich zu rupfen?«

»Nein, eher um uns zu rupfen. Du hast uns nicht gesehen, hörst du?« Pain zeigt mit dem Zeigefinger auf die Gans. »Besser, du läufst ihnen entgegen, bevor sie deinen gefesselten Freund sehen und zwei und zwei zusammenzählen.«

»Bitte«, fügt Rapunzel hinzu und versucht es mit einem herzzerreißenden Augenaufschlag bei der Goldenen Gans.

Die schluckt. Färben sich ihre Bäckchen-Federn etwa rot?

»In Ordnung. Lauft durch den Garten und dann bei den Apfelbäumen durch die Hecke. Folgt dem Bach, der in der Nähe entlangfließt, bis zum Bergwerk. Dort biegt ihr rechts ab und erreicht den Bau der Zwerge.«

»Gans und Tisch! Wo ist sie? Versteckt ihr etwa diese Verräterin Rapunzel?«, brüllt jemand aus dem Keller.

Die Verräterin Rapunzel haucht einen Kuss in Richtung Gans und sprintet Pain hinterher, die bereits die Terassentür öffnet.

Kapitel 10

~Red~

Wie ferngesteuert bewege ich mich auf Jaz zu. Er kichert gerade über etwas, das Jasemin ihm ins Ohr geflüstert hat. Das hier ist ein ganz anderer Mann als noch vor drei Tagen. Wie konnte das geschehen? Ist das alles meine Schuld? Mit aller Macht versuche ich das Zittern meiner Hände zu unterdrücken. Ich werde dieses Spielchen mitspielen, bis sich ein Ausweg für mich auftut. Und dann werde ich Jasemin vernichtend schlagen. Sie ein für alle Mal ausschalten. Am besten in ihr eigenes Verlies sperren. Für immer. Mit Fußfessel. Damit sich im Märchenwald niemand mehr vor ihr fürchten muss.

Ich schlucke, starre auf meine Hände. Es ist Zeit. Länger kann ich es nicht hinauszögern. Meine Nasenflügel beben, bevor ich anfange, mit langsamen Strichen über Jaz' Rücken zu fahren. Die Bürste fühlt sich fremd zwischen meinen Fingerspitzen an. Als er sich nach vorne beugt, damit ich an die tieferen Regionen herankomme, schießen mir Tränen in die Augen. So nahe sind wir uns noch nie gekommen. Zwar berühre ich ihn nur indirekt, aber dennoch gleite ich mit der Bürste über seinen gesamten Rücken. Ausgerechnet jetzt! Ich beuge mich nach vorn. Diese Situation ist mir alles andere als angenehm. Ich kann seinen Duft nach Süßholz und Mango wahrnehmen, der mich völlig durcheinanderbringt. Mit aller Macht versuche ich das Zittern meiner Hände zu unterdrücken. Einfach kontrollierte Striche ausführen. Diese Kleinigkeit werde ich ja wohl hinbekommen.

Zu allem Unglück habe ich von dieser Position aus einen hervorragenden Blick auf Jasemin, die in ebendiesem Moment ihre Hand in Richtung von Jaz' Oberschenkel oder wer weiß wohin wandern lässt. Durch das milchige Wasser lässt es sich nicht genau sagen. Bei diesem Anblick durchzuckt mich etwas wie ein Stromstoß, aber ich bin mir fast sicher, dass das nicht die Fußfessel ist. Natürlich fällt mir deswegen die Bürste ins Wasser. Direkt auf Jaz' Steißbein.

»O nein, du Tollpatsch!«, jammert Jasemin übertrieben wehleidig. »Nun ja, ich bin sowieso geschickter darin, meinem Verlobten den Rücken zu schrubben, und weiß, an welchen Stellen er es gern hat.« Sie zwinkert mir zu, angelt selbst nach der Bürste, wobei sie ihren Arm enger als nötig um Jaz schlingt.

Wie bitte? Ihre Dreistigkeit lässt mich wie versteinert zurück. Letztendlich gibt das den Ausschlag. All die Fragen, die mir auf der Zunge liegen finden ihren Weg über meine Lippen.

»Du hast ihn verhext, oder? Das ist es? Sag es mir, hast du den Feenzauberstab benutzt, um dir Jaz zu Willen zu machen?«

Jasemin neigt den Kopf und bedenkt mich mit einem Augenaufschlag, der mir sagt, dass sie längst gewonnen hat. »Und wenn schon. Was kümmert es dich? Du hast ihn doch fortgejagt?« Das Lächeln, das ihre Lippen kräuselt, lässt mich die Fingernägel in meine Handballen graben. »Und hat er nicht dasselbe mit dir angestellt? War es nicht so? In Neverland?«

Immer noch sieht Jaz mich nicht an, aber ich habe das Gefühl, dass seine Haltung sich bei Jasemins letztem Satz versteift hat.

»Also ist es wahr?«

»Natürlich. Jaz war so freundlich, mir überhaupt erst Feenstaub zu bringen, damit er funktioniert. Der Feenzauberstab.«

Daraufhin fällt mir nichts mehr ein. Ein Haufen Gedanken erdrückt mich, wie wenn Snow eine Wagenladung Kissen auf mich niedergehen lässt, um bei unserer Kissenschlacht zu gewinnen. Das darf nicht sein! Jetzt muss ich also nicht nur Ever, sondern auch Jaz retten. Und ich werde Jasemin den Feenzauberstab abnehmen. Dazu bin ich fest entschlossen. Zu viel Unheil könnte sie damit anrichten. Jetzt, da sie im Besitz von Feenstaub ist. Gut – in Sachen Ever bin ich zum Warten verdammt. Kann nichts unternehmen, bis der Teufel findet, die Zeit sei reif für Runde zwei.

Ach Ever, mein Ever, wärst du doch hier … Immerhin weiß ich, was in Sachen Jaz zu tun ist.

Rose mustert mich. Sie hat soeben aufgehört, den Rücken der Königin zu schrubben, trocknet sich die Hände an einem Handtuch ab und sieht mich dabei unverwandt an. Sicher ahnt meine beste Freundin, was in mir vorgeht. Sie schielt in Richtung Spiegel. Oder … Oder sie möchte, dass ich Jasemin ablenke, damit sie Spieglein herzitieren kann.

Schlaues Röschen.

Eine Ablenkung … Was könnte ich tun? Ein wenig unschlüssig beobachte ich Jasemin und Jaz, die im Whirlpool planschen. Der günstigste Moment würde sich anbieten, sobald sie das Bad verlassen wollen, nehme ich an. Daher tippe ich mir unauffällig aufs Handgelenk, auf Höhe meiner Uhr, wenn ich noch eine hätte.

Wenn Jasemins Lakaien mir nicht alle persönlichen Gegenstände abgenommen hätten.

Rose versteht. Wartet geduldig neben mir, während ich der Königin eine längst überfällige Maniküre verpasse. In mir brodelt es. Am liebsten würde ich ihr auf die Finger spucken. Aber ich darf den Kopf nicht verlieren. Schreien, Jammern oder um mich schlagen, wird mich nicht weiter bringen als ins Verlies. Beinahe empfinde ich Stolz für mein erwachsenes Verhalten.

Die ganze Zeit über starre ich auf Jaz' Nacken, jedenfalls sobald ich mich unbeobachtet fühle. Das hier ist alles meine Schuld. Warum geraten alle Menschen, die zu viel Zeit mit mir verbringen, unweigerlich in Gefahr? Vielleicht lastet ein zweiter Fluch auf mir? Als Warnung sollte ich mir wohl ein Schild um den Hals hängen. Wenn ich wirklich Pech bringe, könnte ich ja mit Pechmarie eine Wohngemeinschaft gründen.

Irgendwann erhebt sich Jasemin tatsächlich aus dem Becken, steht in ihrem roten Bikini vor mir und streckt mir ihre frisch gefeilten Nägel entgegen. Ihre Goldringe und Armkettchen hat sie selbst im Wasser anbehalten. Genau wie die filigrane Kette, die ihren Bauch ziert. Während meine Gedanken vom Adrenalin wie aufgeputscht herumspringen, stütze ich die Königin. Umfasse ihre Hand und den Unterarm, damit sie aus dem Becken steigen kann. In meinem Rücken spüre ich die Blicke meiner besten Freundin. Ich weiß, dass ich es jetzt tun muss. Mein Herz klopft so schnell in meiner Brust, dass ich mir plötzlich vorstellen kann, wie sich ein Herzinfarkt anfühlt. Was, wenn Jasemin mich dafür bestraft? Mir eine Hand abhackt oder Schlimmeres? Doch ich muss es einfach versuchen. Muss es tun. Jetzt oder nie.

Zuerst stöhne ich übertrieben laut, wobei ich die Hand von Jasemin loslasse, taumele nach hinten, als ob ich gleich in Ohnmacht fallen würde. Der Wachmann, der hinter mir steht, fängt mich auf und das ist sein Fehler. Während er mich festhält, drehe ich mich blitzschnell in seinen Armen und greife mir den Dolch an seiner Hüfte. Zwar versteht er im letzten Moment, was ich vorhabe, aber es ist zu spät. Mitsamt Dolch tauche ich unter seinen Armen hindurch, weiche tänzelnd einer weiteren Wache aus und stürze mich auf Jaz, der sich gerade abtrocknet.

Wie versteinert sieht er mir entgegen, als wären wir uns noch nie zuvor begegnet, und dieser Blick schmerzt mich mehr, als ich zugeben möchte. Dennoch zögere ich nicht. Ich packe ihn an den Schultern, schwinge mich hinter ihn. Das Handtuch, mit dem er sich abgetrocknet hat, fällt zu Boden. Im selben Moment liegt mein Messer an seiner Kehle.

»Alle zurückbleiben!«, brülle ich ganz ähnlich, wie ich es schon einmal im Fernsehen gesehen habe. Meine Stimme klingt viel mutiger, als ich mich fühle. Man könnte meinen, ich sei eine eiskalte Killerin. Der Gedanke gefällt mir auf verdrehte Art und Weise, verleiht mir zusätzlich Selbstvertrauen, lässt mich die Schultern zurücknehmen und einen Blick aufsetzen, aus dem der Hochmut nur so strotzt. Bloß muss ich zugeben, dass ich Jaz fester in den Schwitzkasten nehmen könnte, als ich gegenwärtig tue. Allein das Bewusstsein, seinen nackten Oberkörper so dicht an mich gedrückt zu haben, lässt meine Nerven flirren. Warum kann ich mich nicht einfach zusammenreißen?

Ich schaffe das, habe alles im Griff. »Falls nicht, müsst ihr gleich die Reste des künftigen Königs von Morgenland von den Bodenfliesen kratzen.« Ja, ich fühle mich unheimlich mächtig. Möglich, dass das zum Teil daher kommt, dass Jaz mich über seine Schulter irgendwie beeindruckt mustert. So, als hätte er mir das gar nicht zugetraut. Hat er höchstwahrscheinlich auch nie. Niemand hätte das. Bis zu diesem Tag. Dieser Gedanke beflügelt mich zusätzlich. Also ist es nur logisch, dass ich Jaz vor mir her schubse. »Alle wegbleiben! Und du: vorwärts.«

Jasemin runzelt die Stirn, wedelt dann mit einer Hand, woraufhin die Wachen vor mir und Jaz zurückweichen.

»Ach, Red, was soll das? Du wirst dir bloß wehtun. Was glaubst du, wie weit du kommst, bis die Fußfessel dich grillt?«

Bitte nicht so optimistisch. Immerhin scheint sie keinen Verdacht zu hegen, was die wahre Motivation hinter dieser Aktion ist.

Ich lache übertrieben laut auf, überzeuge den Magier mit einem finsteren Augenaufschlag, mir besser aus dem Weg zu springen. Hastig bringt er sich in Sicherheit.

»Lieber lasse ich mich grillen, als ein zweites Mal deine gelben Nägel zu feilen.«

Hinter mir höre ich, wie Rose versucht, ein Kichern zu unterdrücken, und ein erbostes Schnauben von Jasemin, aber da pikse ich erneut Jaz in den Rücken und er beschleunigt seine Schritte. Selbst als wir beinahe die Tür erreicht haben, lasse ich Jasemin nicht aus den Augen.

»Du wirst nie gewinnen, hörst du? Was bist du nur für ein grausames Scheusal geworden?« Und ich meine es genauso, wie ich sage. Man sollte sie einweisen und ihr auf gar keinen Fall die Regentschaft über ein Königreich übertragen. Im letzten Moment, bevor ich in den Flur trete, sehe ich den Schmollmund, den die Königin zieht, dann überlasse ich es Rose, die nächsten Schritte einzuleiten. Hoffentlich hat sie Erfolg.

»Wohin gehen wir?«, will Jaz wissen, der gezwungenermaßen vor mir herläuft. Allerdings ohne das kleinste bisschen Widerstand. Seltsam. Oder er wartet einfach auf den richtigen Moment, in dem er versuchen wird, mich zu überwältigen. Der Feenstaub muss ihm ganz schön das Gehirn vernebelt haben, wenn er Jasemin heiraten will. Da würde ich viel lieber mit einem Sandwurm den Bund der Ehe eingehen als mit *ihr*.

Da kann man mal sehen. Ich presse die Lippen aufeinander und werfe Jaz einen schiefen Blick zu. Wie Feenstaub doch alles durcheinanderbringen kann. Meine Zähne schaben aufeinander und ich muss mich selbst daran erinnern, nicht mit den Zähnen zu knirschen. Nach ein paar Schritten im Flur rennen wir fast in Alice und den Hutmacher hinein. Die beiden grinsen ziemlich festlich, was mich misstrauisch werden lässt. Zu allem Überfluss. Warum gerade diese beiden? Was in Frau Holles Namen machen die in Morgenland?

»Oh, hallo!«, freut sich der Hutmacher.«

»Was für ein Zufall!«, kreischt Alice. »Eine Fügung des Schicksals! Da kann ich euch gleich eure Einladung zu unserer Nicht-Verlobungsparty geben!« Noch während sie spricht, fällt ihr Blick auf das Messer in meiner Hand, das auf eine Stelle zwischen Jaz' Schulterblättern zeigt. »Oder doch nicht? Was hat Jaz angestellt? Soll ich ihn auf die *Schnapp-sie-und-schach-sie*-Liste setzen?« Ihre Stimme senkt sich um einige Oktaven, bevor sie hinzufügt: »Oder ist das eins eurer privaten Spielchen? Wohin geht's?«

Wie von allein verschließen sich meine Augen und Ohren vor diesem Schwachsinn. Bitte wie? Nicht-Verlobungsparty? Was ist das für ein Blödsinn? Dafür habe ich jetzt keine Zeit. Irgendwann werden uns die Wachen folgen oder Schlimmeres. Jemand Schlimmeres.

»Ähm«, sage ich daher. Mein Blick huscht umher. »Ja, natürlich werden wir zu eurer Party kommen. Allerdings nur, wenn ihr niemandem verratet, dass wir uns in der Wäschekammer verstecken.« Ich öffne die Tür direkt hinter dem Hutmacher. Komischerweise setzt der sofort sein Tausend-Watt-Lächeln auf. »Aber selbstverfreilich!« Er zieht seinen Hut und deutet eine Verbeugung an. »Da kommen wir auch gerade her.«

Was? Ih! Widerlich.

Mit heruntergezogener Unterlippe schiebe ich Jaz an den beiden Verrückten aus Wonderland vorbei in die Kammer. Besser, ich fasse hier nichts an.

»Lauft weiter und benehmt euch weniger auffällig.«

»Ja, natürlich«, flötet Alice, die an ihrer Rüschenschürze zieht. Aber da habe ich ihr schon die Tür vor der Nase zugeschlagen. Kein Gespür für Timing, die Gute.

»Wir laufen rein zufällig durch diesen Flur!«, höre ich Alice' Stimme rufen. »Ohne irgendwelche Absichten oder Informationen!«

Ich knirsche mit dem Unterkiefer.

»Hier ist nichts geschehen!«, versichert der Hutmacher. »Keinerlei sonderbaren Vorfälle«, höre ich ihn sagen.

Glücklicherweise entfernen sich die Stimmen.

»Was wollen wir hier drin?«, reißt mich Jaz aus meinen Gedanken. Ungeachtet meines Messers dreht er sich zu mir um. Zuerst starrt er auf die Waffe, dann auf meinen nackten Bauch und schließlich in mein Gesicht.

Mein Messer zittert ein bisschen. Ich sehe ihn an. Nehme mir Zeit in dem wenigen Licht, das durch die orientalischen Schnitzereien in der Tür dringt, seine Gesichtszüge mit meinen Augen nachzuzeichnen. In den letzten Tagen hat er nichts von seiner Attraktivität eingebüßt. Die dichten Augenbrauen und Wimpern könnten auch zu einem Model gehören. Er weiß es noch nicht und das ist nicht der richtige Zeitpunkt, um es ihm zu erklären. Aber er wird unser Retter sein. Das Verlorene Kind. Ich schlucke, versuche, mich unter Kontrolle zu bekommen. Mit dem letzten Rest an Selbstbeherrschung, den ich nach allem, was passiert ist, aufbringen kann. Wenn ich Gedanken an einen Jungen verschwende, sollte das Ever sein. Mein Seelenverwandter. Kein einarmiger Pirat, der mich nun schon zum zweiten Mal hintergangen hat. Was musste er ausgerechnet zu Jasemin rennen? Hat er ein einziges Mal nachgedacht, nachdem er aus Snows Schloss geflohen ist? Meine Brust hebt und senkt sich wie das Meer der Ungeheuer.

Jaz mustert mich ebenfalls. »Ich hatte angenommen, du willst fliehen, Red? Das würde ich dir aber mit der Fußfessel nicht raten.« Er blinzelt. »Wirst du mir verraten, was du stattdessen in dieser Kammer vorhast? Mit … mir?«

»Weißt du, wie man sie abnimmt?« Ich hebe den Kopf. »Die Fußfessel, meine ich.« Doch selbst wenn er das könnte, wäre Rose immer noch in Jasemins Gewalt. Niemals würde ich ohne sie gehen. Und das hier war ohnehin lediglich als Ablenkungsmanöver geplant. Natürlich sage ich ihm das nicht. Starre ihn einfach nur an. Leider ist so wenig Platz in der Wäschekammer, dass wir praktisch Brust an Brust stehen müssen.

Die Fußfessel lässt mit ihrer glatten Oberfläche keinen Schluss darauf zu, wie man sie auseinandernehmen kann. Aber wahrscheinlich ist das genau wie bei den Exemplaren, die Spieglein programmiert hat, nicht durch Menschenhand vor Ort möglich. Sie wird sich vermutlich erst öffnen lassen, wenn man das zugehörige Computerprogramm bedient.

»Echt jetzt?«, flüstere ich irgendwann. »Und seit wann interessiert es dich, was ich tue? Du bist doch einfach abgehauen. Und jetzt mit Jasemin verlobt. Nach wie vielen Tagen mit ihr hast du sie nach ihrer Hand gefragt? Nach einem oder zwei?«

Ein Schatten legt sich über sein Gesicht und ich kann nicht sagen, ob es an den Lichtverhältnissen liegt oder ob er ärgerlich über meine Frage ist.

»Genau genommen hat sie mich gefragt. Oder besser gesagt, dazu gedrängt, sie zu fragen, wenn du es genau wissen musst. Aber das ist nun egal. Sie wird meine Frau.« Er sieht mich fest an. Wen von uns beiden versucht er da gerade zu überzeugen? Oder ist das ein Trick? Ich neige den Kopf und da seufzt Jaz. »Außerdem weiß ich beinahe immer, ob sich die Frau vor mir für eine Beziehung für die Ewigkeit eignet oder nicht. Es war Liebe auf den ersten Blick.« Er beißt sich auf die Lippe, schlägt die Augen nieder, sodass ich mir nicht sicher bin, ob er mit seinen letzten Worten wirklich Jasemin gemeint hat.

Liebe auf den ersten Blick bei … ihr? Ist das sein Ernst? Außerdem hat er sie doch zuvor schon gesehen, als wir gemeinsam Ever aus ihren Fängen gerettet haben … Oh. Langsam begreife ich. Könnte er sich da bereits in sie verliebt haben? In ihre Macht und Schönheit? Ein schaler Geschmack steigt in meinem Rachen empor bis zu meinen Kiefermuskeln. Aber selbst das ist erst ein paar Tage her. Nein, seine Liebe für sie kann nicht echt sein. Das muss alles am Feenzauberstab liegen. Ich muss ihn Jasemin unbedingt abnehmen. Eine leise Stimme in meinem Kopf ermahnt mich, dass Liebe sehr wohl schnell gehen kann. Wie bei Cinder, Rose, Rapunzel, Snow, Swanley … Ich stöhne.

Obwohl ich mir bewusst bin, dass Jaz mich anstarrt, sage ich mehrere Minuten lang nichts.

»Du kannst nicht klar denken«, sage ich irgendwann lahm, meine dabei eigentlich ihn, doch vielleicht auch mich. »Jasemin hat dich mit Feenstaub manipuliert. Hat sie selbst zugegeben, wenn du dich erinnerst.«

Jaz verzieht einen Mundwinkel. »Und wenn es so wäre?« Er kommt mir ein Stück näher, was mich zusammenzucken lässt. »Du hast deine Gefühle für mich vor zwei Tagen ziemlich deutlich gemacht. Womöglich ist das hier endlich meine Chance, glücklich zu werden.« Höre ich da Bitterkeit aus seinen Worten heraus? Vermutlich ist er zu Recht eingeschnappt. Ich war wirklich grob wie ein Brecheisen zu ihm. Zu meiner Verteidigung muss man allerdings erwähnen, dass Ever wenige Sekunden zuvor in meinen Armen gestorben war. Meine Welt lag in Trümmern. Was dazu führte, dass ich Jaz angeschrien habe. Ihm an den Kopf warf, dass ich ihn niemals lieben werde. Wieder schlucke ich. Rose würde vermutlich sagen, ich müsse an meinen Manieren arbeiten und weniger überschäumende Emotionen an meinen Mitmenschen auslassen.

»Deine Liebe zu Jasemin ist nicht real«, bringe ich knirschend hervor. »Wird es niemals sein.«

Er tut meinen Einwand mit einer Handbewegung ab. »Und wenn schon. Was wirst du jetzt machen? Dich für alle Ewigkeit mit mir hier drin verstecken oder fliehen? Denk daran, dass diese Fußfessel ziemlich gut funktioniert.«

Das Messer in meiner Hand zittert wieder. Ich hatte es ganz vergessen. Seit einer ganzen Weile zeigt es auf den Boden. Ich umfasse es fester, verfluche mich und mein nichtvorhandenes Pokerface. Warum habe ich mich nicht besser im Griff? Im selben Moment bemerke ich, dass meine Handflächen ganz glitschig geworden sind.

»Weder noch«, sage ich, wobei ich mein Kinn hebe. Damit gebe ich ihm hoffentlich genug Stoff zum Nachdenken, sodass ich wieder auf Geräusche im Flur und aus dem Wellnessbereich lauschen kann.

Zweifellos muss ich ihn verwirrt haben. Denn er kräuselt seine Stirn und spricht mich nicht mehr an, was mir durchaus recht ist. Draußen im Gang hört man eine Gruppe Personen vorbeirennen, wahrscheinlich Wachen. Suchen sie nach uns? Blöde Frage. Nach wem sonst? Ich schiele in Richtung Jaz, doch der denkt offensichtlich gar nicht daran, um Hilfe zu rufen.

Die Schritte entfernen sich. Gut. Das könnte Rose mehr Zeit verschaffen.

»Jasemin hätte an deiner Stelle sicher einen Plan«, bemerkt Jaz.

Jasemin, Jasemin! Ich kann diesen Namen nicht mehr hören. Also ziehe ich meine Augenbrauen zusammen und versuche Jaz so gut es geht zu ignorieren. Soweit das eben möglich ist, wenn man beinahe an ihm klebt. In dieser winzigen Kammer. Bei meinem Glück zitiert mich in genau diesem Moment der Teufel zur zweiten Challenge in die Hölle und setzt mich danach in Jasemins Verlies wieder aus. Ich seufze. Wenn ich dadurch Ever retten könnte, wäre mir das vielleicht sogar lieber.

Ich spüre eine kühle Berührung an meiner Schulter. Mein Blick senkt sich auf Jaz' künstliche Hand. »Du solltest dich stellen. Jasemin wird dir vergeben. Sie ist eine gütige Königin.« Bei Frau Holle, was haben sie diesem armen Piraten die Sinne verdreht. Gütige Königin! Hört er sich eigentlich selbst zu bei dem, was er da von sich gibt? Eine Weile betrachte ich das Schattenspiel auf seinem Gesicht. Blöderweise habe ich immer noch keine Ahnung, wie ich weiter vorgehen soll. Zurückgehen? Irgendwie die Fußfessel knacken? Länger in dieser Kammer ausharren und mich irgendwann später stellen? Was wäre der cleverste Schachzug?

»Gib auf, Red. Es ist besser so.«

Den Blick fest auf Jaz' Stirn gerichtet, straffe ich die Schultern. »Du willst ja nur zu deiner Verlobten zurück und mich in den Kerker werfen lassen, gib es zu.«

»Will ich nicht. Ich gebe dir mein Wort. Wenn du jetzt aufgibst, verspreche ich dir, dass dir nichts geschehen wird.« Seine Lippen zittern. Warum zittern seine Lippen? Ob die Magie des Feenstaubs langsam nachlässt? Erinnert er sich wieder daran, was zwischen uns war? Und viel wichtiger: dass er Jasemin sicher nicht liebt?

Obwohl ich ihm kein bisschen glaube, hebe ich das Kinn. »Gut, aber ich will dein Wort. Und ich will in deinem Gefolge als deine eigene Dienerin arbeiten und nicht als Hofdame von Jasemin, solange ich hier bin. Dann lasse ich dich gehen. Einverstanden?« In dieser Position könnte ich Jasemins Zauber auf Jaz besser kontrollieren und müsste ihr nicht mehr den Popo abwischen. Jedenfalls hoffe ich das. Mit ganz viel Glück könnte ich sogar verhindern, dass sie Jaz weiterhin verhext, und ihr im besten Fall den Zauberstab der Dreizehnten Fee abnehmen. Ihn zurückerobern. Mit reichlich Glück, wie gesagt. Übertrieben viel davon wäre nötig, aber die Chance wäre zumindest da.

»Ich weiß nicht, ob Jasemin dem zustimmt. Eventuell können wir eine geteilte Dienerschaft vereinbaren.« Er spricht es so atemlos aus, dass man meinen könnte, ich hätte angeboten, seinem Harem beizutreten. Ich runzele die Stirn. »Das bedeutet nicht, dass ich deine Konkubine werde, das hast du verstanden, oder?«

Augenblicklich färben sich seine Wangen rot. Ein Flackern tritt in seine Augen, das ich trotz der Dunkelheit in der Kammer wahrnehmen kann. Was ist auf einmal in ihn gefahren? Irgendwas stimmt hier doch nicht.

Kapitel 11

Rapunzel und Pain stürzen durch die Hecke. Irgendwo schreit Sterntaler ihre Wut heraus und Tischlein scheint aus derselben Richtung mit einzustimmen. Sie sollten einen Chor gründen und im Kanon singen.

Pain landet auf den Knien, aber sie haben keine Zeit, sich um Grasflecken und Blätter in ihren Haaren zu kümmern. Rapunzel zieht sie vorwärts.

Keine Zeit, keine Zeit. Diese Mission ist noch lange nicht geschafft.

Ihre Handtasche fest an sich gepresst, watet Rapunzel durch den Bach. Von der anderen Uferseite beobachtet sie ein Waschbär, der etwas Braunes in seinen Fingern dreht. Ihre Leia-Perücke.

»Du!«, kreischt Pain. »Rück sofort Rapunzels Haare wieder raus!«

»Lass gut sein«, versucht Rapunzel sie zu beruhigen.

»Das Biest hat uns bestohlen! Ich hatte die Perücke zum Trocknen in meine Tasche gelegt!«

»Ich brauche sie nicht mehr. Die Nachrichten über die Genmais-Sache verbreiten sich bereits überall. Außerdem ist Rexia ja für mich … oh, bei allen sieben Geißlein, wir müssen uns um Rexia kümmern.«

»Mach dir um sie keine Sorgen, sie kann ihre Flüstergabe einsetzen.«

Rapunzel hält inne. Diese Diskussion hatten sie doch schon. Und komischerweise hat sie ein ganz schlechtes Gefühl bei der Sache. Einen Mob an Bauern darf man nicht unterschätzen. Sobald sie den Wald erreicht haben, bedeutet sie der Hexe, stehen zu bleiben. Die Blätter und Nadeln der Bäume hängen so tief, dass sie vor Sterntalers Blicken geschützt sind. Vorerst.

»Warte kurz. Ich möchte Spieglein etwas fragen.«

Sobald sie ihr Handy aus der Tasche fischt, erscheinen Nachrichten von Snow und Cinder. Status-Meldungen. Cinder ist bei den Tinkerfeen, berichtet von zweihundert Golems, die die Tinker gegen Jasemin in den Krieg schicken werden, sobald sie sich blicken lässt. Momentan campen sie an der Grenze zwischen Neverland und Märchenwald. Nicht mehr als ein paar Meilen entfernt von der südlichen Grenze von Morgenland. In Neverland scheint sich bisher niemand mit dem Pandora-Zombievirus angesteckt zu haben.

Snow und Gretel dagegen heizen die Gerüchteküche um den Genmais an, der an allem schuld sein soll. Sie haben Flyer gedruckt und eine eigene Demonstrationsgruppe gegründet. Bloß von Red und Rose gibt es keine Neuigkeiten. Ob sie sich noch in der Hölle aufhalten und keinen Empfang haben? Ob es ihnen gut geht? Vielleicht weiß Spieglein mehr? Sie wählt seine Nummer.

Sofort erscheint Spiegleins Maskengesicht auf ihrem Display.

»Ah, Salat-Girl, gut, dass du dich meldest.«

»Ja, finde ich auch.« Rapunzel fährt sich durch ihre Haare und bleibt prompt mit den Fingern stecken. Zu viele Zweige haben sich darin verfangen und Knoten gebildet. »Zwei Fragen, Spieglein: Erstens: hast du etwas von Red und Rose gehört und zweitens: Kannst du mir sagen, wie es Rexia geht?«

Der Spiegel stutzt kurz, so als hätte er mit allem Möglichen gerechnet, außer mit Rapunzels zweiter Frage.

Pain beugt sich ein wenig vor, sodass ihr Kopf vor Rapunzels Brustbein hängt. »Hallo, Spieglein.« Sie stellt sich auf die Zehenspitzen und Rapunzel senkt ihr Handy ein wenig, damit sie hineinsehen kann.

Spieglein schnaubt. »Du und diese Hexenmafia … So weit ist es schon gekommen … Also gut. Von Red habe ich nichts mehr gehört, seit sie die erste Challenge gegen den Teufel gewonnen hat. Zwei stehen noch aus. Sicher meldet sie sich bald, aber wenn du willst, kann ich ein paar Nachforschungen anstellen.« Rapunzel nickt, als würde sie verstehen. Immerhin scheint Red bereits eine Prüfung bestanden zu haben. Ihre Gedanken springen wieder zu Rexia. Später wird sie mehr Infos von Red verlangen.

»In Bezug auf Rexia …« Spieglein verharrt einen Moment lang regungslos. »Warte … da bekomme ich ein Bild rein.«

Das Display flackert. Kurz darauf sieht man Rexia auf einer Anklagebank in einem Gemeindesaal knien. Es wirkt, als würde Spieglein das Bild aus einem Deckenleuchter empfangen oder etwas Ähnlichem, denn man sieht von oben auf die Hexe hinab. Ihre Hände sind auf dem Rücken gefesselt, während sie sich ihre Anklage anhören muss. Doch das Schlimmste ist, dass sie eine Augenbinde trägt und geknebelt ist. Das Handy entgleitet Rapunzels zitternden Fingern. Pain kann es gerade noch auffangen.

»Verfluchte Bauern!«, kreischt die Hexe. »Dumm sind sie ja nicht, diese Bastarde! Sie werden Rexia töten.«

Das werden sie. Und eine geknebelte Rexia kann ihnen nichts einflüstern. Rapunzel schluckt. »Spieglein. Kannst du die Verhandlung von Rexia hinauszögern? Irgendwie? Spiel einen Trailer im Gerichtssaal ein, schalte auf die Genmais-Protestbewegung von meinem Mann um. Egal, was. Wir brauchen Zeit, um Rexia zu retten.«

Sonst wird sie sterben. Ohne Blickkontakt und ohne die Lippen bewegen zu können, kann sie ihre Magie nicht anwenden. Mindestens einer der beiden Sinne ist zwingend notwendig. Der Richter hat sich doppelt abgesichert.

Ihr wird ganz schwummrig. Wen soll sie bloß zuerst retten?

»Ist schon gut.« Sie spürt Pains Hand an ihrer Schulter. »Spieglein wird die Dörfler aufhalten. Vermutlich dauert die Gerichtsverhandlung recht lange und du weißt ja, dass sie sie frühestens morgen umbringen können. Und nicht vor sieben Uhr morgens, das ist Brauch. Wir haben noch Zeit.«

Die Hexe hat recht. Mit etwas Glück kann Spieglein Unruhe in den Gerichtssaal hineinbringen. Geschworene und Richter überzeugen, dass Genmais und nicht die Büchse Schuld an der Misere im Märchenwald ist. Das könnte ihnen einen zusätzlichen Tag Zeit verschaffen.

Und jetzt gerade sind sie so nah dran am Gegenmittel für das Zombievirus.

»Okay. Wir übernehmen das Gegenmittel und du Rexia«, bestimmt Rapunzel.

Spieglein guckt ziemlich doof. Bevor er irgendetwas hinzufügen kann, lässt Rapunzel das Handy einfach in einer großen Geste in ihre Tasche fallen.

»Amen«, sagt die Hexe.

Wenige Minuten später erreichen sie tatsächlich den Eingang zur Zwergenhöhle. Ungesehen.

»Nimm das, Sterntaler! Rapunzel bekommst du nicht. Nur über meine Leiche!« Pain wirft triumphierende Blicke in alle Richtungen, aber lediglich ein Eichhörnchen beobachtet sie. Abgesehen vom Waschbären, der ihnen gefolgt ist.

»Shhht, kusch.« Pains Bemühungen, das Tier loszuwerden, erreichen ungefähr so viel wie Benimmunterricht bei Spieglein. Der Waschbär schaut sie völlig gelassen an.

Die Hexe beißt sich auf die Unterlippe. »Komm, schnell in den Zwergenbau. Dorthin kann uns dieses boshafte Untier nicht folgen.«

Rapunzel, die zwar findet, dass der Waschbär lästig, doch sicher kein Untier ist, zuckt mit den Schultern und schlüpft zum zweiten Mal an diesem Tag in den Zwergenbau. Wenn das Sterntaler wüsste. Ein kleines Lächeln schleicht sich auf ihre Lippen.

Zu Rapunzels Missfallen ist der Zwiebelgeruch im Inneren immer noch nicht verflogen. Gemeinsam mit der Hexe platzt sie ins Wohnzimmer der Zwerge. Rapunzel blinzelt bei dem Anblick, der sich ihr dort bietet. Vier Zwerge schieben Teller auf dem Tisch hin und her. Zwei Zwerge halten einen dritten (den mit der rosa Mütze) hoch über ihre Köpfe, sodass der bäuchlings über dem Tisch schwebt und ein Foto schießt.

»Ist im Kasten!«, schreit Oscar. Ringo und Elvis setzen ihn wieder auf dem Boden ab. »Welche Hashtags soll ich verwenden?«

Rapunzels Blick fällt auf den Esstisch. Dort ist eine ganze Familie an Mettigeln platziert, die lustig in Reih und Glied über den mit Blättern und Tannennadeln dekorierten Tisch laufen.

»Hashtag: NichtsfürVeganer!«, johlt Rudi. Seine grüne Mütze sitzt ganz schief und seine Backen leuchten rosa.

Elvis nickt eifrig. »Ja, den müssen wir unbedingt etablieren.«

Pain hustet und Rapunzel kann es ihr nicht verdenken.

»Ludwig, schon wieder Gäste!«, ruft Großkotz dem ältesten Zwerg vorwurfsvoll zu. »Wer hat die Tür nicht abgeschlossen?«

Alle Zwerge wenden die Köpfe, bis auf Rudi, der auf seiner Mütze eingenickt ist. »Mein Bettchen können sie nicht haben«, murmelt er halb im Schlaf.

Stille breitet sich aus, nur Oscar schießt mit seinem Handy ein Foto von Pain und Rapunzel. »Normalerweise bekommen wir nicht so viel Frauenbesuch.«

Rapunzel, deren Augen von dem Zwiebelgeruch langsam zu tränen beginnen, ringt sich ein Lächeln ab. »Wirklich? Kann ich irgendwie kaum glauben.«

»Hört mal«, unterbricht Pain sie. »Wir brauchen noch mal eure Hilfe. Danke übrigens für die Rettung vorhin. Aber jetzt benötigen wir ganz dringend ein Barthaar von euch und ein Pfund Mett.«

Der älteste Zwerg mit der grauen Mütze, der von Großkotz mit »Ludwig« angesprochen wurde, steht auf. Dabei schabt die Bank unter ihm über den Boden.

»Barthaar? Mett?«

»Ganz genau.« Pain nickt.

Die Augen fest auf die beiden Besucher gerichtet, kommt Großkotz näher. Mit seinem Zeigefinger deutet er auf Pain.

»Was treibt ihr Hexen wieder für kranke Spielchen? Auf gar keinen Fall bekommt ihr ein Zwergenhaar, kapiert?« Drohend baut er sich vor Pain auf, aber die zuckt nicht mal mit einer Augenbraue.

»Das müsst ihr ja gerade sagen oder was ist das für ein krankes Spielchen?« Die Hexe deutet mit ihrer operierten Nase auf die Mettigel-Familie.

»Das ist … Kunst. Für unseren Instagramaccount«, behauptet Großkotz. Er verschränkt die Arme vor der Brust, wodurch er wie ein Rausschmeißer vor einer Disco wirkt.

»Ist das so?« Rapunzel neigt den Kopf. »Wenn Pain und ich euren Kanal abonnieren und euer Mettigel-Bild reposten, wärt ihr dann bereit, uns ein Barthaar und ein Pfund Mett auszuhändigen?«

Oscar japst, als sei ihm soeben ein Heiratsantrag gemacht worden.

»Ja, ja, ja! Rapunzel hat eine wahnsinnige Reichweite auf Instagram, Leute. Natürlich nehmen wir an!«

Großkotz bedenkt ihn mit einem Blick, der Holzscheite spalten könnte. Bevor er jedoch etwas erwidern kann, schiebt Ludwig ihn beiseite. »Wenn wir euch helfen können, tun wir das gerne. Ihr seid Snows Freunde und damit auch unsere Freunde.«

Seine Worte lassen Pain zu beinahe doppelter Größe anschwellen. Belustigt geht Rapunzel auf, dass sich die Hexe freut. Wahrscheinlich weil selten jemand so nett zu ihr war wie Ludwig, der Zwerg.

Der kleine Oscar nimmt sich die rosa Mütze vom Kopf. »Und Rapunzel ist so cool«, flüstert er.

Ob jetzt der richtige Moment ist, um von der Herzkönigin zu erzählen? Vermutlich nicht. Denn ihrer Aussage nach wurde sie bei den sieben (vormals acht) Zwergen rausgeworfen. Also schweigt Rapunzel, setzt lediglich ein Lächeln auf, das nicht zu viel verrät.

Sowohl Oscar als auch Elvis starren Rapunzel mit großen Augen an.

»Eure Mettigel sind wirklich goldig«, sagt Rapunzel, um sich auf ungefährlicheres Terrain zu wagen.

»Du magst sie?« Elvis hüpft fast vor Rapunzel in die Höhe. »Wir könnten dir einen mitgeben, aber du musst ihn gut behandeln.«

»Wie? Gut behandeln?«

»Ja, sie sind ganz vorzügliche Haustiere. Sehen immer süß aus. Total fotogen, schau!« Oscar hält ihr sein Handy vor die Nase und präsentiert eine Reihe Instagrambilder von Mettigelfamilien. »Schau, das wäre doch auch was für dich.«

»Ich soll also einen Instagramaccount für einen Mettigel aufmachen?«

»Ja.« Elvis streicht sich über seine Bartschleife. »Und du musst ihn immer feucht und kühl halten. Ich kann dir zeigen, wie.« Seine Stimme überschlägt sich beinahe.

Rapunzel sieht ihn zweifelnd an.

»Tu es«, wispert Pain ihr zu. »Wenn wir dafür ein Barthaar und ein Pfund Mett bekommen. Oscar und Elvis fressen dir aus der Hand.«

»Na gut.« Rapunzel streicht sich die Haare aus der Stirn und streckt dann eine Hand aus.

Oscar und Elvis quietschen los. Großkotz schnaubt. Der Zwerg mit der braunen Mütze und dem *Game-of-Thrones*-Kunstwerk auf seinem Bart reicht Elvis einen Mettigel. In einer Tupperdose mit Kühlakku.

»Danke, Spencer. Ja, der ist wunderbar.« Elvis gibt das Fleischtierchen direkt an Rapunzel weiter.

»Bekommen wir nun–«, beginnt Pain, wird allerdings von einem Kreischen unterbrochen.

Rapunzel dreht sich mit dem Mettigel auf den Handflächen um. »Was in aller Zwerge Namen?«

Wieder Gekreische. Ein Waschbär klettert unter einiger Kraftanstrengung an der Höhlenwand empor und rettet sich auf ein Regal voller Vasen. Die erste davon wischt er einfach zur Seite.

»Hey, was soll das?« Der verpennte Rudi schreckt aus seinem Tagtraum hoch.

Ludwig klopft ihm auf die Schulter. »Nur ein Waschbär. Er flippt wegen dem Mettigel aus. Waschbären hassen Mettigel«, fügt er an Rapunzel gewandt hinzu.

Oscar streicht sich seinen Entenfamilien-Bart über die Schulter, als sei er ein Lätzchen. »Waschbären stehen auf Ästhetik und mögen keine Augen im Essen.«

Logisch. Sie waschen ja alles. Aber wie sollte man einen Mettigel im Flussbett säubern? Und dann diese niedlichen Oliven-Augen. Zärtlich betrachtet Rapunzel das Mett-Tier. »Ich werde ihn Herbert nennen. Das passt. Erinnert mich an euch und eure Bärte.«

Elvis und Oscar nicken, als läge das völlig auf der Hand.

Der Waschbär reißt kreischend eine zweite Vase zu Boden.

»Herbert?« Pain spricht den Namen extra deutlich und übertrieben langsam aus. »Ernsthaft jetzt?«

Elvis neigt den Kopf. »Bist du etwa eifersüchtig, Hexe?«

Pain schnaubt. »Ich? Eifersüchtig auf einen Mettigel?«

Oscar, die Augen fest auf Rapunzels Haustier gerichtet, grinst. »Ja. Immerhin schläft Herbert vermutlich ab sofort in Rapunzels Bett und du nicht.«

Wieder stößt Pain ein Schnauben aus, zieht es jedoch vor, nicht zu antworten.

»Herbert wird Instagram-Star, das steht fest!« Rapunzel betrachtet das Tierchen so stolz, als handelte es sich dabei um ihren erstgeborenen Sohn, der soeben eingeschult würde.

»Ja, wie auch immer.« Während der Waschbär die nächsten zwei Vasen zu Boden schleudert, verdreht Pain die Augen. »Wärt ihr so freundlich, uns ein Barthaar und ein Pfund Mett einzupacken? Wenn möglich getrennt?«

Ludwig lächelt, dreht sich um, verschwindet in der Küche und überreicht ihr kurz darauf zwei kleine Tüten. Eine davon ist recht schwer. »Wollt ihr wieder den Geheimgang nehmen?«

»Ähm …« Rapunzel tauscht einen Blick mit Pain. »Besser nicht.«

»Wenn ihr geht, nehmt ihr dann den Waschbären mit?«, will Großkotz wissen.

Doch Rapunzel und Pain winken nur zum Abschied.

»Kommt uns mal wieder besuchen!« Oscar winkt wie ein auf höchster Stufe laufendes Rührgerät. »Hört ihr?«

Rapunzel und Pain nicken. Rapunzel tut sogar so, als würde Herbert ebenfalls nicken. In seiner Plastikschüssel.

»Warte, schöne Rapunzel. Du hast uns noch nicht deine Nummer gegeben!«, schreit Oscar voller Inbrunst.

Pain knirscht mit den Zähnen.

In der einsetzenden Dämmerung schleichen die beiden wenig später zurück zum Haus der Goldenen Gans.

Pain duckt sich unter einem niedrig hängenden Ast hindurch. »Hoffentlich hat sich Sterntaler mit ihrer Meute verzogen.«

»Ist zu hoffen. Außerdem wäre es vorteilhaft, wenn sich Tischlein in der Zwischenzeit beruhigt hat.«

Pain nickt, schweigt danach eine Weile, bevor sie hinzufügt: »Wir sollten Snow bitten, es bei Bane zu versuchen. Für Red. Du weißt schon. Weil die Gans gesagt hat, sie kann nichts für Ever tun.«

Fast ist Rapunzel ein wenig gerührt von Pains Fürsorglichkeit Red und Ever gegenüber.

»Eine gute Idee. Ich nehme eine Sprachnachricht auf. Hier, kannst du mal halten?« Sie übergibt Pain zusätzlich zu den Tüten den Mettigel. Irgendwo kreischt ein Waschbär.

Pain verzieht das Gesicht. »Muss der uns immer verfolgen?«

Rapunzel zieht ihr Handy hervor und Pain fragt: »Warum hast du eigentlich Oscar und Elvis so bereitwillig deine Nummer gegeben?«

Rapunzel blickt von ihrem Telefon auf. »Oh, das war nicht meine. Das war die Nummer von Prinz Charming.«

Pain grinst. »Aus dir würde mal eine gute Hexe werden.«

»Soll das ein Kompliment oder eine Drohung werden?« Mit leicht gesenkten Lidern boxt Rapunzel der Hexe gegen die Schulter. Ein paar Knochen knacken.

Dann spricht Rapunzel ihre Nachricht für Snow in ihr Handy.

Nachdem das erledigt ist, lädt sie sich wieder Herbert auf die Handfläche. »Zeit für unser erstes Selfie, würde ich sagen.«

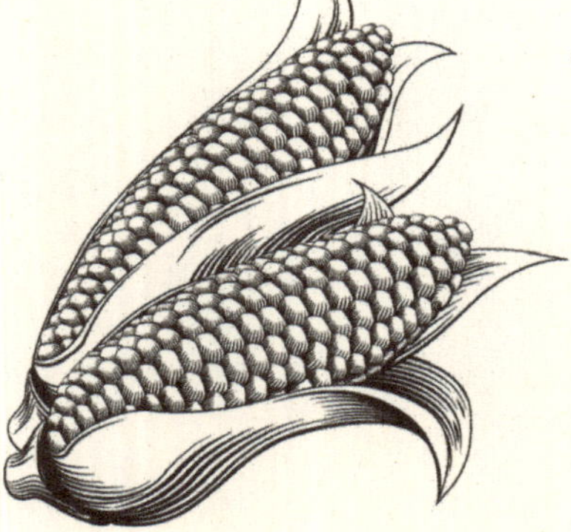

Kapitel 12

~Red~

Aber was wäre, wenn ich mit meiner Klinge an Jaz' Hals Rose und meine Freilassung erpressen könnte? Bloß dann hätte ich immer noch nicht den Feenzauberstab und Jaz ebenfalls nicht gerettet. Solange er nicht vom Feenstaub befreit ist, wird er mir nie folgen. Dabei brauche ich ihn. Mein Land ist auf das Verlorene Kind angewiesen. Vielleicht ist es gar nicht so schlimm, wenn ich noch eine Weile in Jasemins Schloss bleibe. Ganz nah am Feind dran sozusagen.

Ich warte so lange, bis ich ganz sicher bin, dass der Gang leer ist. Kein Geräusch dringt mehr zu uns durch. Von Jasemins Wachen geschnappt und zu ihr zurückgeschleift zu werden, möchte ich nicht riskieren.

»Okay. Du gibst keinen Mucks von dir. Dann bringe ich dich wohlbehalten zu Jasemin zurück.«

Jaz bedenkt mich mit einem Augenaufschlag, der mir zu verstehen gibt, dass er mich für alles andere als eine Bedrohung hält. Ich fasse das dennoch als Zustimmung auf.

Also ziehe ich die Tür auf, spähe in den Gang. Außer ein paar flackernden Fackeln bewegt sich nichts. Gut für uns. Bevor ich ganz hinaustrete, drehe ich mich noch einmal zu Jaz um. Ein Fehler, denn auf einmal werde ich nach draußen gerissen. Von hinten an beiden Armen gepackt und in den Flur gezerrt. Sobald ich den Kopf drehe, bemerke ich, was passiert ist. Aladin und sein Dschinn haben mich ergriffen, werfen mich jetzt mit voller Wucht gegen die Wand. Ich kann es nicht aufhalten, lediglich die Augen schließen, bevor ich mit Wange und Hüfte dagegenkrache. Der Aufprall ist dermaßen heftig, dass ich Sterne sehe. Das Messer gleitet mir aus der Hand. Meine Wange und die gesamte linke Körperhälfte fühlen sich wie mit Nadeln durchstochen, dann taub und zuletzt wie überfahren an.

»He, was glaubt ihr, was ihr da tut?« Jaz stürzt an meine Seite. Die Augen aufgerissen und ganz bleich.

»Na, dich vor deiner Entführerin retten«, säuselt der Dschinn. Seine Stimme ist so hoch wie die einer jungen Frau. Schallt unnatürlich weit durch den Raum.

»Ich hatte alles im Griff«, schnauzt Jaz die zwei an, während er erst mein Gesicht abtastet und danach meinen Oberarm. »Sie wollte gerade aufgeben!«

Obwohl ich mich verzweifelt an den Gedanken klammere, dass ich bei Bewusstsein bleiben muss, flattern meine Augenlider.

Wieder reißt mich jemand am Arm nach oben. Dabei wird Jaz von mir geschleudert. Als der Dschinn nach meinem linken Arm greift, möchte ich schreien vor Schmerz. Stattdessen beiße ich mir auf die Innenseite meiner Wange. Tränen steigen mir in die Augen. Etwas, das ich nicht verhindern kann. Verschwommen nehme ich die Gestalt aus weißgrauem Rauch wahr. Ein Flaschengeist ohne Beine, aber mit blutrotem Turban. Unter seinen Lippen lugt ein winziger Spitzbart hervor.

»Dschinn, bring unseren Gast zu meiner … äh, zu Jasemin. Und lass diesen Wicht unbedingt liegen.« Tatsächlich verpasst Aladin Jaz einen Tritt in die Seite.

Ohne zu zögern führt der Dschinn den Auftrag seines Meisters aus. Der gerissene Aladin. Der einen Dschinn bändigte. Von ihm unendlich viele Wünsche erfüllt bekommt, anstatt der üblichen lausigen drei. Was will er eigentlich hier? Hat sich Jasemin nicht von ihm getrennt?

Ein Reißen an meiner Kopfhaut lässt mich alles andere vergessen. Dieser Dschinn ist grob wie ein Amboss.

Von Aladin höre ich ein Lachen, doch ich kann meinen Blick nur auf den Boden richten, versuche mit einer Hand den Zug von meinen Haarwurzeln zu nehmen. Vergebens.

Wieder pralle ich auf Stein, dieses Mal auf die klein karierten Steinfliesen des Spa-Bereichs. Der Dschinn hat mich direkt vor Jasemins Füße geworfen, lacht dabei mädchenhaft. Ich schlittere eine Armlänge auf dem Boden in Richtung Königin und starre nach oben. Direkt in Jasemins Augen. Sie beugt sich über mich. Links von ihr hält sie Rose im Klammergriff. Rose' Atem geht heftiger. Sicher hat sie sich Sorgen um mich gemacht. Als sich unsere Blicke treffen, schüttelt sie fast unmerklich den Kopf. Also hat sie es nicht geschafft – ich seufze. Umsonst. Ganz umsonst haben wir diesen Plan ausgeheckt und sind aufgeflogen.

»Soso.« Der hämische Klang ihrer Stimme weckt in mir das Bedürfnis, Jasemin eine reinzuhauen. Leider ist das keine Option. Wir sind von Wachen geradezu umzingelt. Den Dschinn und Jasemins Ex nicht zu vergessen. Keuchend stolpert Jaz durch den Torbogen. Er hält sich die Seite und ist leicht grün im Gesicht, wie ich aus den Augenwinkeln bemerke. Was in aller Welt haben diese kranken Kerle mit ihm angestellt?

»Immer noch nichts dazugelernt.« Jasemin beugt sich tiefer über mich, schubst Rose in die Arme einer Wache. »Und da dachte ich, langsam hättest du begriffen, dass du nicht gegen mich gewinnen kannst.«

Ich stöhne. Zu mehr bin ich nicht in der Lage.

»Möglicherweise war ich einfach nicht hart genug zu dir. Mein Fehler, sozusagen.«

Ich versuche mich aufzurichten, um irgendwie auf die Beine zu kommen. Sofort fallen hämmernde Kopfschmerzen über mich her. Unglücklicherweise setzt Jasemin ihren Fuß auf mein Brustbein und hindert mich damit am Aufstehen.

»Würden zehn Peitschenhiebe deine Demut ein Stück weit fördern?«

»Was?«, keuche ich. »Spinnst du?« Jasemin scheint verrückt geworden zu sein. Die Macht ist ihr zu Kopf gestiegen, genau wie ihr Hass auf meine Freundinnen, die sie in ihrer Kindheit nie haben mitspielen lassen. Die sie immer ausgeschlossen haben.

»Du hast recht. Zwanzig wären zielführender. Wachen!«

»Nein!« Jaz springt auf seine Verlobte zu. Alle halten inne.

Aladin zieht bei Jaz' Anblick eine Grimasse.

»Das kannst du nicht tun, Jassi.«

Jassi?

Jasemin formt mit ihren Lippen eine Schnute. »Ernsthaft, Jaz? Nach allem, was sie dir angetan hat? Aber bitte. Nimm ihr doch zehn Peitschenhiebe ab, wenn du willst.« Sie betrachtet ihn.

Genau wie ich. Beklommen merke ich, dass ich die Luft anhalte. Jetzt wäre wirklich ein passender Zeitpunkt für meine zweite Challenge in der Hölle. Natürlich sieht das der Teufel anders. Nichts geschieht.

Ich sehe zu Jaz auf, bemerke, dass er meinen Blick meidet. Er schweigt, tritt mit gesenktem Kopf zurück. Ich schließe die Augen. Früher hätte er es für mich getan.

Immer noch trauere ich unserem früheren Leben hinterher, auch wenn ich weiß, dass das dumm und melancholisch ist, als mich die Wachen Gang um Gang nach draußen schleifen. Rückwärts, sodass ich viel zu lange Rose' und Jaz' Blicken begegne, die mir bis auf den Flur gefolgt sind.

»Ihr bleibt, wo ihr seid«, befiehlt Jasemin den beiden, dann setzt sie mir nach. Die Königin will sich meine Bestrafung also auf keinen Fall entgehen lassen. Irgendwie kommt es mir vor, als würde das alles gar nicht mir passieren, sondern einer fremden Person. So unwirklich fühlt es sich an. Ich soll ausgepeitscht werden. Zwanzig Hiebe! Ich!

Halbherzig strample ich ein wenig, während die Wachen mich die Treppe emporhieven. Allerdings bin ich mir bewusst, dass ich keine Chance gegen sie habe. Komischerweise dringen auf einmal alle Geräusche nur noch dumpf zu mir durch. Außerdem klirren meine Ohren und meine Schulter schmerzt heftig. Dort, wo ich gegen die Wand geprallt bin. Aus Angst, gleich ohnmächtig zu werden, bevor es überhaupt losgeht, versuche ich meinem Herzschlag zu lauschen und ihn bewusst ruhiger werden zu lassen.

Sie schleppen mich bis auf den Innenhof des Palasts. Auf die Bühne hinauf, wo immer noch Evers Galgen in den Himmel ragt. Jedenfalls wirkt es so aus meiner Position. Um uns herum bleiben Menschen stehen und starren mich an. Bürger der Stadt. Die meisten davon Händler. Die Wachen umschlingen meine Handgelenke mit Seilen und ich lasse es geschehen. Beobachte teilnahmslos, wie sie das Seil danach um den Pfahl binden. Was soll ich auch tun? Ich habe ihnen nichts entgegenzusetzen.

Als Nächstes knüpfen sie meine Hände am Balken fest. Jemand schiebt mein ohnehin viel zu kurz geratenes Oberteil am Rücken weiter nach oben. Jetzt geht es also los. Eine sanfte Brise weht mir die Haare in mein nasses Gesicht. Wann habe ich denn angefangen zu weinen? Ich weiß es nicht.

Aus den Augenwinkeln versuche ich zu erkennen, ob sich Jaz Jasemin doch widersetzt hat und mir gefolgt ist. Jedoch kann ich ihn nirgendwo ausmachen. Haarsträhnen verdecken mir die Sicht, aber das ist nicht schlimm. Im Grunde genommen bin ich froh darüber. Sie versperren mir die Sicht auf die neugierigen Passanten, die stehen bleiben, um dem Spektakel beizuwohnen. Wüstenbewohner, größtenteils in Lumpen gehüllt. Kinder mit zu kurzen Hosen und knochigen Schultern starren zu mir nach oben auf die Bühne.

Als ich gerade tief Luft hole, schiebt sich Jasemin samt boshaftem Grinsen in mein Blickfeld.

Eilig versuche ich mir noch mehr Haare ins Gesicht zu schütteln.

»Bürger der Stadt!« Die Königin erhebt ihre Stimme. »Vor euch steht die Verräterin Rotkäppchen. Sie hat versucht, den Prinzgemahl zu entführen. Heute demonstriere ich die Strafe, die für Verbrechen wie dieses verhängt werden.«

Diese Frau ist dermaßen durchgeknallt. Auch wenn ich mir einrede, wie lächerlich das Ganze ist, wird mir trotz der Hitze eiskalt. Sie wird mich tatsächlich auspeitschen lassen. Das ist kein Spiel. Meine Knie zittern. Ich kann nichts daran ändern. Aus einem mir unerfindlichen Grund fangen meine Schultern an zu zucken. Ich muss mich zusammenreißen, beschwöre mich, Haltung anzunehmen. Mir keine Blöße zu geben.

Jasemin tritt zurück und ich kann irgendwo Peitschenknalle hören. Das Geräusch lässt mich beinahe brechen. Sicherlich übt der Henker gerade. Oder möchte sich vor unserem Publikum wichtigmachen. Bevor Jasemin die Bühne verlässt, beugt sie sich ein letztes Mal zu mir.

»Vergiss nicht, dass Jaz mir gehört. Für immer. Das wird dir hoffentlich eine Lehre sein.«

Darum geht es also. Jasemin versucht an mir ein Exempel zu statuieren.

Der Henker kommt auf mich zu, weswegen ich mich umdrehe. In dieser Situation kann ich Jasemins dämliches Grinsen einfach nicht ertragen. Besser ich schaue nur den Galgen an. Immerhin, dort oben hänge ich noch nicht. Kaum höre ich die Königin zurücktreten, nehme ich wahr, wie etwas durch die Luft saust. Erst knallt es, dann brennt der erste Striemen an meinem Rücken. Obwohl ich es mir verboten habe, zucke ich zusammen. Jetzt bloß nicht weinen. Der Henker geht nicht gerade zimperlich mit mir um. Der zweite Schlag lässt mich zusammenfahren. Ich spüre, wie auf meinem Rücken Haut aufplatzt und Blut hervorquillt. Na super. Mit jedem Schlag beiße ich die Zähne fester aufeinander. Wann hört das auf? Bei Schlag sechs durchfährt mich ein noch heftigerer Schmerz. Was in aller Welt soll das?

»Zehn!«, johlt die Menge.

Ich kann nicht mehr, bin nicht einmal mehr in der Lage, den Kopf gerade zu halten. Meine schöne Maske aus Hochmut und

Selbstbewusstsein sinkt in sich zusammen wie Crème brûlée im Backofen.

Der elfte Schlag trifft mich so unvorbereitet wie der allererste. Die Menge jubelt. Warum nur finden alle diese Vorstellung toll?

Mittlerweile rinnen mir Tränen und Blut den Körper hinab. Nachher werde ich wie ein Gespenst aussehen, da bin ich mir sicher. Oder wie ein Zombie. Ich beiße die Zähne zusammen. Niemand soll mich heulen sehen.

»FÜNFZEHN!«

Jubel.

Mein Rücken brennt wie angezündet und mit Brennnesseln übergossen. Ich kann nicht mehr. Jetzt wäre ein guter Zeitpunkt, um mich in die Hölle zu zitieren, liebster Teufel!

»ACHTZEHN!«

Ich schmecke Blut in meinem Mund, aber das ist vermutlich Einbildung. Nein, ist es nicht, bemerke ich. Ich muss mir so heftig in die Wange gebissen haben, dass es blutet.

»ZWANZIG!«

Als sie mir schließlich die Fesseln abnehmen, breche ich zusammen, kann mich einfach nicht mehr auf den Beinen halten, doch das ist mir egal.

Von irgendwoher höre ich Jasemin schallend lachen und applaudieren. Als würde ich hier eine wahrhaft blöde Vorstellung abliefern. »Du hast dich gut gehalten, kleines Rotkäppchen. Manche sind schon nach fünfzehn Hieben tot umgefallen.«

Schnaubend stemme ich mich in die Hocke und richte mich dann langsam auf. Bei jeder Bewegung drohe ich, ohnmächtig zu werden. Die Schmerzen sind zu heftig.

Sofort werde ich von einer Wache gepackt. Kurz bevor sie mich umdrehen, glaube ich, eine Bewegung direkt vor dem Stadttor auszumachen. Etwas Großes pflügt durch den Sand.

»Bring sie in ihr Zimmer. Sie soll sich das Blut abwaschen und mir danach bei den Hochzeitsvorbereitungen helfen.«

Ich höre wohl nicht recht? Aber nein, Jasemin scheint das vollkommen ernst zu meinen. Ich blute wie beim Schlachter, bei jedem Schritt wird mir schwarz vor Augen und trotzdem soll ich ihr gleich bei ihren Hochzeitsplanungen helfen? Gleich kotze ich ihr als Erstes vor die Füße, das mache ich!

In meiner *Zelle* falle ich direkt in Rose' Arme. Ohne irgendwelche Erklärungen. Die Erinnerung, wie ich nach hier oben gekommen bin, ist verschwommen. Zwischendurch, etwa nach jedem fünften Schritt, bin ich ohnmächtig geworden. Als mich die Wachen unter den Armen packen wollten, habe ich geschrien, das weiß ich noch. Weil es sich angefühlt hat, als wollten sie mir die Haut vom Körper schälen.

»Red!« Rose' Brustkorb hebt und senkt sich unter meine Umarmung. Meine Tränen tropfen auf ihre Schulter.

»Hey, ihr Schweine!«, ruft sie den Wachen hinterher. »Ich brauche Desinfektionsmittel und Verbandsmaterial, habt ihr gehört?«

Dann wendet sie sich wieder mit sanfter Stimme mir zu. »O Red, sie hat dich tatsächlich auspeitschen lassen?« Rose streichelt mir über den Kopf, lässt mich weiter stumm ihre Ärmel vollheulen. »Dieses Biest. Wie konnten wir nur jemals so etwas wie Freunde sein? Was glaubt sie, wer sie ist? Und Jaz hat nichts dagegen unternommen? Er hat das zugelassen?«

Ich weiß gar nicht mehr, was wahr, falsch oder überhaupt geschehen ist. Kaum bringe ich es überhaupt fertig, mich auf den Beinen zu halten. Also schniefe ich nur. Rotz läuft auf Rose' Sklavinnen-Outfit.

Jaz. Ja, Jaz. Er hat Jasemin, seine Verlobte, nicht aufgehalten. Dieser Verrat sitzt wie ein Stachel tief im Fleisch um mein Herz. Auch wenn ich das schlecht vor Rose zugeben kann. Gerade als ich den Mund öffnen und Rache an Jasemin schwören will, beginnt sich alles zu drehen.

Ich brauche ein paar Herzschläge, um mich zu orientieren. Am Rande bemerke ich, dass ich auf die Knie gefallen bin und wie ein Hund auf alle viere gestützt auf dem Boden kauere. Plötzlich ist die Welt in orangefarbenes Licht getaucht.

Eine Kameralinse surrt.

»Willkommen zu deiner zweiten Prüfung«, sagt eine kratzig-raue Stimme.

Kapitel 13

~Snow~

Von euch lasse ich mir gar nichts befehlen.« Snow schnaubt und wendet sich ab.

Gretel, Cinder und Pan wechseln Blicke, nur Fear bleibt ruhig. »Sei nicht immer so anstrengend. Wusstest du, dass auf Twitter ein Gif von dir existiert, bei dem du mitten im Schnee stehst, die Augen verdrehst und auf das jemand »Snowtorious B.I.G.« geschrieben hat?

Snow ignoriert sie immer noch. Aber Spieglein, der hinter ihr im Spiegel über der Kommode allen mit den Augen folgt, schaut pikiert.

Niemand sagt etwas. Lediglich Gretel hüstelt, als müsste sie ein Kichern verbergen.

»Du warst nicht dabei, Gretel«, herrscht Snow sie schließlich an. »Man kann Bane nicht trauen. Am besten versiegeln wir diesen Höhleneingang und lassen sie nie wieder dort raus.«

Cinder richtet sich auf. »Das heißt, du kommst mit?« »Nur wenn wir das mit dem Versiegeln hinkriegen.«

Daraufhin sieht Cinder Gretel fragend an. »Ich bin sicher, Gretel hat da eine Idee.«

»Na ja«, meint Gretel leichthin. »Wir könnten auf jeden Fall ein Meerschweinchen mitnehmen und sie damit bedrohen, bevor wir die harten Geschütze auffahren.«

»Allergien sind toll«, stimmt Pan heftig nickend zu.

Nur Fear, die sich die Haare verstrubbelt, stöhnt.

»Mit euch zu arbeiten, ist einfach unmöglich.« »Gleichfalls«, sagt Spieglein.

Ein paar Minuten später sind alle abreisebereit. Gretel schiebt sich ein Meerschweinchen unter die Jacke. Es quiekt vergnügt.

»Haben wir immer noch nichts von Red und Rose gehört?«, fragt Snow.

»Nein. Und es hat sich bisher keine Gelegenheit ergeben, herauszufinden, wo sie sich aufhalten.« Spiegleins Gesicht verdüstert sich. Dass er nicht in der Lage ist, die beiden und die Herzkönigin aufzuspüren, scheint an seinem Ego zu nagen.

Asher, der am Rock seiner Mutter klebt, schabt mit den Füßen auf dem Läufer im Flur herum.

»Ich mache mir Sorgen um Red. Und um Daddy.« Fear drückt ihn fest an sich. »Sie kommen uns bald besuchen, Schatz. Ihnen geht es gut.«

Fear gegenüber schnalzt Snow mit der Zunge, was ihr prompt einen strafenden Blick von der Hexe einbringt. Dass Fear Asher einfach mit Pans Hilfe vom Schiff der Piraten entführt hat, gefällt ihr nicht. Andererseits ist Fear die Mutter und je mehr Widerstandskämpfer sich im Schloss aufhalten, desto besser.

Draußen vor dem Schloss ist Prinz Philip mithilfe seiner Freunde auf ein Fass geklettert. Seine blonden Haare glänzen im Sonnenschein wie ein Rapsfeld. Direkt vor einem wahren Menschenmassenauflauf. Offensichtlich versucht er, sich Gehör zu verschaffen, und sobald er die Arme hebt, hält auch der letzte Demonstrant inne. Pappschilder mit durchgestrichenem Mais werden gesenkt.

»Wie ihr alle wisst«, beginnt Snows Ehemann, »ist der Genmais schuld an so ziemlich allem Übel, das in letzter Zeit über uns hereingebrochen ist.«

Snow fasst sich an die Brust, als sie ihren Mann auf dem Fass mustert. Er hat die Demonstranten voll im Griff.

»Nicht nur für das Absterben von Gehirnzellen zeichnet sich Genmais verantwortlich, nein, er bewirkt ganz offensichtlich ebenso die Zombifizierung, die in diesem Land um sich greift!«

»Genau!«, rufen die Zuschauer. Dutzende Flüche werden in Richtung des bösen Genmaises abgefeuert.

»Und vergiss nicht den armen Robin Hood, der dank Genmais nun an Tourette leidet!« Sterntaler in ihrer vollen Kampfmontur hebt eine Hand.

In der Zwischenzeit verteilen Prinz Cedric und Prinz Adrian fleißig Informationsflyer an die Menge. Ein paar davon müssen sie unterzeichnen, weil das eine oder andere junge Mädchen um ein Autogramm bittet. Die blonden Haarschöpfe der Prinzen flitzen wie Meerschweinchen durch die Menge, die wie im Wahn Prinz Philip zujubelt.

Noch nie in ihrem Leben hat Snow ihren Ehemann so sehr begehrt wie in diesem Moment. Als sich ihre Blicke treffen, haucht sie ihm einen Kussmund zu.

Prinz Philip lächelt, was seine Grübchen in die Höhe springen lässt. Dieses Schuljungengesicht hatte es Snow auf den ersten Blick angetan. An dem Tag, als er sie von den Toten zurückholte.

»Daher sage ich, wir verbieten den Genmais, rotten die Pflanzen aus und hindern Frau Holle daran, jemals wieder Genmais anzubauen!« Prinz Philip hat sich wieder seinem Publikum zugewandt und lässt sich für seine gewagte Forderung feiern.

Im Prinzip ist Snow das mehr als recht. Schließlich werden auf diese Weise nicht nur fragwürdige genmanipulierte Pflanzen ausgerottet, sondern auch die Stimmung im ganzen Land zugunsten von ihr und Rapunzel gedreht. Endlich wird man sie wieder mit Aufmerksamkeit und Komplimenten überhäufen statt mit Verachtung und faulen Eiern.

»Genmais ist totaler Scheiß!«, brüllt ein Mädchen mit blonden Zöpfen.

Philip nickt ernst. »Und was tun wir jetzt?«

»Demonstrieren und Felder abbrennen!«, schreit die Menge. Pappschilder an Holzstäben werden gereckt. Snow liest darauf Protestslogans wie: »Selbst meine böse Stiefmutter hat mehr positive Eigenschaften als Genmais.«

Und: »Ich bin so wütend, ich hab' sogar ein Schild gemalt!«

Wohlwollend betrachtet Snow den Abmarsch der Genmais-Protestbewegung. Eine ihrer Schlachten scheint immerhin geschlagen zu sein.

»Mädels, es sieht gut für uns aus. Niemand will uns mehr umbringen. Die Arbeit hat sich gelohnt.«

Gretel, die sich gerade einen Schwertgurt, den sie einer Ritterrüstung entwendet hat, umlegt, strahlt sie an. »Zeit, sich in die Höhle der Hexe zu begeben.«

Sie winken Fear und Asher zum Abschied.

»Macht das Schloss nicht kaputt, solange wir weg sind«, weist Snow sie an.

Daraufhin rollt Fear ergeben mit den Augen.

Nach ein paar Schritten in den Innenhof stoßen sie auf Pan und Cinder, die mit einem Zweispänner aus den Stallungen auf sie zukommen.

»Die Kutsche ist fertig«, sagt Cinder. An ihrem blauen Kleid mit den Mohnblumen darauf klebt überall Stroh. In Pans Haaren und seinem Kragen ebenfalls.

»Und das hat so lange gedauert oder was habt ihr da drin getrieben?« Snow deutet auf den Stall, die Augen zu Schlitzen zusammengekniffen.

Sowohl Cinder als auch Pan schließen den Mund. Ihre gute Laune scheint wie weggeblasen.

»Egal«, meint Gretel. »Ich fahre. Bane ist eine meiner Geschäftspartnerinnen.«

»War ja klar«, brummt Snow.

Gretel schwingt sich auf den Kutschbock. Gleichzeitig öffnet Pan galant die Tür der geschlossenen Kutsche.

Von irgendwo hört man Hufgetrappel.

»Cinder! Da bist du ja endlich!« Prinz Charming trabt auf seinem geschniegelten Schimmel durch den großen Torbogen in den Schlossinnenhof. »So viele Tage musste ich warten!«

Cinder zeigt ihm einen Vogel, steigt dann schnell in die Kutsche. Snow folgt ihr. »Fahr los, Gretel, bevor der Irre uns erreicht!«

Pan kann sich gerade noch durch die Tür schwingen, bevor Gretel losbrettert. Nur mit einiger Mühe gelingt es ihm, die Kutschentür zu schließen.

Das Kopfsteinpflaster, über das die Pferde traben, ist so uneben, dass Snows Zähne aufeinanderschlagen.

»Charming wieder.« Stöhnend lässt Pan sich auf die Kutschbank fallen. Ehe er ganz ausgesprochen hat, erscheint das Gesicht von besagtem Prinzen am Fenster der Kutschentür. »Lauf nicht weg, Liebling. Wir können doch über alles reden.«

Cinder schlägt sich die Hand vor die Stirn, rutscht gleich darauf tiefer in ihren Sitz. »Manchmal glaube ich, wir haben uns geirrt. Charming ist sehr wohl vom Zombievirus befallen, bei ihm äußern sich die Symptome nur anders.«

Neben ihr dreht Pan seinen Kopf erst in Charmings, dann in Cinders Richtung. »Da könntest du richtig liegen. Ich bin zwar kein Arzt, aber …«

»Liebling!« Wie im Wahn klopft Charming gegen die Tür, die Snow geistesgegenwärtig von innen verriegelt hat. »Bitte lass uns reden. Ich habe deinen Ring dabei. Der lag bei mir im Briefkasten.«

»Jetzt frag dich mal, warum«, brummt Snow.

»Hey, Gretel!« Pan beginnt gegen die Holzdecke der Kutsche zu hämmern. »Wir müssen diesen Idioten abhängen.«

Gretel tut, was sie kann, dennoch klebt Charming mit seinem schicken Wallach an der Kutsche wie festgetackert.

Eine ganze Weile geht das so. Charming folgt ihnen mühelos.

»Wir sind fast da. Hat jemand eine Idee?« Snow sieht sich um. Niemand öffnet den Mund. Vor Banes Höhle auszusteigen und Charming bei sich zu haben, erscheint ihr keine gute Idee zu sein. Bloß was kann man dagegen unternehmen?

»Ich werde ihm sagen, dass ich mich morgen mit ihm treffe, wenn er jetzt verschwindet«, erklärt Cinder eine Spur heroisch.

Pan nimmt ihre Hand, streicht ihr dann eine blonde Haarsträhne aus der Stirn.

»Nein, das wirst du nicht. Ich lasse nicht zu, dass du dich für uns opferst.«

Mit einem sanften Lächeln schiebt Cinder seine Hand von ihrer Stirn. »Das macht nichts. Ich tue es für die Gruppe.«

Irgendwo klingelt ein Handy. Charming geht dran. »Was? Nein, hier ist nicht Rapunzel.«

Alle spitzen die Ohren. Rapunzel?

»Nein, nicht … Ich bin Prinz Charming, nicht Rapunzel! Würdest du bitte aufhören, mich anzugraben? Moment mal, bist du ein Zwerg? Ih, nein, um der Krone willen!« Charming fällt zurück, diskutiert mit seinem Handy.

»Unsere Chance«, meint Pan, lehnt sich nach vorn und öffnet die Kutschentür.

»Was tust du da?« Auf Cinders Gesicht zeichnet sich der Anflug eines Schocks ab.

»Keine Angst, *mein Liebling.*« Pan lacht. »Ich sorge dafür, dass wir ihn endlich loswerden.« Er zieht etwas Feenstaub aus seinem Beutel, den er am Gürtel trägt.

»Oh«, sagt Snow. »Du willst unsere Kutsche fliegen lassen?«

Pan schüttelt leicht den Kopf. »Nein, die Pferde haben keine Flugerfahrung und außerhalb von Neverland ist fliegen zu gefährlich.«

Gespannt warten Cinder und Snow darauf, dass er weiterredet, doch er tut es nicht. Stattdessen lehnt er sich bei voller Fahrt aus der Kutsche.

Snow klebt am Fenster, um nichts zu verpassen.

»He, du!«, schreit Pan jetzt. »Hübscher Hintern!«

»Was?«, schreit Charming zurück und dann: »Oh, danke.«

»Dich habe ich nicht gemeint.« Pan grinst, hält sich mit einer Hand im Inneren der Kutsche fest und hebt die andere vor sein Gesicht. Er pustet, was den Feenstaub in seiner Faust, direkt nachdem er sie öffnet, Fahrtwind sei Dank, in das Gesicht von Charmings Pferd bläst.

Das Pferd schüttelt den Kopf, kneift die Augen zu und bläht die Nüstern.

Ein Windstoß erfasst Pans Mütze, weht sie nach innen in die Kutsche und saugt sie wieder nach draußen. Doch er kann sie in letzter Sekunde packen.

Etwa zur selben Zeit verlieren die Pferdehufe den Boden unter den Füßen. Das Pferd wiehert erschrocken, während es wie von einem unsichtbaren Heißluftballon nach oben gezogen wird. Samt Prinz.

»Hey! Aufhören!«, motzt Charming, der sich am Hals seines Wallachs festklammern muss, um nicht herunterzufallen.

»Ganz ruhig, Weißer.« Eigentlich ist Pan die Ruhe selbst. Auch wenn die Kutsche nun ziemlich schnell davonbrettert und Charming hinter sich lässt. »Vorderhuf, Hinterhuf, Vorderhuf, Hinterhuf. Ihr kommt schon voran.«

»Was soll das?«, kreischt Charming, aber dann verdecken mehr und mehr Bäume am Wegesrand die Sicht auf ihn.

»Das hast du jetzt davon, Lackaffe!«, hört man Gretel brüllen. »Setz dich das nächste Mal lieber auf einen Pegasus oder lass die Finger von Cinder, wenn du keinen Fallschirm dabei hast.«

Eine wahrhaftig gute Warnung, findet Snow. Ein schiefes Lächeln malt eine Lachfalte um ihr linkes Auge.

»War nur eine geringe Dosis«, meint Pan gelassen, setzt seinen grünen Hut auf und lässt sich neben Cinder in die Polsterbank plumpsen.

Von oben schlägt Gretel jubelnd auf das Kutschendach.

Cinder grinst und gibt Pan einen Kuss auf die Wange, was seine Mütze erneut vom Kopf fegt.

»Wir sind da!« Die Kutsche bremst so heftig, dass Pan und Cinder von ihren Sitzen geschleudert werden.

Snows Hinterkopf donnert gegen die Kutschenwand. Eine halbe Gehirnerschütterung später hält sie sich den Kopf und mit der anderen Hand den schmerzenden Kiefer.

»Wo zum Teufel hast du dein Kutschabzeichen gemacht, Gretel? Bei den drei kleinen Schweinchen oder was?«

»Nein, bei Pinocchio, wieso?«, ruft Gretel zurück.

»Ich geb's auf«, murmelt Snow, »ich geb's auf.«

Stöhnend öffnet Pan die Tür und hilft Cinder hinaus. Nach kurzem Zögern reicht er Snow eine Hand, aber sie faucht ihn nur an wie eine Wildkatze, die man am Genick packen will.

Sofort zieht Pan seine Hand zurück. »Ist ja schon gut. Keiner hat bezweifelt, dass du nicht auch alleine aussteigen kannst.« Er dreht sich zu Cinder um, die ihm ein blitzblankes Zahnweißlächeln präsentiert und ein Schielen aufsetzt hat.

Pan grinst.

»So«, ergreift Gretel das Wort. »Was werfen wir zuerst in den Bau der Hexe? Eine Rauchbombe oder ein Meerschweinchen?«

»Rauchbombe hat sich bewährt«, meint Snow. Sie stellt sich dicht neben Gretel. Beide betrachten den Eingang zu Banes Höhle fachmännisch.

Cinder und Pan gesellen sich zu ihnen. Gucken schweigend mit. Hand in Hand.

»Hier gibt es nichts zu sehen«, flüstert eine Stimme. Aha. Illusion. Banes Spiegel.

Alle ignorieren diese Stimme.

Noch in derselben Sekunde niest Snow.

Aus Gretels Jacke quiekt es, was Snow zum Anlass nimmt, eilig von Gretel und ihrem Meerschweinchen abzurücken.

Irgendwann räuspert sich Snow. »Sieht nicht so aus, als hätte sie Fallen gelegt. Aber bei dem Miststück kann man nie wissen.«

»Das Miststück kann euch hören«, sagt jemand von irgendwo aus Richtung der Höhle. Bane. Natürlich weiß die Hexe längst, dass sie da sind. Bloß gut, dass sie die Höhle nicht verlassen kann (Fußfessel sei Dank) und bei ihrem letzten Aufbegehren vor wenigen Tagen ihre ganze Magie aufgebraucht hat. Das wird dauern, bis sie ihre magischen Speicher wieder füllen kann. Wochen, Monate, vielleicht Jahre. Hoffentlich viele, viele Jahre.

Der Kopf der Hexe materialisiert sich aus dem Dunkeln. Dann ihr bauchfreies Top und die schwarze Yoga-Hose. An den Füßen trägt sie Socken mit Wildkatzen-Logo.

»Ah«, macht Snow hoheitsvoll, wobei sie ihren Blick über Banes bleiche Bauchmuskeln bis zum Sport-Oberteil schleifen lässt. »Wieder beim Online-Shopping zugeschlagen? Ein Hoch auf den Lieferservice, den du übrigens vergessen kannst, wenn du gleich nicht mit den richtigen Antworten rausrückst, verstanden?«

Gretel wirft Snow einen bewundernden Blick zu. Und Snow kann es ihr nicht verdenken. Die Drohung ist für eine spontane Eingebung gar nicht übel.

»Ach, Stieftöchterchen. Willst du mir wieder mein Handy abnehmen? Na, da zittere ich aber. Ist ja nicht so, dass Illusion mir nicht einfach ein neues bestellen könnte.« Bane stemmt die Hände in die Hüften.

»Nicht ohne Lieferservice«, wiederholt Snow. »Von dem ich deine Höhle wie gesagt abschirmen werde.«

»Aha. Und fällt euch eigentlich nichts Besseres ein als Rauchbomben und Meerschweinchen? Wie wäre es zur Abwechslung mal mit Blendgranaten, wenn ihr mich besucht?«, wechselt Bane das Thema.

»Schreib das auf die Liste«, raunt Pan Cinder zu. »Gleich hinter: weitere Allergien der Hexe herausfinden.«

»Und dann müsst ihr quasi als Sahnetörtchen für mich Gretel auf eure Seite ziehen? Gretel, das hätte ich nicht von dir gedacht. Nicht nachdem du und ich Rexia so viele schöne Streiche gespielt haben. Und jetzt sieh dich an. Du hängst mit diesen Verlierern rum und müffelst sogar wie sie. Was wollt ihr eigentlich gegen mich, die mächtigste Hexe des Märchenwaldes, ausrichten?«

Gretel starrt sie sprachlos an.

»Ja, Gretel, ich weiß, du sowieso nicht viel. Dir fehlt es ja schon an Kreativität in deinem Business.«

Daraufhin beginnt Gretels Gesicht orangerot zu glühen.

»He, du verwechselst mich wohl mit jemandem, der kein allergieauslösendes Meerschweinchen in der Jackentasche hat!«

»Schluss mit dem Unsinn!« Snow zieht eine Rauchbombe aus ihrer Umhängetasche. »Ich rate dir, einfach unsere Frage zu beantworten. Danach gehen wir alle unserer Wege. Niemand wird ausgeräuchert, niemand wird von der Versandkette des Onlinehandels abgeschnitten, keine Störsender für Hexen W-LANs werden an Bäume gehängt –«

»Ich hab kapiert, worauf du hinauswillst«, knurrt Bane. »Hör endlich auf, dich über mich erheben zu wollen. Nur weil du momentan noch an der Macht bist.« Die Hexe verzieht ihren Mund zu einem Strich. »Aber das wird nicht mehr lange so bleiben.«

Cinders Zähne mahlen aufeinander. Sie blickt zu Pan auf. »In irgendetwas steckt sie drin. Vielleicht unter derselben Decke wie Jasemin?«

Pan nimmt ihre Hand, flüstert dann ganz leise: »Wir wollen doch hoffen, dass das nicht der Fall ist. Und wenn, fällt uns sicher etwas ein.«

Das Meerschweinchen quiekt dumpf aus Gretels Jacke.

»Also …« Snow richtet sich zu ihrer vollen Größe auf, um endlich die Aufmerksamkeit aller Anwesenden auf sich zu ziehen. »Du, Bane, bekommst die Chance, uns zu helfen. Wenn du die Wahrheit sagst und hilfreich für uns bist, wird alles für dich bleiben, wie es ist, verstanden? Keine Sanktionen. Wir lassen dich deinem Online-Business nachgehen und du kannst so viele Katzenbabys knuddeln und deine schrägen Lieder singen, wie du willst. Schaue ich mir auch gern noch mal online an.«

An dieser Stelle fletscht Bane die Zähne, lässt Snow allerdings weiterreden.

»Du musst mir nur die Frage beantworten, was man braucht, um das tödliche Gift, das du dreimal gegen mich benutzt hast, zu neutralisieren. Wie weckt man denjenigen auf, der damit in Berührung kommt?«

Die Hexe lehnt sich mit überkreuzten Beinen gegen die Höhlenwand. »Na, das solltest du doch wissen, Ex-Stieftochter. Was für eine dämliche Frage.«

Snow wirft ihren Freunden einen Blick zu, der besagt: *Seht ihr, mit ihr kann man einfach nicht arbeiten. Wir sind völlig umsonst hergekommen.*

Cinder kneift die Augen leicht zusammen und neigt den Kopf in einer zackigen Geste, was wohl so viel heißen soll wie: Erpressung wirkt immer.

»Nein«, brummt Snow. »Ich meine gegen das Gift an sich. Wenn es den Blutkreislauf bereits erreicht hat.«

Die Hexe lacht. »Na dann. Aber das müsstest du ebenso wissen: In dem Fall kannst du nur noch mit dem Teufel um das Leben desjenigen feilschen.« Die Hexe fährt sich einmal mit dem Daumennagel über die Kehle, wobei sie die Zunge aus einem Mundwinkel hängen lässt. »Wer ist es denn diesmal? Philip?« Sie lauscht kurz, bevor ihr Lächeln drei Fahrspuren breiter wird. »Ever? Versuchst du etwa gerade, einer Freundin zu helfen? Das wäre ja ganz was Neues.«

Das muss ihr der Spiegel geflüstert haben.

»Wenigstens habe ich Freunde.«

»Bane ebenfalls!«, quakt Illusion.

Das Ganze droht in einem Anstarr-Wettbewerb zu enden, aber Gretel zückt in diesem Moment das Meerschweinchen.

»Ist ja gut! Ist ja gut!« Bane tritt einen Schritt zurück. »Du musst das Monster nicht gleich auf mich loslassen. Hat es denn keinen Maulkorb?«

Das dreifarbige Rosettenmeerschweinchen kräuselt die Nase und niest ganz entzückend.

»Denk an dein W-LAN«, knurrt Snow.

»Und den Hermelin-Lieferservice«, fügt Cinder hinzu.

Bane, der somit nichts anderes übrig bleibt, seufzt.

»Na gut. Eigentlich kein Hexenwerk –«

Illusion kichert von irgendwoher. Sicher hängt ein Spiegel direkt am Höhleneingang oder eine Medaille. Irgendetwas Reflektierendes.

»Streng genommen schon. Denn ihr benötigt für euren Zweck das Blut einer Hexe, das in den Mund des Opfers fließen muss.«

»Oh«, sagt Gretel. »Aber wir haben Hexen. Sicher kann Rexia –«

»Warte, bis ich ausgesprochen habe, Brotkrümel-Streuerin!«

Gretel stößt einen Laut wie ein Grunzen aus. »Na gut, o große Oberhexe, verzeiht die Unterbrechung.«

Bane nickt huldvoll. »Das Blut muss direkt aus dem Herzen der Hexe in den Mund des Opfers fließen.« Sobald sie das Messer in Snows Hand bemerkt, das wie der Blitz dort erschienen ist, fügt sie hastig hinzu: »Willentlich gegeben! Das Herz der Hexe muss freiwillig gespendet werden!«

Entsetzt sehen sich Snow und Cinder an. Ein freiwillig hergegebenes Herz. Wie …?

»Aber …«, sagt Cinder lahm. »Das würde die Hexe umbringen.«

Die Hexe im Höhleneingang hebt beide Augenbrauen. »Und was kümmert es dich? Hast du nicht erst neulich gemeinsam mit Rapunzel meine Freundin Decay getötet?«

»Das … Das war ein Unfall«, stottert Cinder.

»Gut, ihr habt die Information, die ihr wolltet, dann nehme ich an, dass ab jetzt wieder jeder seiner Wege gehen kann.« Bane stockt für eine halbe Sekunde. »Mehr oder weniger jedenfalls.«

Doch Snow ist nicht gewillt, einfach so abzuhauen. Nicht ohne ein letztes Statement.

»Wenn du uns angelogen hast, kannst du dein Online-Business vergessen, klar?«

Die Hexe lächelt überlegen. Wahrscheinlich glaubt sie, ihr Spiegel würde auch einen W-LAN-Störsender irgendwie gehackt bekommen. »Wenn das nun alles wäre … Meine Online-Yogalates-Stunde beginnt in fünf Minuten.«

Snow geht nicht darauf ein, behält ihren Todesblick bei. »Keinen Hermelin-Lieferanten werde ich mehr in den Umkreis von einer Meile an deine Höhle heranlassen. Und darüber hinaus keinen Schönheitschirurgen.«

Auf diese Ankündigung hin verliert Bane nun doch etwas von ihrer Gesichtsfarbe.

Cinder schaut lange auf einen Punkt direkt hinter Banes Hütte. »Das Herz einer Hexe … freiwillig gegeben … durch das Blut fließt, das also praktisch noch schlagen muss. Wie sollen wir das hinkriegen?«

»Tja, da ist Ever wohl verloren«, stellt Bane fest und hebt die Schultern. »Mit Freunden wie euch …«

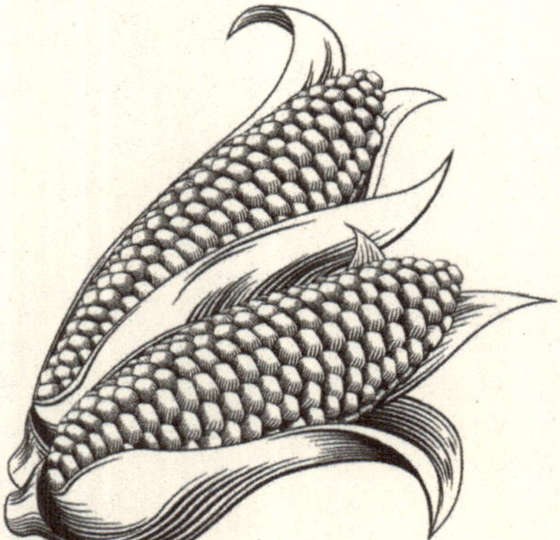

Kapitel 14

~Red~

Ich kann es nicht fassen. Von allen möglichen Momenten wählt der Teufel gerade den, in dem ich nicht mehr als ein hilfloses Wrack bin. Zerstört. Mit offenem Rücken. Aber was habe ich erwartet? Er ist der Teufel und alles andere als ein fairer Spieler, das war mir von Anfang an klar. Und er wird den Teufel tun und mich leicht gewinnen lassen.

Einen Atemzug lang sorge ich mich um die Fußfessel, doch als ich an meinem Knöchel hinabschaue, blinkt dort nichts Ungewöhnliches. Kein Stromstoß zwingt mich zu Boden. Irgendwie scheint sie mir in der Hölle nichts anhaben zu können. Immerhin etwas.

Während ich mich noch aufrichte, in einem verzweifelten Versuch, irgendwie auf die Füße zu kommen, schießen mir vor Schmerz Tränen in die Augen. So gut es geht, versuche ich sie herunterzuschlucken. Vor ihm will ich nicht weinen. Nicht vor dem leibhaftigen Teufel, mit dem ich ein weiteres Mal um Evers Leben feilschen muss.

»Wie schön, dass du da bist.« Der Teufel wirkt hocherfreut. »Sicherlich hast du nichts dagegen, dass ich auch diese Challenge für meinen YouTube-Kanal filme. Falls doch, sag bitte laut und deutlich: *nicht einverstanden.*«

Dieser Blödsinn lässt mich nur schnaubend ausatmen.

»Nein? Gut, dann können wir ja loslegen.« Irgendwo surrt eine Kamera und ich bemerkte, dass der Teufel eine Action-Cam an einem Stirnband um den Kopf trägt. Seine drei goldenen Haare hat er sich in einer dramatischen Welle zurückgekämmt.

»Die heutige und damit deine zweite Challenge im Kampf um Evers Wiederbelebung …« Der Teufel macht eine Armbewegung wie ein Showmaster, der ein Propeller-Flugzeug anschmeißen will. »… lautet: *Eat it or wear it* – mit verschärften Regeln.«

Ich blinzele, während der Showmaster mir begeisterungsheischend zunickt. So als erwartete er von mir eine ebenso enthusiastische Reaktion.

Nur kann er darauf lange warten. Eat it or wear it, was war das gleich? Habe ich dazu nicht neulich ein Video im YouTube-Kanal vom Froschkönig gesehen? Der Schmerz in meinem Rücken lässt mich die Wirbelsäule krümmen, als sei ich kurz davor, mich zu übergeben. Bin ich vermutlich auch. Nur deswegen kann ich nicht richtig nachdenken. Meine Augen beginnen zu brennen.

»Was daran sind die verschärften Regeln?«, hake ich mit gepresst klingender Stimme nach.

»Nichts Großes. Wir machen es so. Die Teilnehmer, also wir zwei, rennen durch die Tür bis zum Ende des Gangs. In einer Nische befinden sich dort immer zwei gleiche Lebensmittel. Eins für dich und eins für mich. Du suchst dir aus, ob du es essen oder auf deinem Kopf zurückbalancieren willst. Entscheidest du dich fürs Essen, musst du so lange dort stehen bleiben, bis du fertig gegessen hast. Erst wenn du alles heruntergeschluckt hast, darfst du zurück zur Startaufstellung rennen. Spuckst du es aus, wird dir ein Punkt abgezogen. Wählst du dagegen »wear it«, legst du dir das Gericht auf den Kopf und rennst zurück. Hier bis zum Schreibtisch.« Mit seiner Faust schlägt der Teufel auf die Tischplatte. Seine Action-Cam wackelt. »Wir spielen drei Runden. Für jede gewonnene Runde vergibt Siri einen Punkt.« Mit dem Daumen zeigt der Teufel auf seinen allwissenden Bildschirm.

Zweifelnd sehe ich mich um. Aber niemand ist da, der diesem Unsinn Einhalt gebieten kann.

»Ein Gericht?«

Mein Zögern lässt den Teufel eine wegwerfende Handbewegung machen. »Es sind eher Snacks als Gerichte.«

Na, das erleichtert mich doch ungemein.

»Bereit?«, will er wissen.

Ich, die immer noch kaum ein Wort gesagt hat, ringe mir ein Kopfschütteln ab. Ist er komplett wahnsinnig? Wie soll ich in diesem Zustand rennen? Das hat er mit Absicht gemacht. Damit er mich besiegt. Um mir das Liebste zu nehmen, was ich habe. Unwillkürlich flattern meine Gedanken zu Rose. Sie ist das Liebste, was mir geblieben ist. Ich reiße die Augen auf, stütze mich mit den Händen auf meinen Oberschenkeln ab. Nein, das darf nicht sein. Nicht Rose!

»Also eigentlich ist es egal, ob du bereit bist oder nicht. Jeder hört hier auf mein Kommando, verstanden?«, erklärt mir der Teufel in nörgeligem Tonfall. Seine Action-Cam klackert.

Natürlich. Für einen Moment schließe ich die Augen. Was habe ich auch erwartet?

Wie zum Teufel soll ich das anstellen? Rennen, essen, balancieren? Andererseits ist aufgeben für mich keine Option. Das Einzige, was mir übrig bleiben wird, ist, den Schmerz auszublenden und die Zähne zusammenzubeißen. Einmal habe ich ihn doch bereits besiegt. Das hier ist meine Chance, Ever zurückzuholen. Wenn ich jetzt siege, wären das zwei von drei gewonnenen Challenges. Damit müsste mich der Teufel zum Sieger erklären und mir die drei goldenen Haare aushändigen. Ich kann es schaffen! Genau das schwöre ich mir, als der Teufel gut gelaunt in die Hände klatscht.

»Okay, wir spielen drei Runden. Auf die Plätze, fertig – am Ende gewinnt immer der Teufel – los!«

Schon sprintet der Halunke mit wippenden goldenen Haaren davon. Ich richte meinen Blick auf ihn und hetze ihm nach. In halb gebückter Haltung. Wahrscheinlich ähnele ich gerade mehr dem Glöckner von Notre Dame als meinem eigenen Instagramprofilbild. Warum werde ich nur so gestraft? Aber ich muss es schaffen. Für Ever und für Rose!

Der Teufel verliert ein paar wertvolle Sekunden, in denen er die Tür öffnen muss. Hoffentlich sind dahinter keine Monster unterwegs. Ich starre in den monsterfreien Höhlengang. Immerhin!

Als ich ansetze, den Teufel, dessen Hose sich im Türscharnier verfangen hat, zu überholen, stellt er mir ein Bein. Ich glaube, ich bin im falschen Film! In letzter Sekunde kann ich über seinen Fuß hopsen und verpasse ihm noch im Sprung einen Zwicker in den Oberarm. Zu mehr bin ich nicht fähig. Mit klopfendem Herzen rase ich auf die Wand zu. Mal laufend, mal hüpfend. Der Schmerz vernebelt mein Sichtfeld und fast glaube ich schon, die angekündigte Wandnische niemals zu entdecken, als ich eine Vertiefung mit einem grauen Ei darin wahrnehme.

Der Teufel mit seiner Action-Cam hat mich eingeholt, streckt seinen Arm nach dem zweiten Ei aus. Hastig nehme ich meines, schlage es mittig auf und pule die Schale ab. Zu meiner absoluten Verwunderung legt der Teufel sich sein Ei in den Nacken und beginnt damit zurück zu balancieren. Nach vorn gebeugt und mit seitlich ausgestreckten Armen. Was hat er für Probleme?

Ich dagegen habe in der Zwischenzeit das Ei komplett freigepult. Im Licht der Höhle schimmert es zwar merkwürdig grau, aber ich denke mir nichts groß dabei. Könnte auch an meiner durch die Schmerzen gestörte Farbwahrnehmung liegen.

Nein, daran liegt es nicht. Als ich mir das Ei in den Mund stopfe, komplett in einem, ohne abzubeißen, muss ich würgen. O verflucht. Das ist ein fermentiertes Ei! Deshalb hat der Teufel sich für »wear it« entschieden und deswegen war es grau. Ein hundertjähriges Ei.

Ich würge ein zweites Mal. Eilig halte ich mir die Hände vor den Mund. Wenn ich es jetzt ausspucke sind sowohl Ever als auch Rose so gut wie am Ende. Die Tragweite dieser einzigen Challenge wird mir erst jetzt in vollem Maße bewusst. Ich stelle mir vor, das da in meinem Mund seien Pommes. So schnell ich kann kaue ich, schlucke letztendlich große Brocken hinunter. Es ist geschafft. Endlich kann ich die Verfolgung aufnehmen.

Schneller, schneller!, dröhnt es in meinen Ohren. Ich sporne mich selbst an, Gas zu geben. Es geht um alles. Um so viel mehr als um mein Leben. Meine Schmerzen werden unwichtig, verschwimmen beinahe im Adrenalinrausch, der durch meine Adern fährt. Fast schon leichtfüßig hoppele ich am Teufel vorbei. Bin noch vor ihm am Schreibtisch und schlage kurz auf die Tischplatte, wie er es vorgemacht hat.

»Runde eins geht an Rotkäppchen«, sagt eine Stimme. Siri. »Und los!«

Ich mache auf dem Absatz kehrt und renne weiter.

Sprachlos sieht mir der Teufel entgegen, lässt sogar sein fermentiertes Ei fallen. Dann verengen sich seine Augen. Als wir etwa auf gleicher Höhe sind, rammt er mich.

Der Druck gegen meine Hüfte schleudert mich nach links. Ich pralle auf dem Boden auf und drehe mich. Leider auf den Rücken. Es brennt und ziept, als meine Wunden mit dem staubigen Boden Bekanntschaft machen. Verfluchter Mist! Aber das darf mich jetzt nicht stoppen. Darum muss ich mich nachher kümmern. Also rappele ich mich auf.

»Das war nicht fair!«

»In diesem Spiel ist alles erlaubt, du naives Ding«, ruft mir der Teufel, der bereits wieder in Richtung Snackwand joggt, über seine Schulter hinweg zu. Er ist nicht mal bis zurück zum Start gelaufen, dieser miese Betrüger!

Ich verziehe das Gesicht und jage ihm nach. Keine Zeit zu verschwenden, vor allem nicht an Gedanken wie diesen. Ich muss mich fokussieren. An meinen Sieg glauben.

Dieses Mal erwartet uns in der Wand (wer füllt nur immer die Snacks nach? Etwa die Monster?) ein Schweineauge. Zumindest nehme ich das an oder hoffe es, besser gesagt. Genau wie der Teufel entscheide ich mich hier für »wear«. Blöderweise hat er einen ordentlichen Vorsprung. Doch ich weiß, dass ich dieses Auge nie würde schlucken können. Zu viel Muskelfleisch klebt noch daran. Außerdem, o Himmel, bewegt es sich!

Ich gebe alles, schaffe es trotzdem in diesem Fall nicht einmal den Abstand zwischen uns zu verringern. Das mit dem Balancieren muss er in seinen tausenden von Jahren wirklich perfektioniert haben. Bei mir kugelt das Auge immer wieder von meinem Nacken herunter.

»Runde zwei geht an den Teufel«, verkündet Siri.

Verflucht! Aber ich erinnere mich daran, dass er bei Runde eins vorzeitig abgebrochen hat, als ich gewonnen hatte. Deshalb bleibe ich, wo ich bin, mitten auf der Strecke, lasse das Auge fallen und sprinte zurück zur Wand.

»Hey!«, schreit der Teufel. Der Vorsprung zwischen uns schmilzt, ich weiß es, doch ich muss es einfach schaffen. Das hier ist schon lange kein faires Spiel mehr. Und wie sagt man so schön: Im Krieg und in der Liebe ist alles erlaubt. Also beiße ich die Zähne zusammen und ignoriere alle Schmerzen und unliebsamen Gedanken.

In der Wandnische stehen zwei Gläser, gefüllt mit etwas, das aussieht wie Tomatensaft.

»Stierblut«, erklärt Siri.

O nein. Aber es gibt keinen anderen Weg. Ich setze mein Glas an die Lippen, sehe, wie der Teufel angesprintet kommt, die Hand nach seinem ausstreckt. Er ist verschwitzt und stinkt noch fürchterlicher als bei unserem ersten Treffen. Aus einem Reflex heraus strecke ich meinen freien Arm aus und fege das Glas des Teufels einfach zu Boden. Kurz bevor er es erreicht. Nicht mal eine Ellenlänge hätte ihm gefehlt. Er heult auf wie ein vergessenes Kleinkind im Trampolinpark.

»In diesem Spiel mache ich die Regeln«, höre ich mich sagen, dann kippe ich den Inhalt meines Glases hinunter, bevor er auf die Idee kommen kann, mir meines aus der Hand zu schlagen. Mein Mund kribbelt dabei vor lauter Vorfreude. Obwohl das Stierblut wirklich widerlich schmeckt. Doch das blende ich aus, bis auf einen Gedanken: Kann es wirklich sein, dass ich gewonnen habe? Es muss so sein, denn der Teufel kocht vor Wut. Zufrieden setze ich das Glas ab. Der ganze eklige Inhalt ist in meinem Magen gelandet. Aus Angst, dass einfach ein neues Glas Stierblut für den Teufel in der Wandnische auftauchen könnte, schleppe ich mich so schnell es geht zurück in Richtung Schreibtisch. Jetzt bloß nicht ohnmächtig werden. In meinen Ohren klingelt ein ganzer Glockenchor. Ich habe Ever gerettet! Kann das wahr sein? Schnurstracks halte ich auf den Schreibtisch zu. Über meine Schulter hinweg erkenne ich, dass der Teufel mir wütend hinterherstapft. Kein zweites Glas Blut für ihn. Sehr schade. Für den Erfinder des Spiels. Kurz vor dem Schreibtisch stemme ich meine Hände auf die Oberschenkel. Der Schmerz in meinem Rücken und in meinem Kopf lässt mich beinahe in die Knie gehen. Ich brauche nur eine Sekunde Verschnaufpause. Denn keinesfalls darf ich nun umkippen. Schließlich habe ich soeben gewonnen! Zwei von drei Challenges gegen den Teufel! Und das trotz offenem Rücken und Kopfschmerzen des Todes. Abgesehen davon ist das womöglich der beste Tag in meinem Leben. Denn ich bekomme Ever zurück!

Gerade will ich den Mund aufreißen und jubeln, da haut mir der Teufel mit voller Wucht auf den Rücken. Schmerz explodiert überall in meinem Körper, selbst in den Zehenspitzen. Ich kann nichts mehr sehen, in meinem Kopf hämmert es. Mein Magen krampft sich zusammen und ich spucke das ganz Stierblut wieder aus.

»Unentschieden«, verkündet Siri.

Ich würge noch einmal. Graue Pampe tropft zu Boden.

O nein. Das Ei.

»Korrektur«, sagt Siri. »Der Teufel gewinnt.«

Um mich herum bricht alles zusammen. Schlieren tanzen vor meinen Augen und lassen meine Sicht verschwimmen. Ich muss mich verhört haben. Das kann nicht wahr sein.

»So sind die Regeln«, höre ich den Teufel selbstzufrieden sagen. Verzweifelt rekapituliere ich unsere Challenge. Er hat als einziger einen Punkt errungen. Ich hatte zwei, aber beide wieder verloren.

Mit seiner Action-Cam hält der Teufel genau auf mein Gesicht, dass sich abwechselnd heiß und kalt anfühlt. Nein! Nein, nein, nein!

Wie ein Anhalter schmeißt mich der Teufel eine halbe Pferdelänge vor dem Tor zu Jasemins Hauptstadt raus. Meine Füße berühren heißen Wüstensand. Ich kreische, als mir Stromstöße durch alle Glieder fahren, trippele los. Das hat er mit Absicht getan! In der Hölle konnte mir die Fußfessel nichts anhaben, aber hier lässt er mich außerhalb der verdammten Zone raus. Mit einem übermenschlichen Sprung, der mich meine letzten Kraftreserven kostet, rette ich mich gerade so durch den Torbogen, bevor ich ohnmächtig werde.

Als ich die Augen wieder öffne, liege ich in etwas Nassem. Ein Bad, wird mir klar. Ich bade in einer trüben Flüssigkeit. Jemand hält meinen Kopf. Nach einigem heftigem Geblinzel stelle ich fest, dass es Rose ist. Rose, die sich über mich gebeugt hat, sodass mich ihr dunkelblonder Haarzopf am Hals kitzelt. Ihre Augen glänzen feucht.

»Red«, seufzt sie.

»Was mache ich hier?«, frage ich. Vorsichtig bewege ich meine Schultern. Sofort meldet sich der Schmerz in meinem Rücken und damit die komplette Erinnerung an die Auspeitschung und die zweite YouTube-Challenge mit dem Teufel. Komischerweise liege ich in einer Wanne voll milchig-trüber Flüssigkeit in Jasemins Wellness-Bereich.

»Jaz hat dich vor den Toren der Stadt aufgelesen und Jasemin überredet, dich hier in ein Natron-Bad zu legen, damit sich deine Wunden schließen.«

Meine Augenlider zucken. »Und das hat Jasemin erlaubt?«

»Nun ja, Jaz war ziemlich überzeugend. Letzten Endes will Jasemin ihre Hofdame herumschubsen können und dafür muss sie halbwegs einsatzfähig sein.« Rose lächelt.

»Der Teufel hat dich zu ihm zitiert, richtig? Deshalb wurdest du aus meinen Armen gerissen«, fährt sie fort. »Wie war die zweite Challenge?«

Am liebsten würde ich dieses Thema übergehen und einfach heulen. »Mies, ganz mies. Mir bleibt nur noch eine Chance, um Ever zu retten.« *Und dich ebenfalls*, will ich hinzufügen, sage aber nichts. Was tue ich bloß, wenn ich die letzte Prüfung verliere? Mein Herz erstarrt zu Eis bei diesem Gedanken. Er wird mir Rose nehmen.

»Hör mal, Red. Du darfst den Mut nicht verlieren. Das ist wie bei Sportlern. Du brauchst die richtige Einstellung, um zu gewinnen. Das optimale Mind-Set. Ich glaube an dich und das solltest du auch. Die dritte Prüfung wirst du schaffen.«

Natürlich weiß ich, dass sie damit ins Schwarze getroffen hat. Doch Zweifel abzuschütteln gestaltet sich schwieriger als Hase und Igel aus dem Weg zu gehen.

»Nur gut, dass du vor Mitternacht zurück warst.« Rose seufzt. »Ich hatte schon Angst, er behält dich so lange, bis der Fluch einsetzt.«

Mein Fluch. Der Fluch, der mich tötet, falls ich nachts alleine einschlafe. Vielleicht wäre es das Beste, der Fluch tötet mich. Dann wäre zumindest Rose in Sicherheit. Genau genommen habe ich alles bloß noch schlimmer gemacht. Stöhnend beiße ich mir auf die Lippen und setze mich auf.

»Hast du Hunger? Wir haben etwas Käse und Fladenbrot bekommen. Und stell dir vor, Jasemin gibt uns den Abend frei. Aber gleich morgen früh sollen wir ihr helfen, die Verlobungszeremonie zu proben. Ich bin sicher, sie wird uns herumschubsen, wo sie nur kann. Immerhin sieht dein Rücken schon besser aus. Ich sollte ihn verbinden.«

Meine beste Freundin hilft mir aus der Wanne, nachdem sie einen bösen Blick in Richtung der zwei Wachmänner geworfen hat, die am Türbogen Spalier stehen. Die beiden wenden tatsächlich ihre Köpfe ab, um mir etwas Privatsphäre zu gönnen.

Rose wickelt mich in ein Handtuch und schiebt mich auf eine Massageliege.

Es brennt und prickelt, als sie Salbe aufträgt und schließlich meinen kompletten Oberkörper mit Bandagen umwickelt.

Ich sehe total dämlich aus in Bandagen und blutbeschmiertem Haremskostüm. Wie eine Zombiebraut. Könnte sicherlich in einer Geisterbahn anfangen. Doch es ist mir egal.

Rose drückt meine Hand, als ich mich aufsetze. »Du wirst den Teufel besiegen. Tricks ihn aus. Schmeichele ihm oder lenk ihn ab und dann schlägst du zu.«

Ich starre nur die Wand vor mir an. »Aber ich weiß noch gar nicht, wie die dritte Challenge aussehen wird.« Der weinerliche Ton meiner Stimme erschreckt mich selbst. Nein, erschrecken ist nicht das richtige Wort. Es widert mich an. Rose hat recht. Ich muss mich zusammenreißen. »Egal was kommt, ich werde kämpfen«, hauche ich ihr zu.

Meine beste Freundin nickt, senkt dann ihre Stimme. »Und hast du einen Plan, wie wir hier rauskommen? Am besten mit dem Verlorenen Kind?«

Wieder nicke ich. »Beinahe jedenfalls. Aber wir gehen nicht ohne den Feenzauberstab.«

»Oh. Du hast recht. Nur dafür müssen wir herausfinden, wo Jasemin ihn versteckt hält.«

Der Gedanke ist mir ebenfalls gekommen. Mission Morgenland wird schwieriger als gedacht. Mal ganz davon abgesehen, dass, wenn unser nächster Fluchtversuch scheitert, vielleicht eine weitaus härtere Strafe als zwanzig Peitschenhiebe auf uns wartet.

Auf dem Weg zu unserer Kammer erzählt mir Rose von ihrem Versuch, Spieglein zu rufen. Wie Jasemin sie durchschaut und vom Wandspiegel weggerissen hat.

»Kannst du dir vorstellen, dass Jasemin direkt danach Anweisungen gegeben hat, alle Spiegel aus dem Palast zu entfernen? Sie haben sie irgendwo außerhalb der Stadt weggeschlossen. In einem Bunker. So viel Aufhebens, nur damit sie uns kontrollieren kann.«

Ergeben schließe ich die Augen. Ja, das ergibt Sinn. Und in diesem verdammten Wüstenpalast gibt es nicht mal spiegelndes Fensterglas.

Gemeinsam mit Rose schlafe ich in dieser Nacht in unserer Kammer im Bett. Rose schnarcht ganz süß an meinem Ohr, rollt sich immer wieder halb auf mich. Meine Gedanken kreisen um Ever, während mir stumme Tränen die Wangen hinunterlaufen bis auf meine Hälfte des Kopfkissens. Heute habe ich versagt. Mein Rücken schmerzt immer noch und ich frage mich, ob die Gerüchte wirklich stimmen, dass Jaz mich nach meinem Ausflug in die Hölle gefunden und zu Jasemin getragen hat. Ich habe Jaz praktisch in ihre Arme getrieben, als ich ihn vor vier Tagen angeschrien habe, dass ich ihn niemals lieben werde. Ich fühle mich so hellwach, als könnte ich erst in tausend Jahren wieder einschlafen. Alles habe ich ruiniert. Angefangen bei dem Versuch, Jasemin mit Banes Gift auszutricksen. Mit ihren von Wandelmagie erfüllten Gegenständen. Diese Idee hat Ever letztendlich das Leben gekostet. Durch meine Schuld. Die Tränen laufen nun heftiger. Mein Brustkorb zuckt, sodass ich schon fürchte, ich könnte Rose wecken. Ich muss hier raus. Irgendwo im Verborgenen meinen Tränen freien Lauf lassen, wo ich niemanden aufwecke.

Barfuß schleiche ich aus dem Zimmer. Mein Körper fühlt sich genauso eiskalt an wie der Granitboden unter meinen Fußsohlen. Nur an meinem Rücken ziept und brennt es. Wo soll ich hin? Ich habe keine Ahnung. Immerhin ist niemand zu dieser Uhrzeit unterwegs, auch keine Wache ist zu sehen. Also ist es egal, wohin ich gehe. In der Hoffnung, irgendwo einen hübschen Erker mit Blick auf die Stadt zu finden, wende ich mich nach rechts. Blöderweise habe ich kein Taschentuch mitgenommen und muss den ganzen Weg über in meine Ärmel schniefen.

Ein paar Minuten später und ein Stockwerk höher finde ich in einer Flurbiegung eine niedrige Fensterbank mit Kissen, auf der man sitzen kann. Dieser Flur ist viel hübscher als der von Rose' und meiner Zelle. Von hier aus sieht man auf die Stadt drei Stockwerke tiefer, direkt durch ein glasloses Fenster, durch das eine Brise hereinweht. Tatsächlich bin ich auf dem Weg hierher an nichts vorbeigekommen, was irgendwie spiegelt. Gut, verglaste Fenster hatte Jasemin ja noch nie in ihrem Wüstenpalast, aber nicht mal Spiegel oder Glaskaraffen oder Silberlöffel? Sie ist gut. Sehr gut.

Ich starre nach draußen. Nur die üblichen Schnitzereien am oberen Drittel des Fensters verdecken die Sicht ein wenig auf den Nachthimmel doch sonst ist es perfekt. Der Ort, an dem ich in Selbstmitleid zu baden gedenke.

Eine Weile sitze ich dort mit angezogenen Knien und heule Ärmel und Sklavenoberteil nass. Was an sich absolut egal ist, da es bereits mehr als ruiniert ist. Etwas Neues zum Anziehen hat man mir bisher nicht gebracht.

Selbst die Sterne blinken in einer mitleidsvollen Melodie, so kommt es mir vor. Wahrscheinlich werde ich nie wieder glücklich sein und in dem Fall geschieht es mir recht. Doch irgendwann versiegen die Tränen. Sie gehen und Mut kommt. Ich weiß, dass alle Hoffnungen nun auf mir liegen. Alles, was ich tun muss, ist, den Teufel und Jasemin auszutricksen. Beides ist mir schon einmal gelungen. Bei Jasemin genau genommen mehrfach. Ich kann und werde das wieder tun. Habe ich nicht bewiesen, dass ich dazu fähig bin? Automatisch schiebe ich meinen Unterkiefer vor. Wie es jeder antike Held in den Serienstreams auf Hexflix tun würde. Ich kann das schaffen.

Auf einmal höre ich Schritte. Lausche in die Dunkelheit. Vor mir im Gang nähert sich ein Lichtschein. Jemand ist mit einer antiken

Gaslampe unterwegs. Ein paar Schritte vor mir öffnet die Gestalt eine Tür. Als er die Gaslampe ein Stück näher an sein Gesicht hält, erkenne ich, dass es Jaz ist. Ich halte die Luft an, bleibe stocksteif sitzen, aber er bemerkt mich nicht.

Ein paar Atemzüge verharre ich in meiner Position. Die Arme um meine Schenkel geschlungen. Bei Frau Holle, was, wenn sich Jaz gerade zu Jasemin begibt und sie ihn mit Feenstaub gefügig macht? Ihm die nächste Dosis verabreicht. Welche Ironie, dass es nun ihn getroffen hat.

Ich muss unbedingt nachsehen. Jetzt, wo ich schon mal hier bin. Vielleicht ist das eine Fügung des Schicksals und ich kann wenigstens Jaz helfen.

Also schleiche ich auf die Tür zu, durch die Jaz getreten ist und durch die sanfter Kerzenschein in den Flur wabert. Er hat sie nicht hinter sich verschlossen.

Jemand summt und kichert kurz darauf. Jasemin! Das ist Jasemins Stimme. Eindeutig.

Ich traue mich kaum zu atmen, während ich näher heranschleiche, mich dann an die Wand direkt neben den Türrahmen presse, wobei ich die Schmerzen an meinem Rücken ignoriere. Was tun die beiden nur da drin?

Als mir mögliche Antworten auf diese Frage ins Gedächtnis springen, wird mir ganz heiß. O bei allen Sieben Geißlein, bitte nicht!

Andererseits sind sie so gut wie verlobt. Allein das Wort rinnt mir wie lähmendes Gift die Wirbelsäule hinab. Jasemin und Jaz. Wer hätte das gedacht? Aber ich muss mich zusammenreißen. Ein Windhauch streift meine Schultern. Wenn meine Theorie stimmt und Jaz sich lediglich wegen einem Liebeszauber mit Jasemin abgibt, kann ich ihn retten. Und im Anschluss überreden, sich wieder auf unsere Seite zu schlagen. Wir brauchen ihn. Eine leise Stimme in meinem Hinterkopf flüstert: *Und du brauchst ihn. Gib es schon zu.*

Kapitel 15

~Rapunzel~

Snow sagt, wir sollen zurückkommen.« Rapunzel blickt von ihrem Handy auf. Außerdem steht in der Nachricht, dass Rapunzel alle Hexen mitbringen möge, doch das verschweigt sie Pain lieber. Weil es fast klingt, als sollten die Hexen gefangen genommen werden oder Ähnliches. Bloß ist das in Rexias Fall gar nicht so einfach. Ob sie sie heute noch werden retten können? Die Sonne ist bereits untergegangen und der Himmel färbt sich graublau. Heute eher nicht mehr.

»Werden wir, nachdem wir das Gegenmittel haben, um die Bevölkerung zu heilen.« Pain nickt voller Inbrunst. »Und das werden wir schaffen. Schließlich hast du die besten Trankmischer des Märchenwaldes vereint, Rapunzel.«

Die Hexe betrachtet sie so stolz, als wäre Rapunzel ihre Königin. Der Anblick lässt Rapunzel zuerst stocken und dann lächeln.

Als sie schweigend weiterläuft und nur ab und zu Herbert in seiner Plastikbox betrachtet, setzt Pain hinzu: »Du machst dir Sorgen um Rexia, stimmt's? Ich auch.«

Rapunzel nickt traurig. In ihrer momentanen Situation kann Rexia keine Magie wirken und sich deshalb nicht selbst helfen. Die Hexe ist auf ihre wenigen Freunde angewiesen.

»Sobald wir den Trank haben und alle heilen konnten, wird man ihr vergeben. Ich werde die Schuld auf mich nehmen, zudem bringe ich ihnen das Gegenmittel. Das wird ja wohl etwas zählen. Außerdem haben die Prinzen längst bewiesen, dass der Genmais an der Krankheit schuld ist. Klar, die Büchse zu öffnen, die Erkenntnis bringt, war nicht meine genialste Idee. Doch am Ende sollte immer die Erkenntnis vor der Unwissenheit gewählt werden, oder nicht? Die Wahrheit muss siegen. Wir sind eben keine echten Menschen. Aber was soll's? Ist unser Leben deshalb weniger perfekt?«

Pain deutet mit dem Zeigefinger auf den Weg vor ihnen. »Ganz genau! Buhja, Prinzessin Rapunzel. Du wirst es allen zeigen.«

Das hält Rapunzel zwar für ein wenig übertrieben, dennoch dankt sie der Hexe für ihren Zuspruch.

Aus dem Schornstein der Hütte der Goldenen Gans qualmt es.

»O bitte, lass sie gerade Tischlein und Sterntalers Körper verbrennen«, murmelt Pain.

Rapunzel runzelt die Stirn.

»Nur ein Scherz. Nur ein Scherz«, sagt die Hexe, obwohl ihr Gesichtsausdruck eine ganz andere Sprache spricht.

Sie klopfen. Vorsichtshalber hat Pain einen Dolch gezückt.

Aber es ist die Goldene Gans, die öffnet. Allerdings schluckt sie übertrieben deutlich, als sie die beiden erkennt. »Die schöne Rapunzel und ihre Haus- und Hofhexe«, sagt sie zur Begrüßung. »Ihr werdet Tischlein wieder sehr aufregen.« Den zerrupften Kopf des Federviehs zieren fünf einsame Rastazöpfe.

»Dürfen wir trotzdem reinkommen? Wir haben die Zutaten.« Rapunzel hält die Tüten in die Höhe. »Danach wird Tischlein wieder der Alte sein.«

Ein Anflug von Vorfreude tritt in die Augen der Gans. »Das wäre schön. Ich vermisse unsere Strip-Poker-Abende.«

Pain zieht ihre Augenbrauen so weit hoch, dass sich ihre Stirn eigentlich runzeln müsste, tut sie allerdings Flohtox sei Dank nicht. »Strip-Poker? Im Ernst?«

»Korrekt. Ernst kommt auch manchmal vorbei. Immer lustig, mit ihm zu zocken.«

»Du meinst Ernst, den mittleren von den drei kleinen Schweinchen, oder?«, will Rapunzel wissen.

Die Gans nickt.

»Dafür haben wir jetzt keine Zeit.« Pain schiebt sich einfach an der Gans vorbei ins Haus, weswegen die das Gleichgewicht verliert und ihre Flügel ausbreiten muss. »Wir haben heute Abend den Großteil der Bevölkerung zu retten und im Anschluss ein Hexenleben. Also ran an die Arbeit, Nachwuchstrankmischer.«

Der Hausherr schaut zuerst ziemlich pikiert, gleich darauf empört, aber zuletzt stiehlt sich ein aufgeregtes Funkeln in seine Äuglein.

»Na dann. Auf geht's, Hexe. Ich bin sicher, dass ich von dir noch überraschend viel lernen kann.« Sofort flattert sie halb hüpfend, halb fliegend den Flur entlang.

Irgendwo im Hintergrund hört Rapunzel Tischlein dumpf wie durch einen Knebel jammern.

»Und jetzt das Barthaar«, befiehlt die Gans. Sie thront auf der Arbeitsplatte nahe dem Herd, lugt ab und zu in Richtung des Topfes und erteilt Anweisungen.

Mit spitzen Fingern klaubt Rapunzel das Haar aus der Tüte. Es will sich nicht so einfach vom Plastik lösen lassen. Ist statisch aufgeladen.

»Du kannst das Mett schon mal bereithalten, Pain. Kann sich ja nur noch um ein paar Erdumdrehungen handeln, bis Rapunzel soweit ist.«

Rapunzel starrt böse zurück. »An deiner Stelle würde ich in Reichweite von kochendem Wasser den Schnabel halten. Wie läuft es übrigens mit deinen Legehemmungen? Flutschen die goldenen Eier wieder oder nicht?«

Die Gans presst den Schnabel so fest aufeinander, dass es knirscht. Die unteren Ränder färben sich bereits dunkelorange, fast braun.

Neben Rapunzel tut Pain so, als müsste sie sich in einen Topf übergeben. Zweimal.

Rapunzels Mundwinkel verziehen sich zu einem breiten Lächeln.

Das Barthaar von Ludwig landet im Topf. Das Pfund Mett ebenfalls. Daraufhin schlägt das Wasser noch größere Blasen als zuvor.

»Sorry.« Rapunzel blickt zu Herbert auf, den sie auf ein Regal gesetzt hat. »Ich hoffe, das war kein Verwandter von dir.« Dann schießt sie ein Foto von ihm. Für seinen Instagram-Kanal. »Herbert beim Kochen. #nichtsfürveganer« wählt sie als Bildunterschrift.

Pain beugt sich über ihre Schulter, um den Beitrag zu betrachten. »Immer ein bisschen barbarisch, wenn der kleine Herbert Mett zubereitet, findest du nicht?«

Rapunzel zwickt sie in die Hüfte, stößt dabei einen leisen Lacher aus.

»Okay, ihr könnt gern später miteinander rummachen. Aber zuerst rührt ihr den Sud um, klar?« Die Stimme der Gans trieft vor Hohn.

Die Hexe schnaubt.

»Wir sind *Freunde*!«, stellt Rapunzel klar, was Pain zum Lächeln bringt.

»Wie auch immer. Oh – und Pain, wenn ich um einen Fingernagel bitten dürfte …«

Die Hexe schnaubt, kaut dann aber auf ihrem Zeigefinger herum und spuckt in die Suppe.

»Uärgs«, macht die Gans, was Pain mit einem gehässigen Blick belohnt.

»Rapunzel und ich sind so was wie beste Freunde. Oder würdest du mit Tischlein rumschieben?«

Jetzt tut die Gans so, als müsste sie sich in einen der leeren Töpfe übergeben.

Nur Rapunzel bleibt ruhig. Rührt ein paarmal mit dem Kochlöffel um, bis sich das Mett gut verteilt hat.

»Wie lange muss das ziehen?«

»Eine Stunde. Im Anschluss kippen wir die Flüssigkeit durch ein Geschirrtuch direkt in eine Schüssel. Was habt ihr eigentlich danach mit dem Trank vor? Wie wollt ihr ihn in ganz Märchenwald den Kranken verabreichen?«

»Hm.« Rapunzel und Pain sehen sich an. »Würde es ausreichen, wenn wir es im Norden in die großen Seen nahe der Abflussrohre kippen? Daraus beziehen alle Brunnen im Land doch ihr Wasser?«

Die Gans überlegt einen Moment. »Ja, könnte klappen. Durch den Hexennagel müsste dem Trank genug Magie innewohnen, um sich auch in kleiner Menge rasch zu verbreiten. Das Barthaar des Zwergs zusammen mit Mettfleisch und Zwiebeln neutralisiert Krankheiten, die durch die Luft übertragen werden. Ein einziger Tropfen könnte ein ganzes Dorf heilen.«

»Aha«, sagt Pain. »Wer hätte gedacht, dass Mett so nützlich sein kann?«

Rapunzel besieht sich den kleinen Herbert, zieht ihm ein Mützchen mit blauen Bommeln auf, das auf dem Küchentresen herumliegt und sicher der Gans gehört. »Ja, wer hätte das gedacht?«

Sie schießt ein Foto von dem niedlichsten Mettigel der Welt (#HerberttrↄägteineMütze), während hinter ihr die Gans »Hey, das ist meine Mütze!« quakt und von der Arbeitsplatte flattert.

Die nächste Stunde verbringen sie damit, Nachrichten zu schauen. Die dominierenden News sind die über die Genmais-Protestbewegung, gefolgt von den Informationen zu Rexias Verhaftung.

»… Auch wenn mittlerweile so gut wie feststeht, dass die kürzlich ausgebrochenen Krankheiten nicht auf die Öffnung der Büchse der Pandora zurückzuführen sind, sondern auf den von Frau Holle importierten Genmais …« Die Reporterin – es ist die kleine Gänsemagd-Königin, schaut beflissen in die Kamera. »… können wir doch davon ausgehen, dass die Büchse Schuld ist an den tiefen Depressionen vieler Bewohner. Hätte die Hexe Rexia, die wir alle aus dem Märchen über Hänsel und Gretel kennen, die Büchse nicht geöffnet und diese Tat Rapunzel in die Schuhe geschoben, würden nicht überall im Land ehrbare Menschen auf der Straße sitzen und ihren Kummer wie Klageweiber gen Himmel schreien. Rexia muss sich also in zwei Anklagepunkten selbst verantworten. Das Urteil wird für morgen Vormittag erwartet.«

Rapunzel schluckt. Pain tut es ihr nach. »Angeklagt. Zweier Verbrechen schuldig gemacht …«, murmelt Pain. »Sie werden Rexia morgen Mittag hinrichten, oder?«

Rapunzels Stimme klingt ganz tief, als sie antwortet: »Das lassen wir nicht zu.«

Eine Stunde später ist der Sud in vier Flaschen gefüllt. Zwei davon steckt Pain in ihre Tasche, zwei Rapunzel. Nur ein Glas bleibt auf dem Küchentisch zurück. Ein paar Tropfen Sud gemischt mit Wasser. Rapunzel starrt darauf wie hypnotisiert.

»Ich lenke ihn ab«, bietet die Gans großzügig an. »Schau nicht so sorgenvoll, ich bin wirklich sicher, dass es funktioniert.«

Rapunzel atmet laut durch den Mund aus. Falls nicht, sind sie auch geliefert.

Die Gans flattert hinüber zur Heizung, an die Tischlein gekettet ist. Er scheint sie zu beobachten, wimmert währenddessen.

So unauffällig wie möglich folgen Pain und Rapunzel der Gans. Rapunzel hält das Glas hinter ihrem Rücken versteckt.

Sie haben Tischlein noch nicht ganz erreicht, da fährt ein Ruck durch das lebende Möbelstück. Ein Ruck, bei dem er seinen Knebel loswird.

»Die gemeinen Hexen haben unser Heim übernommen!«, jammert er sofort.

»Jaja«, sagt die Gans ganz diplomatisch, »wäre ja auch schön blöd, wenn nicht. Schließlich wollen wir sie in unsere Falle locken.« Den letzten Satz flüstert sie ganz leise.

Tischlein windet sich. »Wirklich?«

»Ja, wirklich. Sag mal, hast du nicht noch diese unsichtbare Tinte in deiner Schublade, dann könnte ich damit eine Geheimbotschaft schreiben.«

Endlich wird Rapunzel klar, was los ist, und sie sprintet näher. Gerade als Tischlein den Schubladenmund öffnet, damit die Goldene Gans an die Tinte herankommen kann, wirft sie sich nach vorn und kippt den Inhalt des Glases ohne Umschweife in Tischleins Rachen.

Tischlein spuckt und würgt, sodass alle Umstehenden mit einer Mett- und Zwiebeldusche bedacht werden.

»Ganz toll«, brummt Pain, aus deren Haaren es direkt auf ihre Stirn und Wimpern tropft. »Sehr elegant gelöst. Hätte eh mal wieder Parfüm nachlegen müssen.«

»Den Waschbären sind wir damit aber immerhin los«, versucht Rapunzel die Stimmung zumindest ansatzweise zu heben.

»Es hat gewirkt!« Die Gans unterbricht den Blickwechsel zwischen Rapunzel und der Hexe. »Schaut nur! Tischlein ist wieder ganz der Alte!«

Rapunzel bemerkt, dass Tischleins Fesseln bereits gelöst sind. Oder eher durchgekaut.

»Ganz, ganz der Alte?«, hakt Pain mit einem Grinsen nach. »So ganz gänzlich, Herr Ganterich?«

Aber da ist die Gans schon freudestrahlend auf den Rücken des Tischs gehüpft.

Tischlein schaut glücklich zu ihm auf. Es geht doch nichts über die Wiedervereinigung zweier bester Freunde. Rapunzel lächelt.

Die Gans, komplett versunken in ihrem Freudentaumel, versucht sich in einer Flügelumarmung bei Tischlein, was sich reichlich schwierig gestaltet.

»Viel Glück bei den nördlichen Seen, ihr zwei!«, ruft die Gans ihnen zum Abschied zu. Damit sind sie wohl entlassen.

Kapitel 16

~Red~

Mein Herz flackert so schnell wie ein Kaminfeuer im Sturm. Jaz und Jasemin!

Natürlich hätte ich mir denken können, dass sie die Nächte miteinander verbringen, aber irgendwie habe ich das verdrängt oder wollte es mir vielleicht nur nicht vorstellen.

In etwa genauso langsam, als würde ich mich einem wilden Tier nähern, schiebe ich meinen Kopf in Richtung der offenen Tür, vergesse bei dieser Aktion sogar zu atmen.

Der Raum – Jasemins Schlafzimmer, wie ich auf einen Blick erkenne – ist von Kerzenlicht erhellt. Überall stehen bunte Hocker auf Tierfellen herum. In farbenfrohes Wachspapier gehüllte Kerzen, Laternen und Lampions tauchen den Raum in eine Atmosphäre ähnlich wie im Zuhause des Teufels. Mein Blick gleitet über Kitsch und antike Kunst. Typisch Jasemin, die eine Mischung aus Tradition und Moderne bevorzugt. Die Mitte des Zimmers dominiert ein riesiges Himmelbett. Weiße Spitzenvorhänge umrahmen alle Seiten des Bettes, bieten mir einen Blick ins Innere. Auf die beiden Personen, die sich gegenüber im Bett hingekniet haben und den jeweils anderen mit Pralinen füttern.

»Hmmm«, seufzt Jasemin gerade.

Ekelhaft. Schokolade im Bett. Dass sie so weit gehen würde! Sicherlich hat sie sich Jaz nur geschnappt, um mir und meinen Freunden eins auszuwischen.

Jetzt beugt sie sich auch noch nach vorn, um Jaz in eine Umarmung zu ziehen. Ihr Mund wandert in Richtung von Jaz' Lippen.

Bei allen Spiegeln, nein! Ohne es verhindern zu können, keuche ich auf, halte mir jedoch sofort die Hand vor den Mund. Doch die beiden scheinen mich nicht gehört zu haben. Außerdem habe ich den Eindruck, als wollte sich Jaz Jasemins Mund und ihren suchenden Händen irgendwie entziehen, aber möglicherweise ist das lediglich Wunschdenken.

Schritte hallen rechts von mir durch den Gang. O verflucht, sicherlich ein Wachmann. Natürlich lässt Jasemin ihre Wachen um ihre Privatgemächer patrouillieren. Wie konnte ich daran bloß nicht denken? Eilig schleiche ich in die entgegengesetzte Richtung davon. Nur, dass sich von dort ebenfalls ein Wachmann nähert. Reflexartig drücke ich mich gegen die Wand, bloß bietet die keinen Schutz gegen eine Wache mit Laterne in der Hand.

Der Typ mit dem Turban und braunen Bart bis zum Schlüsselbein packt meinen Arm.

»Du hast hier nichts verloren.« Irisierende Augen in der Farbe von Honig starren mich nieder.

Hilfe suchend sehe ich mich um, doch niemand ist zu sehen, der mir beistehen könnte. Also reiße ich an meinem Arm. »Loslassen!« Aber das bewirkt rein gar nichts. Der Typ ignoriert mich, verstärkt höchstens seinen Griff.

Jetzt hat uns auch der zweite Wachmann entdeckt und kommt auf uns zu. »Das müssen wir melden.«

»Nein«, widerspreche ich. »Sicher können wir das irgendwie anders regeln.«

Selbstverständlich hört niemand auf mich. Über meinen Kopf hinweg verständigen sich die beiden mit einer Art Zeichensprache, wobei sie lediglich ihre Gesichtsmuskeln benutzen. Dann werde ich rückwärts in Richtung von Jasemins Schlafgemach gezerrt.

»He! Nein, ich will das nicht! Loslassen!«

Kein Einsehen, kein Mitleid, keine Reaktion.

»Eure Majestät!« Bevor sie sich vor die offene Tür stellen und hineinsehen, klopft der Wachmann ohne Bart gegen den Türrahmen.

»Ja?« Wäsche raschelt, man könnte meinen, Jasemin streift sich gerade ihr Oberteil über. Sie hat sich *ausgezogen*? Meine Zähne pressen sich so heftig aufeinander, dass mein Zahnfleisch schmerzt. Ich will das nicht sehen.

Ohne im Geringsten auf meinen Protest zu achten, werde ich noch ein Stück weitergezerrt, mitten rein in den schwachen Lichtkegel, den die Kerzen durch die Tür werfen. Ich verziehe das Gesicht, richte meinen Blick dann eilig auf den Perserteppich. Jetzt bloß nicht hinsehen.

»Eure neue Hofdame wurde dabei erwischt, wie sie ohne Erlaubnis nahe Eurer Gemächer herumspaziert ist.«

Die Wachen ignorieren mich, als sei ich nicht da. Obwohl sie mich weiterhin fest gepackt halten. Aber Jasemins eisiger Blick trifft mich. Genau wie der von Jaz, aus dem jedoch mehr Erstaunen als Hass spricht.

Was sie wohl sehen? Eine zerzauste, verheulte Red in einem Zombiebraut-Outfit, das nicht mal zu Halloween sexy wäre.

Jasemins Schnauben geht in ein kokettes Lachen über. Beinahe kann ich hören, wie sie den Kopf in den Nacken legt und dabei ihre Haare nach hinten wirft.

»Hast du immer noch nicht genug? Bettelst du etwa nach weiteren Peitschenhieben? Wenn dir das gefällt, kann ich dir mehr davon besorgen«, giftet sie mich an. Eigentlich ist ihr Tonfall zuckersüß. Nur ich scheine die bodenlose Härte darin wahrzunehmen. Vermutlich ist sie wütend, weil ich sie gestört habe. Womöglich wollte sie als Nächstes Schokolade von Jaz' nackter Brust essen.

Pff, das wäre in dem Fall auch nicht mein bevorzugtes Abendprogramm gewesen.

Während Jasemin eine abfällige Bemerkung über meine Aufmachung fallen lässt, greift Jaz nach ihrer Hand.

Ich registriere es mit einem weiteren Zähneknirschen.

»Bitte flipp jetzt nicht aus, Liebling. Der Abend wurde doch gerade so richtig schön.«

Jaz' Worte dringen mir wie Eisdornen durch die Haut in den Magen. Für ihn war das gerade ein schöner Abend? Wie nett. Ich habe in der Hölle beinahe Evers und Roses Leben verspielt und musste mitansehen, wie er und Jasemin …

Mit Blicken versuche ich diesen Mistkerl zu erdolchen, kratze meine mentalen Fähigkeiten zusammen und wünsche mir, dass er durch meine Gedankenkraft vom Bett geschleudert wird. Natürlich geschieht nichts dergleichen. Die beiden Verlobten sehen einfach weiter auf mich herab wie auf einen Wurm. An meinen telekinetischen Fähigkeiten muss ich wohl noch arbeiten.

»Vielleicht helfen ihr weitere zehn Peitschenhiebe, um sich daran zu erinnern, wo ihr Platz ist«, presst Jasemin hervor.

Mein Mund wird ganz trocken. Gleichzeitig folgen meine Augen ihrer Hand, die über Jaz' Oberschenkel streicht. Hoch und runter, hoch und runter. Miststück. Der Gedanke an zehn Hiebe lässt mich in die Knie gehen. Nur der Schraubstockgriff des Bärtigen hält mich auf den Füßen.

Bilde ich mir das ein oder zuckt Jaz bei »zehn Peitschenhiebe« ebenfalls leicht zusammen?

Jedenfalls bedenkt er Jasemin kurz darauf mit einem Augenaufschlag, den ich selbst gern benutze, wenn ich etwas von Spieglein haben will.

»Schatz, das könnte sie umbringen und wir brauchen sie doch morgen für die Hochzeitsvorbereitungen. Hast du nicht gesagt, du willst, dass sie zuschaut?«

Das sieht Jasemin ähnlich. Mich quälen mit Anblicken wie der Kussszene mit Jaz auf ihrer Verlobungsfeier. Hat sie sich ja ganz fein ausgedacht. Vielen Dank auch.

»Aber sie muss bestraft werden«, nörgelt Jasemin, fährt dann mit ihren Fingerspitzen über Jaz' Kinn.

»Da hast du auch völlig recht, mein Schatz.« Jaz zieht an ihrem Zopf. »Nur sollten wir die Bestrafung nicht wenigstens bis nach der Probe aufschieben? Morgen wird sie uns dienen müssen.«

Was? Versucht er mich etwa aus Jasemins Falle herauszuwinden? Es scheint fast so.

Die Königin blickt zu ihm auf.

Jaz nutzt den Moment der Stille, um ihr einen Kuss auf den Handrücken zu verpassen. Direkt auf einen goldenen Ring mit einem eingefassten Smaragd von der Größe eines Maikäfers. Das muss der Verlobungsring sein. Warum ist der mir bisher nie aufgefallen? Und wo hat Jaz diesen Klunker bitte her? Sobald er ihre Hand an seine Lippen hebt, schaue ich weg. Kann so viel Kitsch und Getue nicht ertragen.

Doch Jasemin scheint meine Gedanken zu lesen. »Wunderhübscher Ring, nicht wahr? Aber davon kannst du nur träumen, Red. Ein Familienerbstück. Kostet mehr als dein Haus, vermute ich. Meine Mutter hat ihn damals von meinem Vater zu ihrer Verlobung geschenkt bekommen.«

Also hat sie ihn sich selbst besorgt? Sich womöglich selbst einen Antrag gemacht? Das würde passen. Auch zu meiner Feenstaubtheorie.

Dann mustert sie mich eine Weile lang. Niemand wagt zu sprechen, bis sie erneut den Mund öffnet. »Na gut. Bei den Verlobungsvorbereitungen soll sie anwesend sein. Danach gibt es Peitschenhiebe.«

»Aber auf jeden Fall.« Jaz lächelt. »Ich werde mich eigenhändig darum kümmern.«

Eigenhändig? *Er* will mich auspeitschen? Meine Augenlider spannen sich. So weit ist es gekommen. Als wäre ich noch nicht genug gebrochen. Sowohl mein Nacken und mein Rücken beginnen zu kribbeln.

Jasemin wedelt mit der Hand und die Wachen zerren mich von ihr weg.

Der Bärtige mit den Honigaugen begleitet mich zurück in mein Zimmer, der andere nimmt seinen Patrouillengang wieder auf. Jaz wird mich in weniger als zwei Tagen … im Palasthof … möglicherweise umbringen.

Meine Brust zittert so sehr, wie es sonst nur Snows Hunde nach der Jagd tun.

Ich muss vorher unbedingt den Feenzauberstab finden und Jaz aus Jasemins Klauen befreien. Er weiß ja nicht mal, was er tut!

Später liege ich noch eine Weile auf dem Bauch neben Rose. Starre ihr ins Gesicht. Sie ist nicht einmal aufgewacht, als mich die Wache praktisch ins Zimmer gestoßen hat. Andererseits hatte die arme Rose heute auch kein Nickerchen und keinen Mittagsschlaf. Ich seufze. Jede Bewegung von mir zieht einen stechenden Schmerz in meinem Rücken nach sich. Außerdem juckt die Haut unter dem Verband wie verrückt. Irgendwann, als sich meine Gedanken zu Ever und Jaz immer mehr im Kreis drehen, dämmere ich weg.

Am nächsten Morgen fragt Rose als Erstes nach einem Verbandswechsel für mich. Noch bevor sie die Schüssel Haferbrei anrührt, die uns ein Wachmann gebracht hat. Beschäftigt Jasemin außer uns eigentlich eine einzige Frau in ihrem Palast?

Wenig später klopft es wieder. Ein Turban lugt zur Tür herein und dessen Besitzer wirft Rose kurzerhand ein Päckchen zu.

Ich schlürfe an der kalten Pampe, die mein Frühstück darstellen soll, und beobachte Rose, die die Schnur um das Leinentuch öffnet. »Salbe, Klebeband und etwas wie eine Klarsichtfolie? Will Jasemin etwa einen guten Blick auf deine Wunden haben?« Sie sieht zu mir auf. »Ich erkenne sie einfach nicht wieder. Es ist, als wäre sie zur bösen Stiefmutter mutiert.« Ich zucke mit den Schultern, verfluche mich aber direkt dafür. Das sollte ich lassen, wenn ich nicht vor Schmerz den Frühstücksbrei gleich wieder aushusten will.

»Wenn es ihr Freude bereitet. Mir egal«, würge ich hervor, verharre immer noch in meiner nach vorne gebeugten Position und warte darauf, dass der Schmerz abklingt.

Beinahe fachmännisch wechselt Rose meinen Verband. Ein Wachmann bringt mir ein neues Sklavengewand. Genau dasselbe wie das, das ich vollgeblutet habe. Jasemin will wohl, dass ich bei ihrer Verlobungszeremonie sauber erscheine. Am liebsten würde ich mich weigern, aber letzten Endes denke ich an meinen Plan und den Ärger, den das heraufbeschwören würde.

Doch was macht das schon? Ich werde Ever retten, das habe ich mir beim Aufstehen geschworen. Ich werde an mich glauben. Und an unsere Liebe. Außerdem werde ich den Morgenwald und all seine Bewohner vor diesem Monster beschützen, das aus Jasemin geworden ist. Aber eins nach dem anderen.

Rose nimmt mich beim Arm. »Ach komm, je enger wir an Jasemin dran sind, desto mehr erfahren wir.« Sie wirft mir eindeutige Blicke zu. Meine beste Freundin glaubt fest daran, dass sich Jasemin irgendwie verraten wird. Ausplaudern wird, wann und wie sie gedenkt, den Märchenwald zu überfallen. Ich dagegen setze mehr auf den Feenzauberstab und Jaz.

Im Thronsaal nimmt gerade ein Wachmann der Königin ihren seidenen Morgenmantel ab, in den sie gehüllt ist. Auf der Stelle bleibe ich stehen. Was geht hier vor sich?

Jasemin, nur in ihren roten Bikini gekleidet, dreht sich zu uns um. »Ah, meine Hofdamen. Endlich.« Sie streckt ihre Arme nach uns aus, als wären wir ihre besten Freundinnen. Dieses schizophrene Biest!

Hinter ihr auf einem Thronstuhl lungert Jaz ebenfalls in einem Bademantel herum. Seine schlechte Laune ist praktisch mit Händen zu greifen. Ob das an meiner bevorstehenden Auspeitschung liegt? Ich schlucke den Kloß in meinem Hals hinunter, der sich bei diesem Gedanken unweigerlich gebildet hat.

Hinter mir schieben sich zwei Wachen vorbei, die Schälchen und Pinsel hereintragen.

Das Fragezeichen in Rose' Gesicht wird immer größer. Dennoch geht sie mit tapferem Lächeln auf Jasemin zu und drückt ihre Hände. Jasemin hebt eine Augenbraue.

Daraufhin beugt Rose den Kopf und knickst.

Jasemin wedelt mit ihrer Hand.

Himmel!

Ich muss Rose hoch anrechnen, dass sie nicht mal zuckt, einfach der stillen Aufforderung nachkommt und Jasemins Hand küsst. Direkt auf den Verlobungsring.

Natürlich ist diese Show einzig für mich gedacht. Das ist mir sofort klar. Aber um keine Zeit und auch kein Ohr oder Auge zu verlieren, tue ich es ihr nach. Irgendwann wird sie für alles bezahlen, was sie uns angetan hat. Während die innere Red heult und tobt, Fäuste ballt und Rache schwört, knickst die äußere Red artig vor der Königin. Das gefällt der inneren Red gar nicht. Die innere will nur weg von hier und Ever retten. Doch eins nach dem anderen.

Einen Ringkuss später scheint Jasemin zufrieden. »Heute bemalt ihr unsere Körper zur Probe mir brauner Farbe. Zur Verlobung wird es dann Henna sein«, erklärt Jasemin. Sie setzt eine Miene auf, die unweigerlich ausdrückt, dass sie mir und Rose kein bisschen zutraut, perfekte Hennakunstwerke hinzubekommen. Da liegt sie richtig. Daher also diese Übungsstunde. Völlige Zeitverschwendung, aber bitte. Sie ist hier die Königin und nicht ich.

So gut es geht, versuche ich mir meinen Hass auf sie nicht anmerken zu lassen, was sich recht schwierig gestaltet. Vielleicht male ich ihr einfach einen Schnurrbart ins Gesicht und Hasenzähne ans Kinn. Sofort heben sich meine Mundwinkel.

»Was soll das dümmliche Gegrinse, Red?« Jasemins Stimme reißt mich aus meinen Gedanken.

»Nichts, äh, ich mag einfach gerne Malen. Mandalas male ich praktisch jeden Tag daheim. Ist sicher ähnlich.« Diese Hochstapelei wird sie mir hoffentlich abnehmen.

»Ähnlich?« Jasemin wirft ihren Zopf mit den goldenen Schleifen darin über die Schulter. Der Ring in der Mitte ihres Bikinioberteils reflektiert im Licht.

»Henna ist eine hohe Kunst. Von unseren jahrhundertealten Traditionen versteht ihr Märchenwäldler natürlich nichts.« Sie sagt es so herablassend, als seien wir Bauern, die sich der Höhlenmalerei bedienten.

Ich ziehe eine Schnute, sage aber nichts.

»Ihr nehmt euch jeder einen dünnen Pinsel und braune Farbe. Dann malt ihr uns Hamzas, Blumen, orientalische Augen und Verzierungen auf Bauch und Hände, verstanden? Das ist Tradition.«

»Doofe Tradition für doofe Herrscher«, grummelt Rose.

Während ich immer noch überlege, wie ich mich auf subtile Weise mit Kunst auf ihrem Körper über die Königin lustig machen kann, drückt Rose mir eine Schüssel in die Hand und schiebt mich in Richtung Jaz. »Ich übernehme die Königin.« Betont laut fügt sie hinzu: »Du hast ja sowieso zwei linke Hände, Red.«

Aha, sie will mir also Zeit zum Reden mit diesem Mistkerl verschaffen. Dummerweise hatte ich bisher keine Zeit und nicht den Willen, ihr von meinem nächtlichen Ausflug mit all seinen Konsequenzen zu berichten.

»Ah und als Letztes benutzt ihr den dicken Pinsel und malt mit der blauen Farbe ein paar der Muster aus. An unserem Hochzeitstag werden wir golden und blau unter unseren weißen Gewändern schimmern.«

Mir doch egal, aber wenn sie mich dann in Frieden lässt. Und wenn sie ein Eichhörnchen mit Durchfall aufgepinselt haben möchte (die Farbe dafür hätte ich da), sie wird es von mir bekommen.

Ich tausche einen Blick mit Rose. Sie deutet ein Nicken an. Wir werden unseren Plan durchziehen. Mit oder ohne Henna. Total egal.

Ohne Umschweife legt Rose los. Sie trägt braune Farbe auf dem Handrücken der Königin auf, beginnt gleichzeitig mit belanglosem Geplapper auf sie einzureden. Schmeichelt ihr. Gut so.

Nur ich stehe ein wenig unschlüssig herum. Schließlich soll ich bei Jaz – ausgerechnet Jaz – Bilder auf seine nackte Haut malen. Dass ich keine Knutschszenen von ihm und Jasemin auftragen soll, ist echt alles.

Schließlich verharre ich mehrere Sekunden mit gesenktem Kopf vor ihm. Was sagt man in Situationen wie dieser? Vielleicht *»Was fällt dir eigentlich ein, dich mit Jasemin zu verloben, wo du vor einer Woche geschworen hast, dass du mich liebst?«* oder *»Könntest du dir möglicherweise überlegen, mich nachher nicht umzubringen?«* Keiner dieser Sätze kommt über meine Lippen. Und er starrt immer noch an mir vorbei.

»Liebling, nun mach endlich und lass dich von meiner entzückenden Hofdame bemalen«, ruft Jasemin.

Aus dem Augenwinkel feuere ich einen Todesblick auf sie ab, aber entgegen meiner Hoffnung geht sie nicht in Flammen auf.

Seufzend kommt Jaz ihren Forderungen nach und erhebt sich. Sein seidener Bademantel gleitet zu Boden.

Ich schlucke, hebe ganz langsam den Blick. Jaz steht in seiner vollen Pracht vor mir. Ein Pirat, wie er im Buche steht. Mit nichts als einer schwarzen Boxershorts von *Calvin Groß* bekleidet.

»Ist sie gerade zu einer Salzsäule erstarrt oder verharrt sie aktuell in einem stummen Gebet an dich, Jaz?«, schreit Jasemin herüber.

Ich hasse sie. Hasse, hasse sie. Damit sie uns endlich in Ruhe lässt, beginne ich damit, Jaz eine Blume um seinen Bauchnabel zu malen. Erst ein rundes Blütenblatt, dann ein zweites. Meine Hände zittern.

Er starrt ebenfalls darauf.

Rose' und mein Plan sieht vor, uns unauffällig mehr Informationen zu verschaffen. Allerdings fördert ein halbnackter Jaz nicht gerade mein Konzentrationsvermögen, also kommt nur ein Gemurmel an zusammenhanglosen Worten über mich, wofür ich mich verfluche.

»Wie bitte?«, hakt Jaz nach.

Meine Finger zittern ein wenig mehr. Selbst der Pinsel zuckt, aber ich habe nicht vor, ihm zu antworten.

Die Blütenblätter um seinen Bauchnabel füllen sich, bis der Pinsel den Kreis mit dem letzten Blütenblatt schließt.

Da packt Jaz unvermittelt meine Hand.

»Können wir gleich irgendwo reden? Ungestört?«

Ich blicke auf. Eigentlich ist es genau das, was ich will. Und doch wieder nicht.

Jaz' Augen flackern. Merkwürdig. Beinahe könnte man glauben, er wollte mich über irgendetwas aufklären. Für wenige kostbare Sekunden sehe ich den alten Jaz. Den Jaz, der mir gegenüber nicht so kaltherzig und gemein ist. Der mich wirklich beachtet und freundlich ist. Und herzensgut. Oder versucht er mich reinzulegen? Ich muss mir eine Strategie überlegen. Beim alten Jaz hat es ziemlich gut funktioniert, sauer auf ihn zu sein. Ihn mit Missachtung zu strafen. Dann hat er es immer noch dringender versucht, noch härter daran gearbeitet, an dem, was immer er bei mir erreichen wollte. Also reiße ich meinen Arm los.

»Ich hab zu tun, Jaz!« Und damit male ich ganz in Ruhe eine zweite Reihe Blütenblätter um die erste an seinem Bauchnabel.

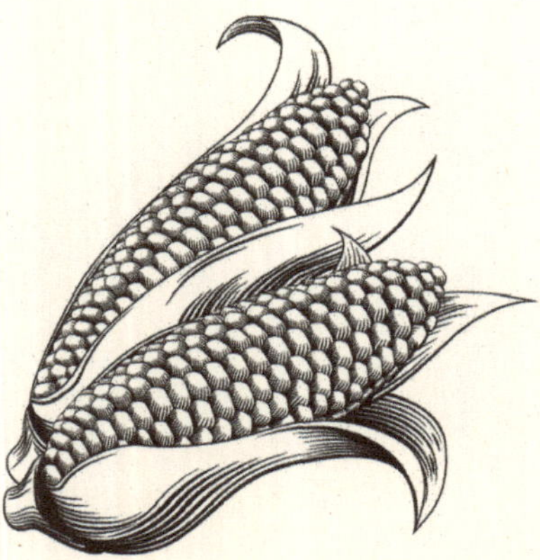

Kapitel 17

~Rapunzel~

Das Verbindungsrohr in den nördlichen Seen ist schnell gefunden. Auch im Dunkeln mit Handytaschenlampen. Schließlich hat jemand genau an der Stelle am Seeufer ein Schild in den Boden gerammt mit der Aufschrift: »In diesem Bereich keinen Müll abladen. Trinkwasserversorgung Märchenwald.«

Der dümmste anzunehmende Märchenwaldbewohner wurde zweifellos bei der Erstellung dieses Hinweisschildes einkalkuliert. Also Hase.

Pain öffnet bereits ihre Tasche.

»Bereit?«, fragt sie.

Rapunzel stößt ihre geöffnete Flasche gegen Pains. »Auf die Heilung des Märchenwalds.«

»Auf uns, die Retter der Kranken und Gestörten«, sagt Pain und kichert, als etwas von der Flüssigkeit über ihren Handrücken schwappt. Dann leeren sie den Inhalt der Flaschen ins Seewasser.

Ehrfürchtig beobachten beide, wie sich der letzte Rest Mettsud im schwarzen Wasser verteilt. Mini-Luftbläschen steigen auf und verschwinden kurz darauf wieder.

»Wir sollten ein wenig Schlaf nachholen und morgen in dieses Dorf aufbrechen, in dem sie Rexia festhalten«, sagt Rapunzel. Wenn

Rexia ihretwegen ihr Leben verliert, wird Rapunzel nie wieder glücklich sein können, das weiß sie.

»Das schaffen wir schon.« Pain berührt Rapunzel sachte an der Schulter. »Um eine echte Hexe zu verbrennen, braucht es mehr als ein paar lausige Dorfbewohner.«

Aber sie beide wissen, dass eine geknebelte Rexia mit verbundenen Augen gar nichts ausrichten kann. Rapunzel neigt den Kopf von einer Seite zur anderen.

»Da drüben, ich kann sie sehen!«, kreischt eine Lispelstimme.

Rapunzel fährt herum.

Nicht weit entfernt schlägt sich Hase durch das Schilfgras. Ein böse lächelnder Hase mit einer Stirnlampe am Kopf und einem Küchenmesser in der Hand. Einer seiner Vorderzähne ist abgeschlagen, als hätte er sich geprügelt. Seine Wangen zieren schwarze Streifen, als wollte er in den Krieg ziehen.

Rapunzel schielt auf das Küchenmesser in seiner Pfote, das mit der Spitze direkt auf ihre Brust zeigt. Dieser Anblick lässt keine Fehlinterpretation zu.

»Hase!« Pain springt vor Rapunzel, streckt eine Hand aus. »Hast du denn die Nachrichten nicht gesehen? Rapunzel ist unschuldig.«

»Aus dem Weg, Hexe!« Hase schwingt sein Messer. »Und nein, habe ich nicht. Schließlich habe ich die ganze Zeit ihre Spur verfolgt.«

Rapunzel neigt den Kopf. »Die ganze Zeit? Na, in dem Fall hast du aber recht lange gebraucht, um mich zu finden.«

Pain wirft ihr einen Blick zu, der wohl ausdrücken soll: *Jetzt reiz das Monster nicht noch zusätzlich.*

Dann wendet sie sich wieder dem Rambo-Hasen zu. »Was soll der ganze Wahnsinn? Geh nach Hause und informier dich gefälligst.«

Hase dreht das Messer in seiner Faust, macht einen Sprung auf die beiden zu. Ganz knapp vor Pain landet er im Gras. »Um den Wahnsinn zu überstehen, muss man selbst zum Wahnsinn werden.«

Pain stöhnt, holt aus und tritt Hase das Messer aus der Pfote.

Der kreischt wie am Spieß.

»Lauf!« Pain packt ihre Hand. »Lauf, Rapunzel!«

Sie stolpern durch die Dunkelheit. Leider ist es nicht so, dass ihre Handytaschenlampen ausreichend viel Licht spenden würden. Hinter sich hören sie Hase fluchend nach dem Messer suchen.

»Das dürfte ihn eine Weile aufhalten«, keucht Pain. »Wo steht die Leihkutsche noch mal?« Sie und Rapunzel haben eine Fahrt bei Book-a-Carriage gebucht. »Oh, wenn die jetzt nicht auf uns gewartet hat!«

Glücklicherweise doch. Die Billigfahrt zahlt sich an diesem Abend aus.

»Da vorne.« Rapunzel hopst über eine Vertiefung, wahrscheinlich ein Bachlauf, und übernimmt die Führung. Pains Kondition lässt zu wünschen übrig und so erreicht Rapunzel weit vor ihr die Leihkutsche.

»Komm schon, schneller!«, ruft Rapunzel ihr zu.

Die Hexe keucht. »Sei du mal jahrzehntelang in einer Hütte im Wald eingesperrt. Da geht die Kondition eben flöten!«

Über ihre Schulter hinweg wirft Rapunzel der Hexe einen Blick zu. Das ganze Weggerenne vor Sterntaler muss sie zu sehr ausgepowert haben.

»Bitte fahren Sie los«, fleht Rapunzel den Kutscher an. »Zum Schneewittchen-Schloss. Und bitte an der kleinen Hexe da vorbei. Sie springt rein.«

Der Kutscher mit seinem Melonenhut blinzelt, lässt allerdings die Zügel auf die Pferderücken knallen.

»Hexe einsammeln bei voller Fahrt. Das kostet aber extra.«

»Doppeltes Trinkgeld«, sagt Rapunzel heftig nickend. »Kein Problem.«

Und schon brettert die Kutsche los. Rapunzel, die draußen auf dem Einstiegstritt steht, wird mit dem Rücken gegen die Kutsche geschleudert, kann sich gerade noch an der Tür festklammern. »Schneller, Pain!« Sie streckt eine Hand aus. Hinter der Hexe tauchen Hasenohren auf.

In einem Mordstempo brettert das Gefährt an der Hexe vorbei. Bei voller Fahrt greift Rapunzel nach Pains Hand, erwischt ihren Unterarm. Gut, dass die Hexe nicht mehr als achtzig Pfund wiegt. Es kostet Rapunzel einige Mühe, sie zieht, klammert sich fest, doch am Ende schafft sie es. Gemeinsam mit Pain fällt sie ins Innere der Kutsche.

»Uff.«

Pain stehen Tränen in den Augen, als sie sich aufrappelt. »Danke.« Sie wischt sich über das Gesicht, lässt sich etwas ungelenk im Balancieren bei voller Fahrt in die Sitzpolster sinken, auf die jemand Graffit-Tags geschmiert hat. »Dass du das für mich getan hast.« Ihre Stimme zittert. Wie sie das ausdrückt. Als sei Rapunzel eine unerreichbare Göttin.

Irgendwie niedlich, findet Rapunzel. Auf allen vieren schließt sie die Kutschentür. »Aber natürlich, Pain. Freunde tun so etwas für einander.«

»Freunde!« Pain schluchzt glücklich, verbraucht dabei alle Gratis-Taschentücher, die eigentlich mal eine Zeitschrift zum Book-a-Carriage-Bordprogramm waren.

Die ganze restliche Fahrt über schüttelt die Hexe ein Schluckauf. Sie hickst und hickst. Rapunzel beobachtet das Spektakel amüsiert, versucht dennoch gleichzeitig, eine Strategie zu Rexias Rettung zu erarbeiten.

Weit nach Mitternacht erreichen sie endlich Snows Schloss.

»Vielen Dank, dass Sie sich für eine Fahrt mit Book-a-Carriage entschieden haben. Take care and bye-bye!«, verkündet eine fröhliche Computerstimme.

Am nächsten Morgen klopft Pain schon vor dem ersten Hahnenschrei an Rapunzels Tür. Rapunzel, in ihrem hastig übergeworfenen Sommerkleid, öffnet.

»Wow«, sagt Pain, als sie ihren Blick über Rapunzels Outfit schweifen lässt.

Rapunzel zieht an Pains Haarsträhnen. »Du hast doch fast das Gleiche an wie ich.« Das stimmt. Weiß war ausgemacht, um vor Gericht Rexias Unschuld zumindest symbolisch darzustellen. Pain scheint zu wissen, was Rapunzels Kleiderschrank hergibt, und wie ein Wunder zaubert sie jeden Tag ähnliche Kleidungsstücke für sich selbst herbei. Es ist fast wie Magie.

Beim Frühstück geben sich beide etwas einsilbig. Sie warten auf Nachrichten über erste Ergebnisse ihrer nächtlichen Mission. In diesem Fall hätte es sich wenigstens gelohnt, auf viele Stunden Schlaf zu verzichten. Aber in den Nachrichten wird nichts dergleichen erwähnt.

Pain gähnt. »Vielleicht lässt die Wirkung etwas auf sich warten?«

»Vermutlich.« Missmutig starrt Rapunzel in ihren Kaffee, den Kopf auf ihre Hand gestützt. Irgendwie hat sie sich das schneller vorgestellt. Eine Weile sagt niemand etwas.

Prinz Philip torkelt herein und nimmt sich ein Getränk aus der Minibar. Seine Nacht scheint noch nicht vorbei zu sein. Genau wie die von Prinz Adrian. Der ist bis jetzt nicht in Rapunzels Bett gefallen. Stattdessen hat ihr Ehemann ihr eine kryptisch verpeilte Nachricht aufs Handy geschickt. Wahrscheinlich mit vier Promille. Schlagartig fühlt Rapunzel ihre Tränensäcke auf doppelte Größe anschwellen. Doch sie hat ein Hexenleben zu retten.

Und das geht auch ohne einen betrunkenen Ehemann.

»Ich sehe tote Menschen«, flüstert Spieglein aus der Spiegelung ihres Kaffees.

»Dieser Witz unterliegt einem lizenzpflichtigen Copyright«, sagt Rapunzel, die zunächst schmollt und dann versucht, ihm mit dem Löffel ein Auge auszustechen. Die kleinen Wellenbewegungen, die sie dadurch in ihrer Tasse auslöst, bewirken immerhin, dass seine Spiegelung verschwindet.

»Ach und da wollte ich dich gerade fragen, wie deine Genmais-Protesbewegung läuft.«

Erstaunt hält Rapunzel inne. »Wie meinst du das jetzt?«

»Na, weißt du es etwa noch nicht?« Spieglein grinst aus dem nun wieder wellenfreien Kaffee, als hätte er es geahnt und sich ins Zeug gelegt, um der Überbringer der schlechten Botschaft sein zu können. »Dein Ehemann hat –« Spieglein verstummt. »Nun, das soll er dir selbst sagen.« Ein weiterer Grinser und Spiegleins Antlitz ist aus ihrer Tasse verschwunden.

Wieder mal typisch. Danke für gar nichts. Außer für einen getrübten Kaffee. In letzter Zeit lässt wirklich jeder sie hängen oder kommt ihr das nur so vor? Rapunzel nimmt einen Schluck und sieht sich nach Pain um. Die grinst sie an, den Mund voller Rührei. Rapunzel lächelt zurück. Na gut, nicht jeder.

Aber was auch immer das für eine Anspielung von Spieglein sein sollte, sie hat Wichtigeres vor an diesem Morgen. Alles andere muss warten. Trotzdem. Ihr Happy End hatte sie sich wirklich anders vorgestellt. Ihre Gedanken driften in Richtung ihres Ehemanns ab. Und jetzt, mit nicht mal zwanzig Jahren und Happy End … was hat sie da erreicht? Und wie soll es weitergehen? Braucht sie ein höheres Ziel? Ein größeres Happy End? Oder … Ein winziger Gedankenfunke schleicht sich in ihren Kopf. Oder ist an diesem Sprichwort »Der Weg ist das Ziel« etwas dran? Sie klopft mit ihrem Löffel gegen die Tasse. Wäre dann der Weg zum Happy End das eigentliche Ziel? Das eigentliche Happy End?

Sie schüttelt den Kopf. Zu viele philosophische Gedanken für einen frühen Morgen, an dem sie noch nicht mal ihren Kaffee genießen kann.

»Sollen wir?« Pain ist aufgestanden und hat ihr Geschirr weggeräumt.

Ab morgen werden hoffentlich die genesenen Bediensteten wieder im Schloss einziehen. Solange müssen sie alle etwas mithelfen.

Als Rapunzel aufspringt, schabt ihr Stuhl über den Boden. »Ich bin bereit.« Ob sie mit dem Geräusch Snow und die anderen geweckt hat? Und wenn schon. Ihre Freunde haben zu Rapunzels Unmut gestern abgelehnt, bei Rexias Rettung mitzuwirken. Sie haben anderes zu tun und die Hexe könne sich selbst retten, beziehungsweise froh sein, wenn zwei Verbündete, nämlich Pain und Rapunzel, ihr zu Hilfe eilen. So jedenfalls die einstimmige Meinung von Snow, Fear und Gretel. Nicht mal Fear hat ihre Unterstützung angeboten. Sie will für ihren Sohn da sein und nicht auf einem Scheiterhaufen enden, hat sie erklärt und ist dann mit hochgereckter Nase Asher hinterher in das Bällchenbad gesprungen, das Snow für Asher bestellt hat. Snows Grund für diese beinahe menschenfreundliche Maßnahme: »Damit das Kind ruhiggestellt ist.«

Rapunzel hat diese Statements nur zu deutlich über die Facetime-Verbindung zu Snows Tablet mitbekommen.

Gut, Rapunzel ist klar, dass es andere Probleme gibt, aber dass Snow direkt das Thema wechseln musste? Und ihr noch nicht einmal den Hexenzauberstab ausleihen wollte … Manchmal ist diese Freundschaft zu Snow doch eher als eindimensional zu bezeichnen. Wenigstens von Fear hätte sie mehr erwartet, aber die hat nur Augen für ihren Sohn, seit Asher zurück im Schloss ist. Und Cinder und Pan hat seit gestern Abend niemand mehr gesehen. Wahrscheinlich haben sie auf einem Baum oder im Stroh übernachtet. Was immer sich Pan wieder für seine Angebetete hat einfallen lassen.

Immer noch vor sich hin grummelnd schießt Rapunzel ein Foto von Herbert, wie er neben ihrer Müslischale sitzt. »Herbert beim Frühstück« lautet die Bildunterschrift bei Instagram. Besonders kreativ ist sie heute früh einfach nicht. Egal, was soll's. Mettigel_Herbert hat auf Instagram immerhin schon über zweihundert Abonnenten! Tendenz: stark wachsend.

Rapunzel schultert ihre Tasche und verlässt gemeinsam mit Pain das Schloss. Zieht aus, um eine Hexe vor dem Scheiterhaufen zu retten. Vor ein paar Tagen hätte sie allein beim Gedanken an eine absurde Situation wie diese gelacht. Doch heute ist heute. Und heute ist sie ein ganz anderer Mensch.

In Jorgesgemund sind die Straßen wie leergefegt. Laub wirbelt auf dem Gehsteig umeinander, keine Menschenseele ist zu sehen. Ob sie alle dem Prozess von Fear beiwohnen? Pain und Rapunzel kommen an einem Brunnen vorbei. Kurz lugt die Hexe hinein, als gäbe es dort irgendetwas zu sehen, zuckt dann die Schultern.

»Nichts. Aber immerhin habe ich ein paar Überraschungen für die Dorfbewohner mitgenommen, falls sie uns trotz Trinkwasser nicht wohlgesonnen sein sollten.« Sie klopft auf ihre Umhängetasche, die daraufhin bedenklich klirrt.

»Keine Verwandlungstränke, Pain. Das hatten wir doch besprochen.« Rapunzels strafender Augenaufschlag lässt die Hexe eilig den Blick abwenden. Sie läuft weiter, als hätte sie nichts gehört.

Nach einem Kopfschütteln seufzt Rapunzel und versucht zu ihr aufzuschließen.

Sie passieren große Fachwerkhäuser und kleine Werkstattbetriebe. Ein Esel grast vor einem Schuppen. Sonst hält sich niemand im Freien auf. Irgendwann erreichen sie den Dorfplatz, wo das Rathaus mit drei kunstvoll verzierten Giebeln vor ihnen aufragt. Es ist mit bunten Blumenmustern bemalt und sieht entgegen ihren Annahmen recht einladend aus.

Pain schaut sich um, als erwartete sie, irgendwo ein Schild mit der Aufschrift: »Hexen müssen leider draußen bleiben« zu sehen.

Nach einem Blick über ihre Schulter fühlt sich Rapunzel eine Spur erleichtert. Sie werden verfolgt. Gut so.

Beschwingt zwickt sie Pain in die Hüfte. »Jetzt oder nie. Tun wir es für Rexia.«

Pain nickt.

Gemeinsam öffnen sie die schweren Eichentüren. Es knarrt und knackt. Dann betreten sie den menschenleeren Flur, schreiten die Gänge entlang, über die bunten Bodenfliesen und an den mit Gemälden behangenen Wänden vorbei. Kühl ist es hier drin, beinahe frostig.

Aus Pains Tasche quiekt es. Rapunzel sieht sie scharf an. »Du hast es doch sicher verstaut?«

»Natürlich, was denkst du denn?«

Rapunzel strafft die Schultern. Da vorne am Ende des Flurs kann sie ein Schild mit der Aufschrift »Gerichtssaal« erkennen. Es wird Zeit.

Sie betreten den Saal im richtigen Moment. Die Urteilsverkündung ist in vollem Gange. An der Fensterfront in einer Art Bodenvertiefung für Angeklagte steht Rexia, aufrecht, mit auf den Rücken gefesselten Händen, geknebelt und mit Augenbinde. Ihre Haare sind strähnig und verfilzt. Das ganze Dorf schaut von den Rängen aus zu, wie der Richter mit seiner weißen Perücke das Urteil von einem Pergament abliest. Er hat sich erhoben, genau wie Rexia.

»… sprechen wir dich hiermit schuldig. Schuldig im Sinne der Anklage von fahrlässiger Handhabung ansteckender Krankheiten in Büchsen sowie mutwillige Boshaftigkeit und Hass auf Menschen im Allgemeinen.«

Wie bitte? So einen Schwachsinn hat Rapunzel lange nicht mehr gehört. Und das will was heißen, wenn man bedenkt, mit wem sie alles die letzten Tage in Snows Schloss gehaust hat. Auf ihren hohen Absätzen klackert Pain den Gang entlang. Mit festen Schritten direkt auf Richter und Schöffen zu. »Einspruch!«

Rapunzel eilt ihr hinterher.

Der Richter taxiert sie über den Rand seiner Brille. Seine Augenbrauen stehen merkwürdig ab, wie Raupen mit überlanger Behaarung. Er muss sich kurz vor dem Renteneintritt befinden. »Es ist längst zu spät für irgendwelche Einsprüche.«

»Rexia ist unschuldig!«, brüllt Pain. Ihr Gesicht ist rot angelaufen und das schon fast in klischeehafter Art und Weise wie bei einer Comicfigur. Doch es geht vollkommen im Raunen der Dorfgemeinschaft unter. Sämtliche Hut- und Kappenträger zeigen sich empört über die zweite Hexe im Raum. Die Leute tuscheln über sie, rufen Gemeinheiten, fiese Beleidigungen gegen Hexen im Allgemeinen und Pain und Rexia im Besonderen. Zahlreiche ausgestreckte Finger richten sich auf sie.

Rapunzels Blick fällt auf Rexia, die abgetrennt von den Zuschauern aufrecht vor dem Richter steht.

Verzweifelt versucht sich der Richter Gehör zu verschaffen, indem er mit einem hölzernen Hammer auf sein Pult einschlägt. Niemand beachtet ihn.

An dem Holzgeländer, das Zuschauer von Angeklagten und Richtern trennt, bleibt Pain stehen und zeigt mit ihrem abgekauten Fingernagel auf den Richter mit seinen Schöffen. »Wie könnt ihr es wagen, sie aufgrund von lächerlichen Vorurteilen zu verurteilen? Das ist ein handfester Justizskandal!«

Die Anspannung im Raum ist mit Händen zu greifen.

Gerichtsdiener eilen herbei, aber Rapunzel löst sich nun von der Tür des Gerichtssaals und hastet von der anderen Seite auf die blonde Hexe zu. Mit ausgestreckter Hand sieht sie den Gerichtsdienern entgegen, strahlt eine gewisse Dominanz aus. »Stopp, ich habe alles im Griff. Haltet euch raus.«

Tatsächlich zögern die Gerichtsdiener. Niemand ergreift Pain und legt sie in Ketten. Und da sieht Rapunzel ihre Chance gekommen. Sie öffnet die Tupperdose.

Kapitel 18

Ich bin bereits bei Jaz' Brustmuskulatur mit meinem Pinsel angekommen, als er das nächste Mal den Mund öffnet.

»Ich muss wirklich mit dir reden.«

Dieser Satz klingt so vertraut, so sehr nach früher, dass mir unwillkürlich Tränen in die Augen schießen. Früher, als ich noch mit Jaz reden konnte und Ever am Leben war. Mein Ever … mein Seelenverwandter. Und Jaz, mein Beschützer. Ja, vor einer Woche sah mein Leben genau so aus. Ein schönes Leben irgendwie. Im Großen und Ganzen. Auch wenn wir das eine oder andere Problem zu lösen hatten. Ich rufe mir die Schwierigkeiten zwischen uns ins Gedächtnis sowie die Krisen, die uns von außen trafen. Natürlich war es nie nur eitel Sonnenschein. Mein Pinsel zittert. Und jetzt klafft da dieser Abgrund zwischen mir und Ever und zwischen mir und Jaz. Die Anspannung zwischen uns ist fast wie Knete formbar. Vielleicht zu einem Zaun oder zu einer Handgranate. Wahrscheinlich Letzteres. Ja, was genau ist das eigentlich zwischen uns aktuell? Was empfindet der von Jasemin manipulierte Jaz? Der nicht eingeschritten ist, als sie mich hat auspeitschen lassen, und sie stattdessen nachts mit Schokolade füttert? Möglicherweise ist es Einbildung, aber ich habe das Gefühl, dass Jaz' Haut unter meiner Pinselberührung bebt. Ob er sich wieder an uns erinnert? Oder bin ich einfach an einer kitzeligen Stelle angelangt?

Die Pinselstriche werden zu einem Elefantenkopf, wie ich ihn schon einmal in einem YouTube-Mandala-Tutorial gesehen habe. Wie festgeklebt richte ich meine Augen ausschließlich auf mein Kunstwerk.

»Gut, ich verstehe. Du ziehst es also vor, nicht mit mir zu reden. Es hat sich nichts geändert.«

Die frühere Red wäre bei diesen Worten vermutlich sofort auf hundertachtzig gewesen. Aber jetzt male ich nur weiter stumm Muster in den Elefantenrüssel. Dabei muss ich den Pinsel seitlich drehen, damit die Striche ganz dünn werden. Letztlich endet der Rüssel genau über Jaz' Brustwarze. Als ich sie streife, erzittert er leicht.

Verwundert hebe ich nun doch den Blick.

Jaz starrt mich aus glasigen Augen an. Entweder hat er Fieber oder er erinnert sich … Moment, hat er nicht gerade gesagt, dass ich mich nicht verändert habe? Verwirrt mache ich einen Schritt zurück.

Da kommt Rose auf mich zu, drückt mir eine Schale mit blauer Farbe in die Hand.

»Hier. Zeit, die Muster auszumalen. Der zweite Pinsel ist leider … zerbrochen. Du musst das Zeug mit der Hand auftragen.« Sie versucht sich an einem Zwinkern, nimmt mir den Pinsel mit brauner Farbe ab, und ich weiß genau, was sie vorhat. Rose glaubt, wenn sie mich und Jaz wieder enger zusammenbringt, wird er Jasemin verlassen und mit uns nach Hause fahren. Das Verlorene Kind würde zurückkehren. Über mich will sie an Jaz rankommen.

Wie betäubt starre ich auf die Schüssel. Wir weben Fäden, Komplotte und Pläne rund um das Verlorene Kind. Über seinen Kopf hinweg. Wir benutzen Jaz wie eine Schachfigur. Nicht mehr und nicht weniger. Soeben geht mir auf, wie moralisch verwerflich das ist. Andererseits retten wir ihn auf diese Weise auch vor Jasemins Komplott. Ihr Spinnennetz, das Jaz gefangen hält, in dem er hängt, sodass sie ihn täglich mehr vergiften kann. Bloß was, wenn es wirklich sein freier Wille ist, Jasemin zu heiraten? Wenn er sie liebt?

Ganz langsam hebe ich den Kopf, um ihm in die Augen zu sehen.

Jaz' Blick streift die Farbe und wandert dann über mein Outfit, bleibt an meinem Bauchnabel hängen.

»Dir würde ein Henna-Tattoo auch gut stehen«, sagt er leise. Direkt im Anschluss fasst er sich an den Kopf, als hätte er etwas Falsches gesagt.

Rose schaut ihn schief an. Ihr geflochtener Zopf rutscht ihr über die Schulter. »Du könntest Red ja heute Abend mit Henna bemalen. Sie hat noch nichts vor.«

Hat sie das gerade laut ausgesprochen? Mir fehlt die Energie, um sie dafür böse anzustarren, also beschäftige ich mich damit, die unterschiedlichen Blauschattierungen in der Schüssel genauer zu betrachten.

Glücklicherweise wendet sich Rose von uns ab und wieder Jasemin zu, die gerade von der Toilette zurückkommt. Rose platziert die Königin so, dass sie Jaz und mir den Rücken zuwendet.

Ich tauche einen Finger in die Farbe. Sie ist dickflüssig wie Gel.

Jaz schluckt.

Doch ich lasse mich nicht von ihm beirren. Rose' Strategie ist vielleicht nicht die absolut cleverste, aber immerhin eine von mehreren, die wir heute verfolgen werden.

Ich fahre mit der Hand über den Elefantenkopf und Jaz atmet tief ein, sobald ich mit dem Finger seine Haut berühre. Sofort spüre ich eine gewisse Verbundenheit zwischen uns. Ob das eine Art magische Farbe ist? Auf einmal erinnere ich mich wieder an unsere erste Begegnung am Wasserfall. An sein helles Lachen, an meine Hand in seiner, wie wir die Klippen hinunterspringen. Wie er mich vor den Golems und Meermädchen beschützt, wie wir uns streiten und küssen. Wie er mich nachts im Arm hält.

Noch im gleichen Atemzug denke ich beschämt an Ever. Warum irritiert mich Jaz' Anwesenheit, wenn ich doch Ever liebe? Ever, der mich von Herzen liebt und der mir so ähnlich ist. Von dessen Küssen ich nachts träume.

Da fällt mir wieder ein, was Jaz vor ein paar Wochen zu mir gesagt hat. Dass man mehrere große Lieben zugleich haben kann und dass es ihm nichts ausmacht, wenn ich neben ihm Ever liebe.

Nein. Ich schließe die Augen. Das ist falsch. Damit würde ich es mir leicht machen. Viel zu leicht.

Meine Hand fährt tiefer, eine Ranke entlang. Umfährt ein Hamza.

Jaz' Muskeln zittern. »Wie geht es deinem Rücken?«, will er wissen.

»Könnte besser sein«, murmle ich. Schließlich kommen sein Interesse und seine Fürsorge etwas spät.

»Ich besorge dir nachher etwas Heilpaste.«

»Hat Rose schon getan«, sage ich. Dann setze ich vorsichtig Punkte in die Blütenblätter. Ein Tupfer mit dem Zeigefinger. Ein zweiter folgt.

Jaz scheint nicht mehr zu atmen. Ich sehe ihn schief an.

»Red, du hast Jaz' Füße vergessen!«, schreit Jasemin von irgendwo hinter mir. »Knie nieder, kleine Red, und erledige das.« Sie lacht.

Ich verziehe das Gesicht. Bevor ich mir noch mehr Peitschenhiebe einfange, tue ich es. Knie mich vor Jaz auf den Boden.

Bloß diese eine erniedrigende Aufgabe noch, sage ich mir. *Danach wird Jasemin schon sehen!* Nachdem ich meine Finger erneut in die blaue Farbe getaucht habe, erfinde ich ein Wellenmuster für Jaz' rechten Knöchel. Dabei spuken mir unablässig Bilder von Jaz, Ever und Peitschenhieben durch den Kopf. Außerdem steigert sich mein Hass auf Jasemin ins Unermessliche. Jetzt wäre ein guter Moment, um mich zu meiner dritten Challenge zu katapultieren. Selbstverständlich macht da der Teufel nicht mit. Sicher wird er wieder eine Sekunde meines Lebens wählen, in der es gerade so gar nicht passt. Das bedeutet: Ich muss einfach immer bereit sein. Motiviert und gut in Form. Mehr oder weniger jedenfalls. Unauffällig versuche ich, meine Nackenmuskeln zu lockern. Der Verband an meinem Rücken spannt. Es geht um Evers Leben, vielleicht auch um mehr.

In der Zwischenzeit lausche ich auf meinen eigenen Herzschlag und auf Jaz' Atemzüge, die irgendwie schwerfällig klingen. Aber ich konzentriere mich ganz auf das Kunstwerk. Schon allein, um mich von nichts ablenken zu lassen.

»Eventuell«, höre ich Rose sagen, »sollten wir das Werk einmal zusammen mit dem Hochzeitskleid sehen. Um einen Eindruck zu bekommen, wie du bei der Hochzeit aussehen wirst.«

»Eine gute Idee.« Aus dem Augenwinkel sehe ich, wie Jasemin ihr eine Hand reicht, als sei Rose ihre beste Freundin und nicht meine. Die Königin wirft mir einen triumphierenden Blick zu. Ich tue so, als würde mir das besonders viel ausmachen, verziehe die Lippen zu einem Strich. Alles läuft genau nach Plan. Weiter so, Rose.

»Denkst du nicht?«, unterbricht eine Frage von Jaz meine Gedankengänge.

»Wie bitte?«

»Dass du mir einiges zu sagen hast? Eine Entschuldigung möglicherweise?«

Eine Entschuldigung? Spielt er etwa auf die Zeit nach Evers Tod an, als ich ihn angeschrien habe? Ist er noch zu retten? Damals war ich wohl kaum zurechnungsfähig. Das kann er mir nicht vorwerfen.

Ich lege den Kopf in den Nacken und starre ihn an.

Gleichzeitig verlassen Jasemin und Rose plappernd den Raum.

Also erhebe ich mich seufzend. Ganz langsam, da ich gründlich über meine Worte nachdenken muss. Ein Gutes hat es zumindest. Jaz erinnert sich wieder. Am Ende lässt die Feenstaub-Zauberei von Jasemin in ihrer Wirkung nach. Endlich.

Jaz' Augen werden groß, als ich mich praktisch in Zeitlupe vor ihm aufrichte.

»Es tut mir leid«, sage ich leise, »wenn ich deine Gefühle verletzt habe. Dich abzuweisen … das war irgendwie im Affekt und ich bereue es inzwischen.« Ich verstumme, will mich abwenden. Obwohl ich es nicht vorhatte, setze ich am Ende hinzu: »Verstehst du nicht, wie verzweifelt ich nach Evers Tod war?« Endlich finde ich den Mut, ihm in die Augen zu sehen.

Stück für Stück heben sich seine Mundwinkel.

»Ich habe so sehr gehofft, dass du das sagen würdest«, flüstert er.

Eine Wache schaut zu uns herüber. Ich blinzle und fahre mit meiner Bemalung fort, male die Stoßzähne des Elefanten mit blauer

Farbe aus. Für die Spitze des Stoßzahns muss ich meinen kleinen Finger benutzen.

Jaz' Atmung geht schneller. Beinahe glaube ich zu hören, wie er ganz leise meinen Namen wispert. Nein … wahrscheinlich spielen mir meine Sinne lediglich einen Streich. Unsere Aussprache ändert gar nichts. Ever ist immer noch tot und Jaz immer noch mit Jasemin verlobt. Zudem wird er mich in ein paar Stunden auspeitschen. Gestern hat er lediglich einen zeitlichen Aufschub für mich erwirkt. Jasemin wird sich die Chance im Leben nicht entgehen lassen, mich ein weiteres Mal vor Publikum zu quälen.

Jaz leckt sich über die Lippen. »Aber … es ist besser so, wie es jetzt ist, weißt du?«

Kann er Gedanken lesen?

Gerade will ich ihn fragen, ob er mich trotz unserer Aussprache foltern wird, da fährt er fort: »Mein Herz gehört nun Jasemin.« Er sieht mich in einer Weise an, die mir das Herz zerreißt. So, als müsste ich das doch verstehen. Tue ich aber nicht. Die Schale mit Farbe in meiner Hand zittert. Ich muss mich zusammenreißen, sonst zerschellt sie am Boden. Ach, Jaz, wenn du wüsstest!

Die nächste Stunde über fahren meine mit blauer Farbe benetzten Finger seine Haut entlang, bis alle Hamzas, Blumen und Elefanten ausgemalt sind. Jaz findet immer noch eine Stelle, die er blau haben möchte, und auch ich bin dankbar dafür, die Auspeitschung etwas hinauszögern zu können. Er wird es doch nicht wirklich tun, oder? Beim letzten Mal hat er Einspruch erhoben. Sicherlich wird er bloß so tun als ob? Aber wie könnte man lediglich den Anschein einer Auspeitschung erwecken? Vielleicht in einem geschlossenen Raum ohne Publikum? Immer wieder kehren meine Gedanken zu dieser Frage zurück.

Ansonsten schweigen wir uns an.

»Wo ist meine zweite Hofdame?«, säuselt Jasemin wie aus dem Nichts, sodass ich zusammenfahre, als hätte mich ein Skorpion gestochen. Sie kostet diese Sache viel zu sehr aus. Bei Frau Holle, warum legt sie sich nicht einfach echte Hofdamen zu, wenn sie dermaßen darauf abfährt? Etwa keine Zeit gehabt zwischen dem Tod ihres Vaters und all den Kriegsplanungen?

»Hier ist sie oder meinst du nicht mich?« Ich drehe mich zu ihr um.

Sie steht in ein weißdurchsichtiges Gewand gehüllt vor mir. Eigentlich zeigt es mehr, als es verdeckt. So will sie heiraten? Und sich jetzt bereits Jaz darin zeigen? Bringt das in ihrer Kultur etwa kein Unglück? Ich blinzle. Nun, mir soll es recht sein …

»Was machst du da?«, will sie wissen.

Langsam entferne ich mich von Jaz und stelle meine Schale auf einem Beistelltisch ab.

»Beim Dümmste-Fragen-der-Welt-Wettbewerb mitmachen, aber bloß den zweiten Platz belegen?«

Jasemin mustert mich. Offensichtlich kam der Witz nicht beim Empfänger an.

»Nein, ich frage mich, was du hier tust, Red, wenn du längst draußen sein solltest, um deine Bestrafung in Empfang zu nehmen.« Sie schmollt. Nicht nur ich bemerke es. Doch wieso? Und was bitte meint sie?

»Und du, Jaz, führ sie raus. Sie soll mir aus den Augen gehen. Ich will baden. Mit meiner Lieblingshofdame.« Sie deutet hinter sich auf Rose.

Genauso hätte mein vierjähriges Ich es formuliert. Was ist denn in sie …? Oh. Mir fällt ein, dass Aladin vorhin hier war und um eine Aussprache gebeten hat. Wahrscheinlich hat ebendiese Aussprache gerade stattgefunden. Ob Jasemin deshalb unbedingt dieses luftige Kleid tragen musste? Um ihm zu zeigen, was er verpasst? Sicherlich. Das ist ihre Rache dafür, dass Aladin ständig auf Abenteuern unterwegs und nie zu Hause war. Plötzlich tut er mir leid, der Gute. Erst in diesem Moment kommt bei mir die zweite Botschaft ihrer Worte an. Bestrafung. Sie muss meine Auspeitschung meinen. O nein. Augenblicklich beginnt mein noch lange nicht verheilter Rücken vor Empörung zu brennen.

Jaz beißt sich auf die Lippen, zögert. Ich bemerke es genau. Nachdem er sich einmal mit der Hand durch die Haare gefahren ist, diskutiert er mit seiner Verlobten.

Meine Ohren klingeln so heftig, dass ich nicht mehr als Bruchstücke von ihrer Unterhaltung mitbekomme, bis Jaz heftig den Kopf schüttelt.

Jasemins hektischer Strom an Worten versiegt, was meine Aufmerksamkeit voll und ganz auf sie lenkt. Gleichzeitig wirft sie in Rage die Arme in die Luft.

»Bei allen Wüstengöttern, peitsch sie aus, wenn du mich liebst!«

Sowohl Jaz als auch ich zucken zusammen.

Kapitel 19

~ Snow ~

Wo sind denn alle?« Snows Löffel fällt klappernd in ihre Müslischale.

»Unterwegs«, schmatzt Cinder, den Mund voll Buttercremetörtchen.

Snow sieht in würdevoller Haltung auf sie herab. »Wahrscheinlich verjüngen sich die Hexen gerade irgendwo bis zum Vorschulalter.«

»Nein«, entgegnet Pan, der schon fertig mit frühstücken ist und auf seinem Stuhl herumlümmelt. »Wenn du dich erinnern möchtest: Rexia wird gerade irgendwo verurteilt, Pain ist ausgeflogen, um sie gemeinsam mit Rapunzel zu retten. Fear hat angekündigt, heute etwas Mutter-Sohn Zeit mit Asher zu verbringen. Wahrscheinlich toben sie im Bällchenbad.« Pan faltet die Hände auf dem Bauch und sieht Snow herausfordernd an. »Wir hätten auch einfach Rapunzel und Pain begleiten können, wenn du heute sowieso nichts vorhast.«

Snow sieht ihn entsetzt an. »Ich kann mir doch nicht die Finger schmutzig machen.«

Cinder lehnt sich in ihrem Stuhl zurück. »Der Himmel bewahre uns davor.«

Statt zu antworten, dreht Snow vielsagend den Hexenzauberstab in ihren Händen. Schließlich lässt sie sich doch noch zu einer Antwort herab. »Einer muss hier ja die Kontrolle behalten.«

»Kontrolle?« Cinder prustet los, sodass etwas von ihrer Milch auf dem silberfarbenen Sommerkleid landet. »Und hast du auch die drei Prinzen unter Kontrolle, die hier heute Nacht grölend durch die Flure gefallen sind?« Philip, Cedric und Adrian haben tatsächlich einen unmenschlichen Lärm veranstaltet. Nur gut, dass Prinz Charming nicht bei dieser Party dabei gewesen ist. Der wäre sicher volltrunken durchs Schloss getaumelt, hätte sich alle möglichen Handys geschnappt und sie mit Selfies zugebombt. Wie an Philips Geburtstag. Inzwischen hat er sich von seinen Freunden abgewandt. Oder sie von ihm. Sein manischer Wahn, Cinder zurückzuerobern, schreckt jedenfalls alle in seiner Umgebung ab.

»Die drei haben sich etwas Party nach ihrem Erfolg verdient.« Snow betrachtet den Horizont hinter den Fenstern. »Sie haben ihre Mission erfüllt und –«

Weiter kommt sie nicht, denn da erscheint ein gehetzt wirkender Spieglein im Wandspiegel.

»Snow, Snow«, japst er, als sei er Meilen gerannt, was nun ja irgendwie nicht sein kann. Sofort verengen sich Snows Augen. Auf schlechte Neuigkeiten, die sie zum Handeln zwingen könnten, ausgerechnet jetzt, wo nach Philips Erfolg endlich die Bediensteten zurückkehren werden, hat sie überhaupt keine Lust. »Was gibt es denn?«

»Du wirst es mir nicht glauben, Alice hat mich angerufen. Sie weiß, wo Red und Rose gefangen gehalten werden und warum ich sie nicht aufspüren kann.«

»Was?«, rufen alle.

Gleichzeitig öffnet sich die Tür zum Esszimmer. Als Erstes flattert die Goldene Gans herein, gefolgt von Fear und Asher. »Ich konnte sie nicht aufhalten. Tut mir leid.« Fear zeigt auf die Gans.

»Schon gut und jetzt haltet alle mal die Klappe.« Snow erhebt sich und marschiert auf den Wandspiegel zu.

»Was soll das für eine Versammlung werden?«, fragt die Goldene Gans. Völlig ohne Schamgefühl flattert sie mitten auf den Esstisch und bedient sich am Haferbrei. Ihre linke Schwimmflosse stemmt sie in Snows Rührei.

»Red und Rose sollen sich in Gefangenschaft befinden«, fährt Spieglein fort. Der Gans auf dem Tisch schenkt er kein Fitzelchen Aufmerksamkeit. »Angeblich wissen Alice und der Hutmacher zufällig darüber Bescheid. Aber sie wollen uns nur verraten, wo genau unsere Freunde stecken, wenn die restlichen Prinzessinnen und möglichst alle Monster zu ihrer Nicht-Verlobungsparty erscheinen.«

»Monster?«, fragt Fear pikiert.

»Moment.« Snow faltet ihre Serviette, bevor sie fortfährt: »Wir dachten doch, Red und Rose sind in der Hölle. Sicher sind sie das, oder? Will Alice, dass wir zu ihrer Party kommen, damit sie uns diese naheliegende Wahrheit erzählen kann? Wir würden diese Reise nach Wonderland völlig umsonst machen.«

»Möglich«, meint Spieglein. »Bloß was, wenn nicht?«

Snow sieht ihn scharf an. Fast scheint es, als würden sie ein stummes Wortgefecht austragen. Schließlich wirft Snow die Arme in die Luft. »Ich muss nachdenken, verdammt!«

»Das trifft sich gut«, sagt die Goldene Gans. »Ich muss nämlich was fragen. Hat der Mett-Spezialtrank funktioniert? Und wo haben sich Rapunzel und die Hexe versteckt?«

Genervt und ohne Anzeichen dafür zu geben, dass sie gedenkt zu antworten, schlendert Snow zur Bar und gießt sich aus der Glaskaraffe Wasser in ihren Becher.

»Was für ein Trank?« Cinder starrt der Gans ins Gesicht, die es sich gerade im Salat auf Cinders Teller bequem gemacht hat. Cinder verzieht das Gesicht. »Rapunzel und Pain erwarten wir erst nach Rexias Verurteilung zurück.«

Die Gans zupft mit dem Schnabel an einem Salatblatt herum. »Natürlich spreche ich von dem Heiltrank gegen die Zombiekrankheit, den ihr bei mir bestellt hattet.«

Immer noch erntet sie fragende Gesichter.

»Das habt ihr tatsächlich hinbekommen?«, haucht Cinder.

Nachdem die Gans das Salatblatt heruntergewürgt hat, nimmt sie den Faden wieder auf. »Sagt bloß, Rapunzel hat euch nichts erzählt! Heute Nacht hat sie den Trank gegen die Zombiekrankheit ins Trinkwassersystem eingespeist. Den Trank, den wir gemeinsam gebraut haben.« Stolz plustert sie die Flügel auf. Snow hebt eine Augenbraue, wie nur sie es kann, und nimmt einen Schluck aus ihrem Becher. »Sie hat uns gestern von Rexias Prozess erzählt, mehr nicht.«

»Vielleicht wollte sie erst die Wirkung abwarten. Mett, Zwergenbarthaar und Hexenfingernagel. Dürfte in der Zwischenzeit im Trinkwasser jedes Haushalts im Märchenwald angekommen sein.« Die Gans schielt auf Snows Becher.

Prustend spuckt Snow das Wasser wieder aus. Direkt auf die Goldene Gans. »Was? Ihr habt was?«

Entrüstet schüttelt die Gans ihr nasses Gefieder.

»Hey! Komm nicht in die Fabrik, wenn du nicht wissen willst, wie deine Salami gemacht wird!«

Pan beugt sich zu Cinder. »Ich dachte, es ging hier um Mett.«

»Das ist nur eine Redensart«, faucht die Gans.

»Mett ist im Trinkwasser?« Jetzt horcht auch Fear auf. »Ist das nicht gefährlich? Wegen der Salmonellen? Vor allem für Kinder?« Sie blickt Richtung Asher, der sich gerade mit Fingern voller Butter ein Brötchen in den Mund schiebt.

»Ach, Quatsch, die Dosis war gering«, meint die Gans gelassen. »Viel gefährlicher ist es, in eurer Gesellschaft abzuhängen. Schätze, da steigt die Gefahr abzukratzen auf das Tausendfache. Ich warte einfach in Rapunzels Zimmer auf sie, ist in Ordnung für mich.«

»Den Flur runter und dann links. Die Tür mit dem lila Blumenkranz«, ruft Fear ihr hinterher.

Die Gans straft Snow mit nichts als Missachtung, allen anderen nickt sie kurz zu, bevor sie vom Tisch flattert und davonwatschelt.

Kopfschüttelnd sieht ihr Fear hinterher. »Steht der Ganterich etwa auf Rapunzel?«

»Schluss mit dem Unsinn.« Snow donnert ihren Mettwasserbecher so heftig auf den Tisch, dass alle außer Asher zusammenfahren.

»Snow ist heute nicht gut drauf«, diagnostiziert er. »Vielleicht muss sie mal wieder geküsst werden.«

»Sie müsste was ganz anderes mal wieder werden«, raunt Pan Cinder ins Ohr, die ihn dafür mit einem Ellenbogenstoß in die Rippen belohnt.

Aber Snow tut so, als hätte sie nichts gehört.

Fear hat die Arme vor der Brust verschränkt. »Also fahrt ihr zu Alice? Müsste Wonderland nicht auch mal wieder aufgemöbelt werden? Am besten mit euren Selfiesticks?«

Ihre spitze Bemerkung verfehlt ihr Ziel bei Snow. Sie zuckt nicht einmal. »Nein. Ich rufe Alice an. Sie wird mir jetzt sofort sagen, was sie weiß. Als ob sie in der Lage ist, zu pfeifen und uns nach Wonderland zu beordern. Wäre ja gelacht, wenn sie mich herumkommandieren könnte. Nein, ich presse das jetzt aus ihr heraus, sonst …«

Eine halbe Stunde später machen sich alle auf den Weg nach Wonderland.

Fear, die versprochen hat, ein Auge auf die Prinzen zu haben, winkt der Kutsche hinterher.

Vor ihrem Aufbruch haben sie eilig Gretel vom Laufband im Kellerfitnessraum gezerrt, die dort ihre Börsengeschäfte am Morgen zu tätigen pflegt. Das muss an Partygesellschaft für Alice und den Hutmacher reichen.

In der Kutsche sitzen Cinder und Pan Snow und Gretel gegenüber, wobei Snow die halbe Zeit über mit Spieglein Möglichkeiten durchgeht, warum er Red und Rose nicht ausfindig machen kann.

Gretel telefoniert ab und zu mit ihren Geschäftspartnern, was Snow mit patzigen Kommentaren belohnt. »Jetzt nicht. Vergiss doch ein einziges Mal deine Geschäfte. Es geht um unsere Freunde.«

»Ja, was, wenn sie in Gefahr schweben?« Cinder knetet ihre Hände, bis Pan sie festhält. »Wir wussten doch, dass es in der Hölle gefährlich werden könnte. Red kannte das Risiko.«

Cinder bedenkt ihn mit einem warmen Lächeln. »Sie hat es aus Liebe getan.«

»Bäh, Kotz, Würg«, sagt Spieglein. »Wenn ich etwas gegessen hätte, würde ich dir jetzt auf die Füße kotzen.«

»Wie gut, dass das wirklich niemals passieren kann«, sagt Cinder.

Den Schrumpfkuchen vor den Toren von Wonderland lässt Snow springen. Dank des Hexenzauberstabs.

»Widerlich«, kommentiert Gretel, würgt ihn jedoch tapfer hinunter.

Die Tür ist wieder offen, vielleicht erwartet man sie bereits, also schreiten sie einfach hindurch. Langsam sind sie ein echt eingespieltes Team. Bei Reisen nach Wonderland macht Snow und Cinder wirklich niemand mehr etwas vor.

Da Snow nicht warten will, bis sie von alleine wieder normal groß werden, zückt sie erneut den Hexenzauberstab.

»Danke, thank you, merci.« Und schon hält sie statt Blütenpollen kleine Küchlein in der Hand. »Die werden uns wieder wachsen lassen.«

Und Snow wird immer geschickter im Umgang mit dem Zauberstab. Muss an ihrem Erbe liegen.

Dank diesem Trick und einem weiteren, der aus einem Pilz eine Kutsche und aus einem Wurm ein Pferd zaubert (warum ist Snow da eigentlich nicht früher drauf gekommen?), gelangen sie in Rekordtempo zum Schloss der Herzkönigin. Erst da fällt Snow auf, dass sich bisher niemand Sorgen um die Königin gemacht hat. Lediglich Red und Rose wurden von ihnen vermisst. Aber ihr viel größeres Problem ist, dass der Hexenzauberstab anscheinend aufgibt. Der Versuch, aus einem Grashüpfer einen Kutscher zu zaubern, ist gescheitert, sodass Gretel die Kutsche lenken muss.

»Möglicherweise schafft er nicht mehr als drei bis fünf Zauber an einem Tag«, bemerkt Cinder, die Snows enttäuschtes Gesicht registriert. »Oder Bane hat das Ladekabel für den Zauberstab behalten.«

Pan hilft ihr aus der Kutsche.

Komischerweise begegnet ihnen nirgends die Grinsekatze. Ob sie immer noch Red die Treue hält?

Auch Pyra, das Monster, zeigt sich ihnen nicht, als sie sich durch das Labyrinth bis zum Platz in der Mitte durchschlagen. Keine Flamingos und keine Pinguine stromern herum.

Stattdessen empfängt sie ein Tusch, sobald sie die Lichtung inmitten des Labyrinths erreichen.

Nach einer kurzen Phase der Orientierung (alles ist noch da: das Schachbrett, die Verrückten und die Teetafel) erkennt Snow einen Affen an einer Trommel.

»Sieh an, sieh an!«, ruft der Hutmacher von Weitem. »Unsere Gäste sind da.«

»Juhu!«, kreischt Alice.

Der Affe legt einen doppelten Tusch hin.

Sowohl Alice als auch der Hutmacher sind ziemlich festlich gekleidet. Rüschen, Samt, Schleifen wohin das Auge reicht. »Nehmt Platz, nehmt Platz!« Alice rückt einen Stuhl an ihrer Teetafel zurecht.

»Tee?«, fragt der Hutmacher, wobei er eine Kanne hochhebt, aus deren Öffnung sich eine Blindschleiche mit Bauarbeiterhelm windet und laut rülpst.

»Ähm, nein«, lehnt Snow ab. »Kein Tee. Ihr könnt uns –«

Hastig tritt Cinder einen Schritt nach vorn und unterbricht Snow damit. »Was wir zuallererst loswerden wollen: Beste Glückwünsche zur Nicht-Verlobungsparty! Von uns allen.«

Alice und der Hutmacher strahlen sich glücklich an. Der Hutmacher nimmt sogar ihre Hand und hakt sie bei sich unter. »Schön, dass ihr da seid und dass wir unsere bisherigen Zwiste beilegen konnten.«

»Also gut.« Cinder klatscht in die Hände, nachdem Snow zu verstehen gegeben hat, dass sie ihre Taktik durchschaut hat, allerdings erneut Luft holt. »Setzen wir uns.« Im Vorbeigehen zischt sie Snow zu: »Bleib freundlich. Mit Gewalt und Tür-ins-Haus-Fallen erreichst du rein gar nichts.«

Obwohl sie da völlig anderer Meinung ist, verdreht Snow lediglich die Augen und folgt ihren Freunden an die Tafel. Nicht, ohne schnell die Blindschleiche vom Tischtuch zu fegen, als niemand hinsieht. Der Mini-Bauarbeiterhelm kullert über den Rindenmulchboden.

Zwei Pinguine eilen mit Tabletts voller Gebäck herbei.

»Oh, Buttercremetörtchen!« Cinder trommelt verzückt auf dem Tisch herum. »Rapunzel würde sie lieben!«

»Wie recht du hast«, seufzt Gretel. »Hach, ich wünschte, jemand würde mich auf dieselbe Weise ansehen, wie Rapunzel es bei Buttercremetörtchen tut.«

»Ja. Total romantisch«, brummt Snow, doch niemand achtet auf sie.

Cinder versucht sich dagegen so gut es geht in unverfänglichen Tischgesprächen. Macht Alice und dem Hutmacher das eine oder andere Kompliment.

Bis der Hutmacher seine Teetasse absetzt und die Prinzessinnen abwechselnd anstarrt. Mit freudiger Miene beugt er sich vor. »Und? Wie weit seid ihr mit euren jeweiligen Happy Ends?«

Glücklicherweise kann niemand sehen, wie Snow unter dem Tisch die Hände zu Fäusten ballt. Sie hält es keine Sekunde länger aus. »Würdet ihr jetzt bitte einfach mit der Information rausrücken, wo sich Red und Rose aufhalten, und nein, ich möchte dieses Mal wirklich nicht spielen. Genau genommen schuldet ihr mir echt noch was für letztes Mal, als mich euer Monster fast gefressen hat.«

»Pyra«, seufzt Alice voller Sehnsucht. »Sie hat uns leider verlassen. Wegen einem Sandwurm. Die beiden sollen sogar bereits Nachwuchs bekommen haben.«

Nachwuchs? Ein Sandwurm und das fischschwänzige Hundemonster mit dem goldenen Horn? Snow kann es nicht fassen.

»Ach, wie schade.« Cinder faltet ihre Serviette zu einem Dreieck. »Sagt bloß, euer Pyranthocorn hat euch im Stich gelassen. Moment, ihr habt doch sicher noch ihre Eier? Schlüpfen da bald neue Babymonster?«

Eine passable Schauspielerin ist aus Cinder geworden, das muss man ihr lassen. Und stimmt, bei dem letzten Sackhüpfwettbewerb ist Snow praktisch auf Pyras Nest voller Eier gedonnert.

»Genau. Wir haben sie unter Wärmelampen gerollt und hoffen das Beste! Aber wahrscheinlich wird nichts mehr daraus. Sie hätten ja längst schlüpfen müssen.« Alice nickt heftig, beugt sich dann wie der Hutmacher verschwörerisch nach vorn. »Das dürfte euch interessieren: Pyra hat uns gestern Abend besucht und etwas erzählt.« Sie macht eine Kunstpause, in der Snow überlegt, sie mit Buttercremetörtchen zu bewerfen.

»Korrekt.« Der Hutmacher nimmt tatsächlich seinen Hut ab, setzt ihn auf das Tischtuch und macht ein bekümmertes Gesicht.

Gerade fragt sich Snow, was diese Trauermiene zu bedeuten hat, da fährt er fort: »Pyras Sandwurm hat mitangesehen, wie Red im Hof von Königin Jasemins Schloss ausgepeitscht wurde.«

»Was?«, japsen Snow und Cinder synchron.

Nur Pan fragt: »Bist du sicher?«

»Mein Mann ist sich mehr als sicher«, sagt eine kratzige Stimme hinter der Hecke. Der Kopf des Pyranthocorn lugt auf einmal mitten durch die Hecke.

»Oh, Buttercremetörtchen! Isst die noch jemand?« Sofort schießen acht Babymonsterköpfe rechts und links von ihrer Mama durch die Hecke.

»Nein, ich werd nicht mehr«, sagt Gretel in die allgemeine Stille hinein. »Was für ein Zuchterfolg.«

»Eine seltsame Mischung«, bemerkt Cinder leise, als spräche sie mit sich selbst.

Snow runzelt die Stirn. Und wie schnell bitte haben die sich vermehrt?

Gleichzeitig stehen Alice und der Hutmacher vom Tisch auf, reichen sich in einer theatralischen Geste die Hände. Sie nicken sich zu und öffnen dann in perfekter Synchronisation den Mund: »Wir werden euch helfen.«

Kapitel 20

~Rapunzel~

Etwa im selben Moment, in dem Rapunzel die Dose öffnet, greift Pain in ihre Umhängetasche. Bevor irgendjemand einschreiten kann, schiebt sie es zwischen dem hölzernen Geländer hindurch, sodass es direkt in der etwas tiefer gelegenen Ebene der Angeklagten landet.

Leute schreien.

Ein klirrendes Kreischen ertönt wie von einem verhakten Sägeblatt.

Daraufhin bricht völlig das Chaos aus.

Nur Pain und Rapunzel sehen sich zufrieden an. Der Plan hat funktioniert. In aller Ruhe können sie beobachten, wie das Unheil seinen Lauf nimmt.

Der Waschbär, Rapunzels Stalker, ist wie immer beim Anblick von Herbert in der Tupperdose ausgerastet, klettert über Stühle und Köpfe quer durch den Gerichtssaal, hangelt sich dann wild kreischend an der Wand entlang.

Der Richter muss vor ihm in Deckung gehen.

»Auf ihn ist echt Verlass«, sagt Pain. Eine bessere Ablenkung kann man sich wirklich nicht wünschen. Gleichzeitig flitzt das

Meerschweinchen in der komplett mit Holzwänden ausgekleideten Ebene der Angeklagten durch Rexias Füße. Schon kann man sehen, wie die hochallergische Hexe mit der Nase zuckt.

»Drei, zwei, eins«, sagt Pain.

»Hatschi!« Rexia niest so heftig, dass ihr Knebel und Augenbinde verrutschen. Nach einem weiteren Niesanfall hat sie beide abgeschüttelt.

Ihre Blicke treffen sich. Rexia lächelt.

Hinter ihnen kreischt es schrill.

»Ein Waschbär ist eben kein Mettbär.« Pain klingt überaus zufrieden.

Aber schon wendet Rexia ihre Aufmerksamkeit dem Richter zu, als hätte sie die ganze Zeit nur darauf gewartet.

Immer mehr Zuschauer verlassen bereits den Saal, als ein Ruck durch den Richter fährt. Dreimal schlägt er mit seinem Hammer zu. »Nicht schuldig! Lasst die Hexe frei!« Und damit sinkt er auf seinen Stuhl zurück.

Keine halbe Sekunde später schlägt der Waschbär zu. Mopst ihm die weiße Perücke vom Kopf und hopst gackernd davon.

»Ach, Flüstermagie«, haucht Rapunzel, »du großes Wunder der Welt.«

Sofort eilen Gerichtsdiener herbei und erfüllen den Wunsch des Richters. Rexias Fesseln werden gelöst. Keine zehn Sekunden später klettert die Hexe über die Absperrung und umarmt Pain und Rapunzel. Pain stützt Rexia, als sie sich nicht mit dem Umweg über die Treppen aufhält, sondern direkt über die Balustrade klettert. »Ich fasse es nicht, dass ihr das für mich getan habt!« Tränen rinnen aus ihren Augenwinkeln. Die Hexe wirft leicht den Kopf in den

Nacken und verzerrt den Mund. »Danke! Ich weiß gar nicht, was ich sagen soll!« Und dann heult sie los.

Pain zwinkert Rapunzel zu. »Na ja, wir sind die Hexenmafia, nicht wahr?«

Spiegleins Worte. Rapunzel grinst, schießt ein schnelles Selfie von sich, den Hexen und Herbert. Ihre freie Hand hält die Tupperdose und formt darüber mit zwei Fingern das Victoryzeichen. So gut das in Rexias Umarmung funktioniert. »Und dabei weiß sie noch gar nicht, dass wir ganz Märchenwald von seinen Krankheiten kuriert haben.«

~Red~

Jaz packt mich und zieht mich mit sich. An Jasemin vorbei und an Rose, die gerade den Spa betritt und uns mit aufgerissenen Augen hinterhersieht.

Was? Ich mache den Mund auf, aber weiß nicht, was ich sagen soll.

Wir passieren ein paar Wachen und Jaz blickt sich um. Ich folge seinem Beispiel. Jasemin ist nicht zu sehen.

Er wird mich mit seiner Hand schlagen. Er. Jaz. Auf Befehl seiner Verlobten wird er mich auspeitschen. Weil er Jasemin hörig ist. Der Gedanke daran macht mich krank, stülpt meinen Magen um.

Egal, was er mit mir anstellt, ich werde mich auf Evers Rettung fokussieren und ausschließlich daran denken. Dennoch erschüttert es mich zutiefst, was aus Jaz geworden ist. Ich überlege, ob ich ihm gegen das Schienbein treten und einfach wegrennen soll. Mit etwas

Glück finde ich im Anschluss den Feenzauberstab und kann uns alle hier rausbringen.

Doch da, entgegen meinen Erwartungen, zieht Jaz mich nicht Richtung Innenhof, sondern bleibt direkt vor der Wäschekammer stehen, in die ich ihn gestern gezerrt habe. Wieder stellt er sicher, dass wir allein sind, dann öffnet er die Tür und schiebt mich nach drinnen.

Mir fehlen die Worte, als wir uns in der düsteren Kammer, die nicht viel größer als eine Aufzugszelle ist, erneut gegenüberstehen.

Was tun wir hier?

»Das ist nicht der Henkersplatz«, sage ich lahm.

Jaz' Kiefer knackt. »Sag bloß, du willst eine Beschwerde einreichen.« Natürlich muss ich seine Logik anerkennen. Trotzdem. Ich verstehe nicht, was gerade passiert ist.

»Was soll das?« Unerwartet habe ich sowohl meine Gedanken als auch mein Sprachzentrum sortiert.

»Denkst du allen Ernstes, ich könnte dich schlagen? Was für eine Art Mann glaubst du, bin ich?«

Wut scheint aus seinen Augen zu blitzen, doch ich bin mir nicht sicher. Vielleicht ist es auch etwas anderes. Warum muss es so verdammt dunkel hier drin sein?

»Aber du … und Jasemin …«

Jaz hebt eine Hand und schiebt mir eine Haarsträhne hinters Ohr. Eine derartig vertraute Geste, die mir Tränen in die Augen treibt. Ich schlucke sie herunter.

Plötzlich fühlt sich die Luft um uns herum wie aufgeladen an. Ich kann an nichts anderes mehr denken als an unseren ersten Kuss. Mein Gesicht erhitzt sich, als hätte ich Fieber.

Ganz langsam nur lösen sich Jaz' Finger von meinen Haaren. Er schluckt und sucht meinen Blick.

Zaghaft hebe ich den Kopf.

Er rückt ein Stück näher, bis sich unsere Hüften berühren.

Ich kann sehen, wie seine Lippen beben und sein ganzer Oberkörper zittert. Jaz. Die verbotene Frucht. Schon immer.

Stück für Stück, so wie er es immer getan hat, senkt er seinen Mund herab, verharrt kurz, um meinen Namen zu flüstern und seine Hand an meine Wange zu legen. Zu diesem Zeitpunkt ist sein Mund weniger als einen Fingerbreit von meinem entfernt. Während ich die Luft anhalte, überwindet Jaz die letzte Distanz, die noch zwischen uns schwebt.

Aber da wird mir schwindelig. Eine unheilvolle Vorahnung packt mich. O nein. Nein, bitte nicht.

Keine Sekunde später lande ich auf allen vieren.

»Schön, dass du zu deiner letzten Prüfung vorbeischaust«, sagt der Teufel mit einer kleinen Verbeugung.

Wie bitte? Ausgerechnet jetzt? Er hat ja wohl den Schuss nicht gehört! Knurrend hebe ich den Kopf. Ich werde diesen Dreckskerl umlegen!

Als sähe er meine Aktion voraus, bringt er sich vor meinen ausgestreckten Armen in Sicherheit. »Du weißt, dass ich unsterblich bin?« Ich scheine ihn zu amüsieren.

Auch wieder wahr. Frustriert lasse ich meine Hände sinken. Ich muss mich zusammenreißen und konzentrieren. Gleich wird die letzte Prüfung beginnen und damit meine letzte Chance, Ever zurückzubekommen.

»Mal aus reiner Neugierde: Wie könnte man es anstellen, dass du dir die Radieschen von unten ansehen musst?«

Der Teufel neigt den Kopf. »Sterben ist mir nicht vergönnt. Wer sollte sonst die Sünder bestrafen?«

»Verstehe«, sage ich, denke bei dem Wort »Sünder« direkt an eine grausame und liebestolle Herrscherin in Morgenland. »Sünder kommen also nach ihrem Tod tatsächlich hierher. Gut zu wissen.«

»Ja und wenn sie dreimal hintereinander in drei Sätzen fluchen. Dann kann ich sie, wenn ich will, direkt zu mir holen.« Der Teufel grinst und schnipst mit den Fingern.

Ich nicke lediglich abwesend, denke immer noch an Jasemin. Und an Jaz, der sich vermutlich gerade fragt, wo ich abgeblieben bin.

Der Teufel beginnt mit der Fußspitze auf den Höhlenboden zu tippen, bläst die Backen auf.

»Wenn es dir jetzt nicht passt, könnte ich auch einfach ein Jahrhundert hier warten.«

»Ich bin bereit«, sage ich ruhig. Was für einem Komiker hat man bitte die Herrschaft über die Hölle überlassen? »Jetzt mach schon.«

Der Teufel zuckt mit den Ohren und vollführt abgehackte Bewegungen mit seinem Kopf, als müsste er die Gedanken hin und her schütteln wie bei einem Ping-Pong-Spiel. Nach einem tiefen Atemzug geht er zu seinem Schreibtisch, auf dem er ein Ministativ mit Kamera aufgebaut hat. »Du weißt ja Bescheid.«

Ja, weiß ich. Und weiter?

»Dritte Prüfung«, verkündet Siri hinter ihm. Die künstliche Intelligenz kann es sicher ebenfalls nicht erwarten, dass wir endlich loslegen.

»… ist die *Ich-hab-noch-nie*-Challenge«, sagen beide wie aus einem Mund.

Aha.

»Dir macht es ja nichts aus, wenn ich diese Challenge live auf YouTube sende? Meine Abonnenten sind alle furchtbar gespannt, wie sie ausgeht.«

Grummelnd klopfe ich mir die staubigen Hände an meiner Sklavenhose ab. Ach, was soll's. Mir vollkommen egal. Ich deute eine wegwerfende Handbewegung an und murmle: »Ist in Ordnung.«

»Und hier sind die Regeln.« Ganz showmasterlike stemmt der Teufel die Hände in die Seiten und wackelt ein wenig mit den Hüften. Ich registriere es augenrollend. Im Anschluss macht er wieder diese Armbewegungen, als wollte er ein Flugzeug einweisen. »Badäm. Das *Ich-hab-noch-nie*-Spiel funktioniert folgendermaßen: Jeder von uns bekommt fünf Spielsteine.«

»Spielsteine?«, hake ich nach. »Ehrlich?«

»Na ja, nimm irgendwas. Bonbons, Etiketten, Taschentücher. Ja, genau, wir rollen Taschentücher zu Kugeln.«

»Kann es sein, dass du das nicht gerade oft spielst?«

Der Teufel schaut mich empört an. »Was weißt du schon, Menschlein. Aber gut, meine Abonnenten haben es sich gewünscht.«

»Soso.« Die Abonnenten haben sich diese Challenge gewünscht? Und mich konnten sie nicht vorwarnen oder wie? Böse starre ich in Richtung Kamera. »Falls ich heute sterbe, werde ich euch alle als Geist heimsuchen, nur dass das klar ist!« Mit dem Zeigefinger deute ich direkt in die Kameralinse.

In der Zwischenzeit hat der Teufel, ganz der Profi, zwei Papiertaschentücher besorgt.

»Dreh daraus fünf Kügelchen«, weist er mich an, bevor er sich selbst eifrig daran macht und ein Taschentuch zerreißt.

Kügelchen. Ich schüttele den Kopf.

Im Schneidersitz lassen wir uns gegenüber des jeweils anderen nieder. Vor mir liegen fünf Papierkugelunfälle. Im Schoß des Teufels sieht es recht ähnlich aus.

»Gut«, erklärt der Teufel, nachdem er sich vergewissert hat, dass seine Zuschauer uns optimal im Blick haben. »Es läuft so. Jeder von uns sagt abwechselnd eine Sache, aber ehrlich, die er nie zuvor gemacht hat. Zum Beispiel würde ich sagen: Ich hab noch nie eine Schule besucht. Der andere muss dann, falls er das schon getan hat, also im konkreten Fall eine Schule besucht hat, eine Kugel in die Mitte werfen. Wer als Erstes keine Kugeln mehr übrig hat, hat verloren. Alles klar soweit?«

Ich nicke langsam.

Sofort öffnet der Teufel erneut den Mund. »Wer bei diesem Spiel betrügt, dessen Blut wird automatisch zum Kochen gebracht. Würde ich dir daher nicht raten. Das nur mal am Rande. Erinnern wir uns kurz an den Einsatz, da das die finale Challenge ist und es bisher eins zu eins steht: Gewinnst du, bekommst du deinen geliebten Ever zurück. Verlierst du, bleibt er tot und ich bekomme das Liebste, das du hast.«

Treffsicher zusammengefasst. Mit einem scheußlichen Kloß im Hals nicke ich.

Gut, dass ich bisher so viele Erfahrungen mit verrückten Menschen sammeln konnte. Das kommt mir in dieser Situation zugute. Irre Typen wie der Teufel schrecken mich nicht mehr.

Dennoch frage ich mich fieberhaft, wie ich dieses Spiel gewinnen kann.

»Ich fange an«, sage ich schnell, um wenigstens einen kleinen Vorteil herauszuschlagen.

Der Teufel, der gerade sein Profil von links nach rechts und wieder zurück in die Kamera hält, hört gar nicht richtig zu. Mithilfe eines Selfie-Sticks schafft er es, aus seiner sitzenden Position die Kamera auf dem Schreibtisch zu drehen. Mir fällt auf, dass er exakt denselben Selfie-Stick wie Cinder besitzt.

»Ich habe noch nie einen Menschen mit einem Fingerschnipsen in die Hölle geschickt«, sage ich.

Jetzt erst wendet mir der Teufel seine volle Aufmerksamkeit zu. Er braucht einen Moment, um meine Worte auf sich wirken zu lassen, dann zieht er eine Schnute.

Da er sich nicht rührt, starre ich zuerst auf seine Papiertaschentuchkugeln und danach direkt in seine Augen.

Die Teufelsaugen verengen sich, aber er gibt nach, wirft eines seiner Kügelchen zwischen uns. Diese Runde geht an mich. Der Papierpfropfen springt zweimal vom Boden wieder hoch und bevor er ganz zum Stillstand kommt, bemerkt der Teufel: »Ich hab noch nie ein rotes Cape getragen.«

»Hmpf.« Da ich eine gute Verliererin bin, gebe ich sofort eine Taschentuchkugel her. Auf Zeit spielen ist nicht mehr nötig. In Gedanken habe ich mir bereits die besten Spielzüge bereitgelegt. Nicht umsonst habe ich die Prinzen bei diesem als Trinkspiel modifizierten Spaß einmal zu oft besiegt. Meine Strategie muss einfach aufgehen. Beim Gedanken daran, dass ich Evers Rettung so nahe bin, beginnt mein Herz zu flattern. *Ever, ich hole dich von den Toten zurück, hörst du?* Gleich ist es geschafft. Ich kann das hinkriegen. Alles kann ich erreichen. Ganz allein. Mein Hochgefühl schwebt geradezu auf Wolke sieben, als ich sage: »Ich hab noch nie Hörner auf dem Kopf gehabt.«

Der Teufel grummelt.

So geht das eine Weile weiter, bis jeder von uns nur noch eine Papierkugel im Schoß liegen hat.

Meine nächsten Worte überlege ich mir genau: »Ich habe noch nie gegen ein Mädchen eine YouTube-Challenge in der Hölle verloren.«

Der Teufel guckt ganz schön blöd, bleckt die Zähne. Dann färbt sich sein Haaransatz rot und er wirft seine letzte Papierkugel in die Mitte.

Ich kann mein Glück kaum fassen, reiße die Augen auf. Atemlos realisiere ich, dass ich die Challenge und damit den Kampf um Evers Leben gewonnen habe!

»Nicht so schnell.« Mit diesem Satz lässt der Teufel meine Vorfreude wie eine Sandburg in sich zusammenkrachen.

»Da du angefangen hast, habe ich eine Frage übrig, bis die Runde endet.« Er neigt den Kopf.

O bitte, bitte lass ihn einen Fehler machen und mich falsch einschätzen!

»Ich hab noch nie zwei Jungs gleichzeitig geliebt.«

Ha! Ein Fehler! Ich liebe nur Ever. Erleichtert schließe ich die Hand um mein Papierkügelchen.

»Na, na, na!« Der Teufel schnalzt mit der Zunge. »Ich rate dir, nicht zu lügen, sonst wird dein Blut überkochen.« Er schnipst mit den Fingern, als würde er einen Zauber weben.

Immer noch verharre ich regungslos. Ich. Liebe. Nur. Ever. Was ist daran so schwer zu verstehen? Energisch recke ich das Kinn und sehe den Teufel geradeheraus an. »Ich habe gewonnen, denn du liegst falsch. Und jetzt her mit den drei goldenen Haaren!« Und damit öffne ich meine leere rechte Hand, halte sie auffordernd dem Teufel unter die Nase.

»Tz, tz, tz.« Der Teufel springt auf. »Hat man so was schon mal gesehen? Du willst den Teufel betrügen!«

Betrügen? Ist das sein Ernst? Auf einmal wird mir ganz heiß. Er ist hier der Betrüger! Einfach nicht verlieren kann er! Wahrscheinlich lässt er nie jemanden jemals gewinnen. Mir wird immer heißer. Dieses Schlitzohr.

»Siri«, sagt der Teufel gelassen. »Wen liebt Rotkäppchen?«

Und Siri beginnt, beinahe wie Spieglein aufzuzählen: »Rotkäppchen hat sich vor weniger als einem Monat in den Werwolf Everton verliebt.«

»Siri analysiert gerade deine Social-Media-Profile und digitalen Footprints im Internet«, flüstert mir der Teufel aufgeregt zu.

Ich springe auf, werfe ihm einen Blick zu, der eine Mischung aus »Siehst du!« Und »Hab ich's nicht gesagt?« ist. Meine Wangen glühen.

Triumphierend will ich schon auflachen, da fährt Siri fort: »Etwa drei Tage nachdem Rotkäppchen begonnen hat Everton zu lieben, empfand sie ebenfalls Liebe und tut es immer noch und zwar für den Piraten Käpt'n James Hook.«

Ich erstarre. Nein, das ist nicht richtig. Siri lügt.

Gleichzeitig wird mir so heiß, dass ich das Gefühl habe, mein Kopf würde zerspringen.

»Na?« Der Teufel reibt sich die Hände. »Spürst du bereits dein Blut überkochen?«

Überkochen? Er hat doch nicht …? Verdammter Mist, mein Blut fließt wie kochend heißes Wasser durch meine Adern! Tatsächlich. Mit zusammengekniffenen Augen realisiere ich das ganze Unglück. Ich werde sterben, hier und jetzt! Und daran ist nur Jaz schuld!

Kapitel 21

~Rapunzel~

Auf dem Weg zu Snows Schloss kommen sie an ein paar Demonstranten vorbei. Aus einem Reflex heraus zieht Rapunzel die Schultern ein, aber die Bevölkerung jubelt. Jubelt allen Menschen zu und auch ihr. Sie tauscht einen Blick mit den Hexen, die die Menschen ganz fasziniert betrachten.

»Meint ihr, die Krankheit ist besiegt?«

Pain zuckt mit den Schultern. »Könnte sein. Immerhin haben wir unser Bestes gegeben.« Die letzten fünf Minuten hat sie genutzt, um Rexia auf den neusten Stand zu bringen.

Jetzt bleibt zu hoffen, dass die Flüstermagie solange ihr Wunder wirkt, bis der Richter geheilt ist. Sie hätten ihm ein Glas Wasser anbieten sollen. Direkt aus dem Dorfbrunnen. Andererseits blieb bei ihrem überstürzten Aufbruch keine Zeit für gute Manieren.

Unvermittelt hält Rexia inne, deutet auf eins der Schilder, das ein blonder Jugendlicher mit Gesichtsakne in der Luft schwenkt. Hoch runter, hoch runter.

»Ähm, Leute, seht ihr, was ich sehe?«

Rapunzel folgt ihrer Aufforderung. Sofort erkennt sie, was die Hexe meint. »Oh, diese idiotischen Prinzen! Wenn ich meinen Ehemann in die Finger bekomme!« Ihr Gesicht verdüstert sich. Beim Gedanken an ihren Nichtsnutz von Ehemann ballt sie die Fäuste. »Da denkt man, einmal im Leben hat mein Mann etwas richtig gemacht, und dann …«

»Schon gut.« Rexia legt ihr einen Arm um die Schulter, wobei sie sich ganz schön strecken muss. Auf ihrer anderen Seite fasst Pain nach ihrer Hand. »Wir bringen dich heim und danach kümmern wir uns um deinen Ehemann.« Zuerst zuckt Rapunzels Auge bei diesem Gedanken, doch gleich darauf entspannt sie sich. Inzwischen braucht man bei Aussagen wie dieser seitens der Hexen nicht mehr sofort in Panik zu verfallen. Vermutlich beinhaltet »Kümmern« in diesem Fall keine Streckbank, keinen angefeuerten Ofen oder irgendwelche Zaubertränke. Die restlichen Minuten bis zum Schloss überlegt Rapunzel dennoch, was das schiefe Grinsen auf Pains Lippen wohl bedeuten könnte. Aber egal was, allein der Gedanke an Prinz Adrian in den Fängen der Hexen erheitert Rapunzel ungemein. Hüfte schwingend setzt sie ihren Weg fort, beginnt ein altes Volkslied zu summen, in das die Hexen sofort einstimmen. Pain hüpft sogar wie ein kleines Mädchen über die Steine am Wegesrand.

In ihrem Zimmer liegt komischerweise eine Gans auf dem Rücken und mit ausgestreckten Flügeln quer über ihrem Bett. Sabber tropft aus ihrem Schnabel. Es ist die Goldene Gans.

Pain stöhnt. »Was ist denn jetzt schon wieder?«

»He, Ganterich.« Rexia lässt sich auf Rapunzels Bett sinken. »Gnade dir der Nordwind, wenn du Flöhe in das Bett der Prinzessin geschleppt hast! Heb dir die gefälligst für deine Flohtox-Produktion auf.«

Müde hebt die Gans ein Augenlid. »Geht das auch etwas leiser?« Dann bemerkt sie Rapunzel und ist auf einen Schlag hellwach, springt sogar auf die Gänsefüßchen. »Rapunzel, endlich!« Eifrig wie ein Hund hechelt sie Rapunzel an. »Hat alles geklappt? Konntest du das Gegenmittel ins Grundwasser leiten?«

Pain schiebt ihre Unterlippe vor, was irgendwie süß aussieht. »Hey, ich war ebenfalls dabei, ja?«

Die Gans hört nicht hin, konzentriert sich voll und ganz auf die Prinzessin.

Bevor sie antwortet, stützt sich Rapunzel auf der Schulter von Pain ab. »Könnte sein, dass Pain und ich uns die Nacht um die Ohren geschlagen haben. Alles erledigt. Mission abgeschlossen.«

Offensichtlich hocherfreut formt die goldene Gans ihren Flügel zu einer Gettofaust. »Ich wusste, du hast es voll drauf.«

Rapunzel schlägt ihre Faust dagegen.

»Noch etwas«, sagt die Gans nun eine Spur ernster. »Heute schon im Internet gewesen und den Hashtag #Rapunzelunddie-GenmaisProtestbewegung eingegeben?

Pain schnaubt. »Ja, genau. Wieso auch nicht. Ist ja total naheliegend.«

Die Gans mustert die Hexe, als nähme sie sie eben zum ersten Mal wahr. Dann – mit einiger Verzögerung – imitiert sie den letzten Satz und die Gesten der Hexe.

Für einen Moment schließt Rapunzel die Augen. »Nein, aber ich kann es mir denken. Vorhin sind wir an ähnlich merkwürdigen Plakaten vorbeigekommen. Außerdem ist mir ein Protestschild aufgefallen … Die Prinzen müssen dahinterstecken.«

Pain bleckt die Zähne. »Ruf deinen Ehemann an und sag ihm, er soll direkt hierherkommen. Spieglein, Facetime!«

»Entschuldige bitte?«, kommt Spiegleins pikierte Stimme aus Rapunzels Schminkkommode. »Aber seit wann nehme ich Befehle von Hexen entgegen?«

»Siri, Facetime Ehemann«, sagt Rapunzel laut. »Das bekommen wir auch ohne Spieglein hin.« Sie zwinkert Pain zu. Die grinst erst und schielt dabei etwas neidisch auf Rapunzels Smartphone.

»Hi, Schatz.« Auf dem Bildschirm blickt ihr ein Prinz Adrian entgegen, der irgendwo im Gras liegt. Ziemlich verpennt. Mit Dreck im Gesicht. Bierflaschen verteilen sich dekorativ um seinen Kopf herum.

»Hallo«, entgegnet Rapunzel verstimmt. »War wohl eine heftige Nacht, was?«

Die Hexen spähen über ihre Schulter, immer darauf bedacht, nicht von der Handy-Frontkamera erfasst zu werden.

»Sag mal, Adrian, wie kann es sein, dass ich auf Genmais-Protest-Plakaten neuerdings überall mein Gesicht sehe? Das war nicht abgesprochen.«

Adrian gähnt, legt einen Arm über seine Stirn. »Das kommt daher … Philip meinte, uns würde ein fotogenes Gesicht für die Kampagne fehlen, jetzt wo Charming raus ist –«

»Und da fragst du mich nicht zuerst?«, geht Rapunzel in die Luft. »Ich habe Plakate gesehen, da haben sie mir einen Schnurrbart mit Edding drauf gemalt. Einen Schnurrbart!«

»Sicher nur ein Reflex. Wegen den Charming-Plakaten, die die Leute gewohnt sind. Herzlichen Glückwunsch, du bist die neue Erin Brokovich, Umwelt-Anwältin und Retterin des Märchenwalds.«

Ihren Ehemann scheint das alles völlig kalt zu lassen. Rapunzels Schultern versteifen sich. »Das nächste Mal fragst du vorher und heute Nacht schläfst du auf der Couch, hast du verstanden?« Energisch drückt sie mehrfach auf den roten Knopf, erträgt den Anblick ihres verkaterten Ehemanns keine Sekunde länger. Seit er sie aus dem Turm von Decay gerettet hat, hat er auch nichts Bedeutendes mehr geleistet. Und das ist nun einige Jahre her.

»Wir haben uns da eventuell zu früh gefreut, als wir dachten, die Prinzgemahle würden sich nützlich machen«, murmelt sie.

Rexia klopft ihr auf die Schulter. »Manche Illusionen muss man sich irgendwann nehmen. Aber du hast es ihm echt gezeigt.«

Nach einem leisen Stöhnen ruft Rapunzel die Instagram-App auf und gibt den von der Gans erwähnten Hashtag ein.

»O nein, seht euch das an.« Sie hält den Hexen ihr Handy vor die Nase. »Überall Memes und Karikaturen mit meinem Foto auf den Genmais-Plakaten! Sie machen sich lustig!« Früher wäre sie wegen solch einem Shitstorm gestorben.

»Da stehst du drüber. Lass die Hater reden«, sagt Pain. »Außerdem war das gestern. Heute sieht die Welt schon wieder ganz anders aus. Wortwörtlich.«

Rexia nickt heftig, verzieht den Mund bei einer besonders bösartigen Karikatur von Rapunzel mit Maiskolben als Hörnern. »Das Internet ist ja so was von fies!«

Unvermittelt meldet sich Spieglein von der Schminkkommode. Seine Stimme ist der einer Telefonistin, die sich gerade die Nägel feilt, zum Verwechseln ähnlich. »Ich werde mit dem gemeinen Internet sprechen. Es wird sich bei Rapunzel entschuldigen.«

»Das Internet war gemein zu Rapunzel!«, quakt die Gans.

Stöhnend lässt sich Pain in einen von Rapunzels Plüschsessel sinken. »Spieglein, wenn du mit deinem Rapunzel-Bashing mal langsam zum Ende kommst, sollten wir über einen Google-Sprachassistenten nachdenken. Der ist wenigstens nützlich.«

Rexia applaudiert. »Der würde immerhin ohne zu murren Tampons auf die Einkaufsliste setzen und Sekt statt immer bloß Bier und Wein ins Schloss liefern lassen.«

Dem hat Rapunzel nichts hinzuzufügen.

Spieglein macht ein beleidigtes Gesicht, spart sich jedoch eine Antwort und verschwindet wortlos.

»Ein Problem weniger.« Rexia setzt sich wieder neben die Gans und krault sie zwischen den Flügeln.

»Hmmm«, macht die Gans.

»Wir sollten einfach alle Plakate abnehmen. Und vielleicht mithilfe eines Computervirus alle Memes …« Kurz scheinen alle an den beleidigten Spieglein zu denken.

»Nein, Chance verspielt«, sagt Pain.

»Ach, wisst ihr was?« Rapunzel lässt sich auf der anderen Seite der Goldenen Gans aufs Bett sinken. »Das macht mir gar nicht mehr so viel aus. *Haters gonna hate*, nicht wahr?«

Alle anderen nicken. Selbst die Gans.

Eine Melodie ertönt. Es ist das Titellied von Game of Thrones. Auf Rapunzels Handy erscheint das Bild einer zwinkernden Snow.

»Snow ruft an«, sagt Rexia überflüssigerweise.

»Ja?«, nimmt Rapunzel den Anruf entgegen.

»Rappienz! Bist du im Schloss?« Snows Stimme klingt atemlos. »Ach, richtig, Spieglein sagte, du bist da. Bleib unbedingt dort. Wir sind gleich zurück. Du wirst es nicht glauben: Jasemin hält Red und damit sicher auch Rose und die Herzkönigin gefangen. Ein Sandwurm hat Red gesehen, wie sie auf Jasemins Henkersplatz stand.«

»Was?«, fragt Rapunzel zurück. »Henkersplatz? Red?« Die Hexen sehen sie mit großen Augen an. Die Goldene Gans kiekst.

»Ja, aber keine Sorge, Spieglein hat das überprüft. Aktuell ist Red nicht mehr auf dem Platz. Und es ist kürzlich niemand dort gehängt worden.«

Dennoch. Das ist streng genommen keine Entwarnung.

Der Schluckauf der Gans zieht sich über den ganzen Nachmittag. »Das ist ein schlechtes Omen«, sagt sie.

Es vergehen mehr als eineinhalb Stunden, bis Snow zurück ist.

Die ganze Zeit überlegt Rapunzel fieberhaft, was zu tun ist. Sie müssen verhandeln. Jasemin anrufen und um Reds und Rose' Leben feilschen.

Irgendwann kommen Fear und Asher von ihrem Spaziergang zurück.

»Hey, Rapunzel«, legt Fear ohne ein einleitendes Hallo los. »Da draußen –« Sie deutet mit dem Daumen über ihre Schulter. »– hängen überall Plakate mit deinem Gesicht.«

»Und mit Maiskolben drauf«, ergänzt Asher. »Auf manchen waren sogar Käfer, die dich angeknabbert haben.«

Rapunzel verdreht die Augen, dann verharrt ihr Blick lange auf dem kleinen Jungen. Nur sind diese dämlichen Plakate aktuell ihre geringste Sorge. Rapunzels Gedanken schweifen ab.

Red und Rose schweben in Gefahr. Zusammen mit der Herzkönigin. Ihr Leben müssen sie ebenfalls retten. Schon allein Asher zuliebe. Immerhin ist sie seine Großmutter. Für einen kurzen Moment überlegt sie, nach ihrem Ehemann zu rufen, doch der schläft vermutlich noch seinen Rausch aus und ist zu nichts zu gebrauchen. Eigentlich wie immer. Rapunzel beißt ihre Zähne so fest aufeinander, dass es knirscht. Nein, Snow und sie werden ihr Happy End selbst in die Hand nehmen. Gemeinsam mit Gretel und den Hexen. Sie brauchen die Hilfe der Prinzen überhaupt nicht.

~Red~

Staunend beobachte ich, wie meine Adern sich weiten. Auf meinen Armen, Beinen … Sogar als ich mein Shirt hochhebe, erkenne ich pochendes Fleisch auf meinem Bauch.

So sehen also die letzten Momente in meinem Leben aus. Nicht zu fassen. Ob ich damit auch Rose' Ende besiegelt habe? O bitte nicht! Das darf nicht sein. Wenigstens werde ich Ever im Himmel wiedersehen. Oder wird mich der Teufel hier unten behalten? Mein Mund öffnet sich, aber kein Ton entweicht.

In mir brodelt alles und das ist diesmal kein lahmes Sprichwort. Der Schmerz lässt mich in die Knie gehen. Es ist, als würde ich brennen. Heiße Nadeln, die sich durch mein Fleisch bohren. Ich kann nicht mehr.

Staub wirbelt in mein Gesicht, als ich auf alle viere falle und huste. Bitte, lass mich einfach sterben. Ohne es verhindern zu können, schießen mir Tränen in die Augen. Heiße, bittere Tränen.

»Also?«, vernehme ich die Stimme des Teufels.

Also was?

»Gibst du es zu?«

Was zugeben? Die Worte des Teufels dringen nur langsam durch das Gekreische und Pochen meiner Gedanken zu mir hindurch.

»Was?«, krächze ich, um sicherzugehen.

»Dass du beide liebst.« Der Teufel legt eine Kunstpause ein.

Beide? Meint er …? Ja, das muss es sein. Dieser Wahrheitszauber oder was immer es ist, das da mein Blut kochen lässt. Die Wahrheit wird ihn lösen. Wenn ich sage, dass ich sowohl Ever als auch Jaz liebe. Aber ist das wirklich so? Ich horche tief in mich hinein, versuche dabei den Schmerz auszublenden. Im Grunde ist es klar. Wenn ich es bisher nicht wusste, hat der Zauber es offengelegt. Es muss so sein. Wem mache ich also etwas vor? Und das Entscheidende: Ich will leben und nicht hier im Dreck sterben, ohne eine Chance, Ever zurückzuholen. Auch wenn ich zugeben muss, diesen Dreckskerl von Piraten zu lieben. Irgendwie. Ein kleines bisschen. Eine schrille Stimme in meinem Kopf macht sich bemerkbar, sagt mir, dass ich die Prüfung damit nicht gewinnen werde. Ein Dilemma zwar, aber was für eine Wahl bleibt mir? So hart habe ich für Evers Leben gekämpft. Nur wenn ich sterbe, kann ich es weder noch einmal versuchen noch eine andere Lösung für Ever finden.

»Okay«, krächze ich, will bloß, dass die Schmerzen aufhören. Tränen nehmen mir die Sicht. Das ist alles allein Jaz' Schuld! »Ich liebe Ever und ich liebe Jaz. Jetzt zufrieden?«

Augenblicklich lassen die Schmerzen nach. Ungläubig betrachte ich meine Arme und lasse mich auf meine Fersen sinken.

»Sehr zufrieden.« Der Teufel nickt, streicht sich über seine drei goldenen Haare. »Damit hätten wir eine Patt-Situation.«

Eine was? Doch dann, mit etwas Zeitverzögerung setzt die Erinnerung ein. Die dritte Challenge ist beendet. Keiner von uns konnte den anderen schlagen.

Ich wische mir die Tränen von den Wangen, denke an Ever. Das Blut in meinem Körper rauscht kühl durch meine Adern und Venen. »Und nun? Noch eine Runde?«

»Nein. Es gibt nur fünf und die Regeln sind die Regeln.« Der Teufel lehnt sich gegen seinen Schreibtisch. »Du musst wählen, mit was du nach Hause gehst. Eins bleibt bei dir, eins bei mir.«

Er betrachtet meine sicherlich ziemlich verwirrte Miene eine Weile, dann öffnet er noch einmal den Mund: »Du siehst aus, als könntest du ein Taschentuch gebrauchen.«

Witzig. Woher soll ich das nehmen? Ich trage nichts außer mein Sklavenoutfit und selbst wenn mir der Teufel ein Tuch anbieten würde, ich würde den Teufel tun und es annehmen!

Aber da schnipst er mit den Fingern und mein Rucksack erscheint in seiner Hand. Mein Rucksack, den mir Jasemins Wachen abgenommen haben!

Meine Augen werden groß. »Was?«

Doch der Teufel zuckt nur mit den Schultern und wirft ihn mir zu.

Tatsächlich, mein Rucksack. Langsam lasse ich meine Finger über das Kunstleder fahren. Kennt diese Teufelsmagie überhaupt irgendeine Grenze? Dem Herrscher über die Unterwelt ist wohl alles möglich oder wie?

Als würde er meine Gedanken lesen, schenkt mir der Teufel ein verwegenes Grinsen. »Mit dem Leben hier unten sind immerhin einige nicht zu verachtende Annehmlichkeiten verbunden.«

Aha. Da mein Gesicht immer noch nass ist, öffne ich den Reißverschluss und ziehe das Erstbeste heraus, um meine Tränen abzuwischen. Es ist mein rotes Cape. Mein liebster Umhang, wegen dem mich alle Rotkäppchen nennen. Auch egal.

Der Teufel beobachtet mich genau, bevor er fortfährt. »Du nimmst entweder Ever mit dir und überlässt mir das Liebste, das du hast. Oder du wählst dein Liebstes und lässt Ever bei mir.«

Was? Mein Kopf ruckt nach oben. Ever oder Rose? Wie kann er mich vor diese Wahl stellen? Dieser Fiesling! Der Teufel in Person! Gut, das ist eigentlich … keine große Erkenntnis. Dennoch. Sofort scheint mein Blut erneut zu kochen. Doch das ist nur Einbildung, registriere ich. Ever oder Rose. Ich blinzle. Wie kann ich Rose in diese Sache mit hineinziehen? Wieder wische ich mir mit einem Zipfel des Capes über die Augen, verschmiere mein Make-up, aber das ist mir egal. Ich kann es nicht tun. Nicht das Leben meiner besten Freundin für Evers opfern. Es geht einfach nicht. Moralisch und aus Sicht unserer Freundschaft. Eigentlich gibt es da nichts zu überlegen.

Langsam stehe ich auf, rolle mich Wirbel für Wirbel nach oben. Es geht nicht anders. Ich muss darauf vertrauen, dass Rapunzel mehr Erfolg hatte und mit der Goldenen Gans einen Trank für Evers Rettung brauen konnte.

»Wenn ich dir meine Antwort nenne, darf ich sofort gehen?«

Der Teufel zuckt mit den Mundwinkeln. »Ich schicke dich dorthin, wo ich dich haben will.«

»Nein.«

»Doch. Nimm an oder du gehst ohne alles. Vergiss nicht, dass du immer noch deine Fußfessel trägst. Du solltest dankbar sein, wenn ich dich zu Jasemin zurückbringe.«

Dieser hinterhältige …

Trotzdem muss ich es eingrenzen. »Also schickst du mich zurück in Jasemins Palast? Nicht wieder außerhalb in die Wüste?«

»Korrekt. Genau dorthin, woher ich dich geholt habe. Es wird sein, als wärst du nur eine Sekunde weggewesen.«

Immerhin schickt er mich nicht in Jasemins Verlies. Es sei denn, er lügt. Ich kneife die Augen zusammen. Zuzutrauen wäre es ihm.

»Oh, keine Sorge!« Er scheint mein Zögern bemerkt zu haben. »Ich möchte wirklich zu gern wissen, wie das mit dir und dem Piraten in der Wäschekammer ausgeht.« Er reibt sich die Hände.

Er hat alles mitangesehen? Ich. Kann. Es. Nicht. Fassen! Gibt es für ihn keinerlei Beschränkungen? Darf der Teufel generell tun, was er will, und sehen, was er möchte? Das ist so ungerecht.

Sehnsüchtig betrachte ich die drei goldenen Haare auf seinem Kopf. Ob wir einen anderen Weg finden, an sie heranzukommen?

»Schließlich sind Prinzessin Jasemin und der Dschinn auf dem Weg zu euch«, fährt der Teufel fort, wobei er gespannt meine Reaktion abzuwarten scheint.

Wie? Die Worte des Teufels verhallen und ich begreife viel zu spät den Sinn darin. Das kann nicht sein. O nein, damit stecke ich verdammt tief in der …

»Genug geredet.« Der Teufel klatscht in die Hände, worauf Siri einen Trommelwirbel vernehmen lässt. Dämliche Computerintelligenz!

»Du hast fünf Sekunden, um dich zu entscheiden.« Er hält eine Hand hoch und klappt den Daumen ein, dann den Zeigefinger, dann …

»In Ordnung!«, schreie ich. »Du behältst Ever und alles bleibt, wie es war.«

»Das ist deine Entscheidung?« Der Teufel hebt eine Augenbraue. »Sie ist bindend.«

»Ja.« Ich denke an Rose. Im Hintergrund verblasst Evers Gesicht. Es wird noch mehr Möglichkeiten geben, ihn zu retten, nicht wahr? Immerhin wird Rose mir helfen können, an einem neuen Plan zu Evers Rettung zu arbeiten.

»Na gut. Entschieden und besiegelt.« Der Teufel nimmt seine Hand herunter.

Die Tragweite meiner Entscheidung wird mir soeben bewusst. Ich habe nichts erreicht, nein, nur mich, Rose und die Herzkönigin in etwa die schlimmste Lage gebracht, die man sich vorstellen kann. In Jasemins Palast. Als Sklaven. Als Gefangene. Langsam ebbt das Adrenalin in meinem Körper ab. Hinterlässt nichts als Eiseskälte in meinem Innersten und Schmerzen auf meinem Rücken. Dort, wo Jasemin mich gezeichnet hat.

»Bring mich schon zurück«, knurre ich, packe dabei meinen Rucksack. Vielleicht kann ich ihn unauffällig in der Besenkammer drapieren und später Spieglein anrufen … Langsam hebe ich meinen Blick von der Tasche bis zum Antlitz des Teufels, der verwegen grinst.

Eine Falle, flüstert mir meine innere Stimme zu. *Du bist in seine Falle getappt.* Noch bevor er es ausspricht, ahne ich es.

»Wer hätte gedacht, dass Rotkäppchen so unbedingt ihren roten Umhang behalten will und mir dafür ihren Liebsten überlässt. Aber bitte. Geh und nimm dein liebstes Cape mit.«

Mir wird schwindlig. Der Teufel hat mich reingelegt!

Nein!, will ich rufen, doch es ist zu spät. Der Teufel schnipst mit den Fingern. Seine Worte »Entschieden und besiegelt«, hallen in mir nach. O grausame Welt! Wie konntest du mir das nur antun. Das Cape, er hat mein Cape gemeint!

Wie angekündigt finde ich mich als Nächstes in der dunklen Wäschekammer wieder. Gegenüber von einem erstaunt wirkenden Jaz. Ich blinzle, taumle leicht. Das darf doch alles nicht wahr sein! Mein Rucksack samt rotem Cape fällt zu Boden. Reflexartig schiebe ich ihn unter ein Regal, so wie ich es geplant hatte. O Ever, mein Ever, was habe ich getan?

Jaz schlingt seine Arme um mich, stützt mich, bevor ich falle.

»Was war *das* denn?«, will er wissen. »Du warst verschwunden, nicht mehr als einen Herzschlag lang, aber immerhin, und jetzt … siehst du anders aus, ein wenig durch den Wind. Und du riechst irgendwie verräuchert.« Er schnuppert an mir. Mit »durch den Wind« muss er meine sicherlich verschmierte Mascara meinen.

Jaz, Jaz. Warum ist er so lieb zu mir? Ich bin nie lieb zu ihm. Dieses Mal auch aus gutem Grund! Er ist schuld an der Misere mit dem Teufel. Nur weil er in mein Leben getreten ist, habe ich die letzte Challenge verloren. Ich atme tief ein, will ihm meinen Hass vor die Füße werfen, wie er es verdient. Aber da werden mir zwei Dinge klar. Ich klebe an seiner Brust und verschmiere gerade die Mandalas auf seinem Körper. Sicherlich habe ich die Farbe damit schon großzügig auf meinem Bauch und Sklavenoutfit verteilt. Und zweitens: Laut Aussage des Teufels ist Jasemin auf dem Weg hierher, wird mich mit Jaz, der lediglich eine Boxershorts trägt und mich in den Armen hält, gleich entdecken und dann wird sie … sicherlich Schlimmeres mit mir und auch ihm anstellen als auspeitschen, da bin ich mir sicher. Sie wird annehmen, dass wir … nein, nein, nein, nein! Eilig rücke ich von Jaz ab und sehe mich in der Wäschekammer um.

Jaz fährt sich mit der Hand über die Haare. »Was hast du auf einmal?« Ein Schleier legt sich auf seine Augen.

Was ich habe? Eine Stinkwut im Bauch zum Beispiel. Fangen wir doch damit an!

Da höre ich Schritte. Pantoffelgeklapper. Aus einem Impuls heraus greife ich mir das einzig Nützliche in der Kammer.

Kapitel 22

~Rapunzel~

Snow stürmt ins Schloss wie eine Schneewehe. »Alle ins Kaminzimmer, sofort!«

Der Befehlston lässt Fear, die Asher gerade die Schnürsenkel bindet, genervt mit den Augen rollen. »Geht das auch etwas freundlicher?«

Snow hebt eine Augenbraue in der Art, wie nur sie es vermag. Als säße sie an der Spitze der Nahrungskette. »Bitte schieb sofort deinen Hintern ins Kaminzimmer, Hexe. Und was will die goldene Henne wieder hier?«, fragt sie die Gans, die gerade das Treppengeländer heruntersurft.

»Gans«, sagt sie, nachdem sie auf dem unteren Knauf des Ebenholzgeländers stoppt und das Gleichgewicht wiedererlangt hat. »Immer noch Goldene Gans für dich, Schneeweißchen.«

Asher hält sich eine Hand vor den Mund und kichert. »Snow hat *Hintern* gesagt!«

Nachdem Snow fertig damit ist, die Gans mit ihrem Todesblick in Grund und Boden zu starren, wendet sie sich Asher zu. »Snow sagt gleich noch viel schlimmere Sachen, wenn ihr nicht tut, was sie verlangt.«

»Schon gut«, murmelt Fear. »Und hör auf, von dir in der dritten Person zu sprechen. Das tun nur Irre und Diktatoren.«

Die Goldene Gans hustet. Dabei blähen sich ihre Wangen ziemlich niedlich auf, findet Rapunzel.

Im Kaminzimmer fegt Snow zuerst die Becher vom Tisch. Sofort erlangt sie damit auch die Aufmerksamkeit der allerletzten Hexe.

Die Goldene Gans flattert hektisch aus der Reichweite der Prinzessin. »Jasemin hat Red und Rose.« Mehr sagt sie nicht.

Alle starren sie an. Bis auf Gretel, Cinder und Pan, die mit ihr unterwegs waren und von diesen Neuigkeiten bereits wussten.

Rapunzel blinzelt. »Ich verstehe nicht, wie das passieren konnte. Red wollte doch in die Hölle …«

Snow unterbricht sie mit einigem Handgewedel. »Das tut nichts zur Sache. Sie wurden gesehen und das erklärt, warum Spieglein sie nicht aufspüren konnte. Jasemin muss sie von Technik und sämtlichen Spiegeln abgeschottet haben.«

»Also gibt es keinen konkreten Beweis?«, hakt Fear nach. »Und was ist mit der Herzkönigin?«

Asher klammert sich an sie. »Red ist in Gefahr? Stimmt das?«, fragt er ganz leise. »Und die Königin …?«

Seine Mutter tätschelt ihm den Kopf. »Das wird wieder.«

Snow sieht sie kalt an. »Spieglein versucht eine Möglichkeit zu finden, das zu klären. Aber wir müssen uns darauf vorbereiten. Es ist durchaus möglich. Ich halte es sogar für sehr wahrscheinlich. Was wir nun tun müssen, ist, einen Plan schmieden. Und zwar schnell. Es gibt keine Garantie dafür, dass Jasemin unsere Freundinnen lange am Leben lässt.«

Damit hat sie natürlich recht. Wenn man bedenkt, dass Jasemin vor wenigen Tagen beinahe Ever gehängt hätte … Rapunzels Hände zittern. Red und Rose …

Ihr wird kalt. Viel kälter als an diesem Morgen im Gerichtssaal.

Pain tritt ganz nah an sie heran. »Wir sollten Jasemin anrufen und mit ihr verhandeln.«

»Ähm, wir haben noch ein Problem.«

Wie vom Donner gerührt drehen sich alle zur Tür um. Dort steht Charming, das Gesicht rot, als sei er gerannt. »Die Dreizehnte Fee hat soeben die Prinzen entführt. Die anderen drei, meine ich.«

Rapunzel hält mitten in der Bewegung inne. Ihr linkes Augenlid zuckt. Auch das noch. Natürlich. Die Dreizehnte Fee. Wie konnten sie die nur vergessen?

Aber dieses Mal hat sie sich die Falschen ausgesucht. Nach einer kurzen Panik, die gewöhnlich immer auf Wörter wie »entführt« folgt, wird Rapunzel ganz ruhig.

»Das ist dein Problem, Charming. Deine Freunde, deine Aufgabe.«

Snow zögert, nickt dann allerdings zustimmend. »Charming, du wirst das übernehmen.«

Sehr praktisch.

Charming guckt reichlich blöd aus der Wäsche. »Ihr wollt euch nicht mit der Entführung eurer Ehemänner befassen?«

»Nein.« Snow schüttelt leicht den Kopf. »Wir haben Wichtigeres zu tun. Und ich bin es leid, ständig meinen Ehemann zu retten. Der nebenbei bemerkt so dämlich ist, sich schon wieder entführen zu lassen.«

»Prinzen«, seufzt Cinder.

»Hirnlose Nichtsnutze«, sagt Snow.

Rapunzel nickt heftig. »Es ist, wie Red immer sagt. Happy Ends lassen einen verdummen. Wahrscheinlich waren sie sogar zu versoffen, um sich zu wehren.« Sie überlegt einen Moment. »Na, die Dreizehnte Fee wird schnell genug von ihnen haben und sie wieder freilassen. Oder du stehst ihnen bei, Charming. Wie bereits erwähnt: Diese drei Vollidioten sind nun deine Verantwortung.«

Warum er auf einmal doch wieder als der Freund der Prinzen auftritt, ist ihr zwar schleierhaft, aber in Frau Holles Namen … Vielleicht kehrt er endlich wieder in seinen Alltag zurück und verwendet weniger Zeit darauf, Cinder zurückzuerobern. »Zeig doch einfach mal, was du von euren Videospielen gelernt hast«, mischt sich Cinder ein. »Geh auf eine Rettungsmission.«

Charmings Augen werden zuerst weich und danach groß wie Tennisbälle. Doch Cinders Mund verzieht sich zu einem sehr, sehr schmalen Lächeln.

»Ich werde diese Mission erfolgreich abschließen. Für dich! Danach werde ich wieder dein Held sein!«, sagt er mit pathetischem Unterton.

Cinder gluckst, legt den Kopf schief. »Aber sicher. Warst du es nicht immer, der mir gesagt hat, du müsstest diese Videospiele spielen, weil sie dich für den Ernstfall trainieren? Dann dürftest du inzwischen bestens vorbereitet sein.«

Charmings zaghaftes Lächeln erstirbt.

Touché, denkt Rapunzel.

~Red~

Die Tür wird aufgerissen und vor mir steht Jasemin, links und rechts flankiert von Aladin und seinem Flaschengeist mit dem Turban und dem komischen Ziegenbart. Der Teufel hatte recht. Wieso hat dieser Dreckskerl immer recht?

Geistesgegenwärtig schiebe ich mich hinter Jaz und lege ihm das Stück Wäscheleine, das ich mir eben gepackt habe, um den Hals. Bevor er reagieren kann, ziehe ich an den Enden der Leine, bis er nach Luft ringt. Armer Jaz. Aber ich habe keine Zeit, um ihm irgendetwas zu erklären. Nur ganz kurz flackert mein Blick in Richtung der Farbe, die nun überall an mir und nicht mehr an ihm klebt. Wie naiv ich doch war.

Jasemin blinzelt gegen die Dunkelheit in der Kammer an, erkennt gerade rechtzeitig, dass ich ihren Verlobten mit meiner Wäscheleine in den Würgegriff genommen habe. Ein Knurren entfährt ihrer Kehle.

Der Dschinn verschränkt die Hände vor der Brust, schüttelt dann ganz leicht den Kopf. Lediglich Aladin scheint verwirrt zu sein.

Schnaubend hebt Jasemin ihren Zeigefinger, deutet damit direkt auf meine Nase. »Red. Also doch. Und klüger wirst du auch nicht.«

Denkt sie vielleicht! Andererseits … nachdem, was ich mir in der Hölle geleistet habe, könnte sie wiederum recht haben.

Rapunzel

Wenig später, nachdem Gretel und die Goldene Gans Charming praktisch mit Gewalt vertrieben haben, versammeln sich alle um Snow herum. Zeit für das Telefonat mit Jasemin.

Der Facetime-Anruf startet. Es klingelt. Mehrfach. Jasemin nimmt nicht an.

»Warum geht sie nicht an ihr verdammtes Telefon?«, schreit Snow.

Niemand wagt, etwas dazu zu sagen. Hauptsächlich fragen sich wohl alle, was mit Red und Rose passiert ist. Wie konnte das geschehen?

An Ehemänner und andere Prinzen verschwendet hingegen niemand auch nur einen Gedanken, wie es scheint.

Rapunzel tippt mit den Fingerspitzen gegen ihren Oberschenkel. Sie braucht eine Verschnaufpause, hätte sie mehr als alles andere nötig. Dummerweise gönnt ihr das Leben nicht mal eine Mittagspause.

»Sollen wir einfach hinfahren? Jasemin zur Rede stellen?« Snow massiert sich mit geschlossenen Augen den Nasenrücken. »Nein, wir sollten überlegt vorgehen und nicht planlos irgendwo einfallen.«

»Hört, hört!«, sagt Fear.

Snow sieht sie böse an.

»Was habt ihr eigentlich bei Bane erreicht?«, fragt Pain.

Obwohl sie Snow dabei ansieht, antwortet Gretel: »Nichts, einfach nichts.«

»Na ja …«, meint Snow. »Sie hat uns schon eine Lösung angeboten, wie wir Ever wieder lebendig machen können.« Sie lässt ihren Blick von Fear zu Pain und letztendlich über Rexia gleiten.

Ein Ruck durchfährt Rexia. »Warum sagst du das nicht gleich? Lasst es uns tun, für Red.«

»Ja.« Rexia nickt heftig. »Was auch immer, wir müssen Red helfen. Ich würde alles tun, um ihr ihre Last abzunehmen.« Auf Snows Gesicht zeigt sich ein diabolisches Grinsen. »Ich hatte gehofft, dass du das sagen würdest …«

~Red~

Ich kann sehen, wie sich Jasemins Augen verengen. »Hör sofort auf mit dem Mist.«

»Nein«, entgegne ich der Königin des Morgenlands so gelassen wie möglich.

Jasemin seufzt. »Wirklich wahr? Das hatten wir doch schon, Red. Bettelst du etwa nach mehr Peitschenhieben? Vielleicht sollte ich auf fünfzig Hiebe erhöhen.«

Fünfzig würden mich töten. Und das weiß sie genau.

Hass spricht aus ihrem Blick und vermutlich ebenso aus meinem.

Jaz räuspert sich. Der Arme klingt derartig erstickt, dass ich den Strick um seinen Hals eine Winzigkeit lockere.

»Die Sache ist die«, sage ich, wobei ich mich bemühe, unbeeindruckt zu klingen. Als ob ich die Situation im Griff hätte. »Ich habe deinen Verlobten im Würgegriff und wenn du ihn lebend wiederhaben willst, machst du mir jetzt Platz. Du holst außerdem Rose und gibst mir die Herzkönigin. Sobald wir an der Stadtgrenze sind, lassen wir Jaz frei.« Zugegeben – etwas hoch gepokert, aber Jasemin scheint auf mein Ablenkungsmanöver hereinzufallen. Besser als Jaz und mich in flagranti zu erwischen und uns beide einzukerkern.

Jasemin lacht glockenhell. »Dein Humor hat mir immer am besten an dir gefallen, kleine Red. So schön bissig.«

Eine Sekunde später finde ich mich auf dem Bauch liegend im Flur wieder. Mit auf dem Rücken gefesselten Händen. Wütend starre ich nach oben. Wie ich diesen Flaschengeist hasse! Und Aladin. Warum ist er überhaupt auf Jasemins Seite? Nach allem, was geschehen ist? Muss er sie da nicht fast ebenso hassen wie ich?

Hinter den dreien stützt sich Jaz auf den Knien ab. Seine Augen suchen nach mir und ich erkenne, dass er versucht, seine Rolle zu spielen. Genau wie ich. Möglicherweise tut es ihm auch leid, dass er eben in der Kammer beinahe schwach geworden wäre und mich geküsst hätte. Aber immerhin. Vielleicht ist das ein Zeichen, dass er sich wieder an uns erinnert. Wenn ich einmal zu ihm durchdringen konnte, schaffe ich es ganz sicher ein zweites Mal. Jetzt brauche ich einfach eine weitere Gelegenheit dazu. Möglichst, bevor ich sterbe. Dann habe ich eine realistische Chance, das Verlorene Kind zurück in den Märchenwald zu bringen.

Immerhin scheint Jasemin keinen Verdacht zu hegen, was ihn angeht. Weder dass er unsere Geheimwaffe ist, noch dass er mich eben beinahe geküsst hätte. Wenn sie das mitbekommen hätte … Mit meiner Wäscheleine-Aktion habe ich womöglich ihm das erste Mal das Leben gerettet. Noch ungefähr zehn Mal und wir sind quitt.

Jemand reißt mich an meinen Fesseln nach oben, was mir beinahe die Arme auskugelt.

Aber um Jasemin kein Stück Befriedigung zu gönnen, verziehe ich keine Miene.

Immerhin achtet niemand mehr auf Jaz. Niemand ahnt etwas. Alle nehmen an, dass er das Opfer ist. Gut so. Besser, als Jasemins Zorn zu entfachen. Jaz meinetwegen sterben zu sehen will ich auch nicht. Obwohl es in mir kocht. Wegen Jaz habe ich die letzte Challenge gegen den Teufel verloren!

Deswegen werde ich ihn mir ein anderes Mal vorknöpfen. Irgendjemand muss schließlich die Verantwortung dafür tragen. Ich beiße mir auf die Lippen, spüre die trockenen Hautfetzen und jedes Fältchen darauf. Ich werde das Verlorene Kind zurück in den Märchenwald bringen und dann wird er schon sehen …

Sein Blick findet meinen. Jasemin sagt irgendetwas zu mir. Aber ich höre nicht hin. Es kann nichts anderes als eine Verhöhnung sein, nur kann mich das nicht mehr treffen. Nicht nach meiner Rückkehr direkt aus der Hölle.

»Nein«, sagt Jaz.

Ich blinzle, verstehe nicht, was er mir sagen will. Brauche ein paar Sekunden, um zu verstehen, dass er, obwohl er mich ansieht, mit Jasemin spricht.

»Töte sie erst bei unserer Hochzeit. Als Geschenk an mich. Ich werde die Axt führen.«

Meine Gesichtszüge entgleisen. Das meint er nicht so. Oder?

Jasemin setzt ein zufriedenes Lächeln auf. Hätte sie sich wahrscheinlich nicht besser wünschen können. Dennoch liegt eine Spur Unzufriedenheit in ihrem Lächeln.

»Noch lieber wäre mir ein anderes Geschenk.« Sie lässt ihren Blick über Jaz' Körper schweifen. Ganz langsam und anzüglich. Ihre

Augen gleiten Stück für Stück tiefer hinab. Von seinem Hals bis über seinen Oberkörper mit den goldenen und blauen Mandalas, die in der Region zwischen Brustbein und Bauchnabel deutlich verschmiert sind.

Kommt es mir bloß so vor oder verliert Jaz bei ihrem Blick etwas Farbe rund um seine Nase?

»Liebste. Darüber haben wir doch gesprochen. Dein Vater hätte gewollt, dass wir erst nach der Hochzeit das Bett teilen.«

Fast unmerklich huscht sein Blick zu mir. Wie übertrieben betont er seine Worte gewählt hat. So, als feilte er noch an dieser Rede oder hätte das nur für mich gesagt.

Bedeutet das, sie haben bisher keine Nacht miteinander verbracht? Aber was war gestern Abend in Jasemins Himmelbett?

Jasemins Lippen werden noch schmaler. »Du und deine Liebe für Traditionen.« Ihre Nackenmuskeln spannen sich an, dann wirft sie ihren Zopf über die Schulter.

Am liebsten würde ich weghören oder mir die Ohren zuhalten. Unglücklicherweise ist das in meiner Situation nicht möglich.

Warum müssen sie ihre Beziehungsprobleme vor mir ausbreiten? Habe ich heute noch nicht genug gelitten? Ich werfe Aladin einen Blick zu, hoffe, dass er mich weg von Jasemin führt, doch er starrt seine Ex nur wie benommen an.

In meinem Kopf versuche ich alles mit einem lauten »Lalalala« zu übertönen, aber so ganz gelingt es mir nicht. Daher kann ich nicht verhindern, dass Jasemins folgende Worte an mein Ohr dringen. »Wir werden es wie folgt machen: Du erhältst die Ehre, an unserem Hochzeitstag Red zu köpfen, dafür bestehe ich auf die Tradition der Brautentführung.«

Der was? Will ich das wissen? Erneut bete ich im Geiste darum, dass man mich in ein ruhiges Verlies bringen möge, doch meine Gebete verhallten ungehört.

Hinter mir atmet Aladin scharf ein. Sicher möchte er sich jetzt ebenfalls übergeben. Da wären wir schon mal zu zweit.

»Aber …«, beginnt Aladin, doch seine Ex fällt ihm ins Wort: »Ach bitte, wir zwei sind so was von fertig miteinander. Du hast hier nichts mehr zu melden. Vielleicht sind wir noch nicht geschieden. Wenn dir das zu lange dauert, könnte ich dir eine Exekution anbieten. Wäre deutlich schneller.«

Die beiden starren sich an.

»Vergiss niemals, wer ich bin«, sagt Jasemin in die Stille hinein. »Ich bin die Königin.«

Der Flaschengeist flackert. Möchte sich sicherlich gern in Luft auflösen.

Ich auch. Ich auch, Dschinni.

Etwas blitzt in der goldenen Schnalle an Jasemins Bikini auf. Moment mal. Ist das Spiegleins Gesicht? Ich blinzle. Ja, eindeutig. Spieglein hat mich gefunden! Hoffnung strömt wie eine Hitzewelle durch meine Adern. Spieglein.

»Könnte man mich jetzt endlich in mein Verlies bringen?«, sage ich recht nörgelig, damit es der Whistleblower in jedem Fall mitbekommt.

Niemand beachtet mich.

»Ich erkenne dich nicht wieder«, sagt Aladin, bevor er böse in Jaz' Augen stiert. »Dieser Kerl hat dich verhext.«

Ich pruste los. »Wenn, dann ist das wohl eher andersherum gelaufen.« Da jetzt sowieso alles egal ist, füge ich hinzu: »Jasemin hat den Feenzauberstab benutzt, um Jaz gefügig zu machen. Deshalb liebt er sie. Es ist alles eine Lüge.«

Aladins und Dschinnis Kopf drehen sich jeweils in meine Richtung.

»Du hältst dich wohl für sehr schlau«, presst Jasemin hervor.

Ich nicke heftig.

Jasemin grinst. »Nur ist es so, dass Jaz das längst weiß. Zu Anfang habe ich diesen *Trick* an ihm ausprobiert, das ist wahr«, gibt sie zu. »Aber seit über vierundzwanzig Stunden schon nicht mehr. Und siehe da: Jaz liebt mich trotzdem.«

Jaz nickt. »Wir haben darüber gesprochen. Gestern Abend. Es gibt nichts, wofür sie sich entschuldigen müsste.«

Jasemins Nase zuckt. »Natürlich nicht. Ich bin die Königin.«

Ich verdrehe die Augen. Und bescheiden ist sie dazu. Der Himmel stehe uns bei.

Jasemin sieht mich an. Häme und Abscheu springen ihr aus den Augen wie Funken. »Und Jaz liebt mich. Wie das Leben so spielt, nicht wahr? Endlich hat Jaz seine wahre Liebe gefunden und dafür musste er lediglich einen einzigen Frosch küssen.« Ihre Lippen zucken, werden dann ganz spitz.

Ach ja, vielen Dank auch. Mit ihren Anspielungen auf meine Liebe zu Jaz muss sie sich heute ganz hinten anstellen.

Außerdem gab es da ja noch Fear. Weiß Jasemin von diesem Frosch etwa nichts?

»Daher wird es kein Problem für Jaz sein, die Brautentführungstradition aufrechtzuerhalten. Meine Mutter, Großmutter und Urgroßmutter …«

Ich schalte ab. Was für ein Blödsinn. Sicherlich hat sie sich diese Geschichte nur ausgedacht. Diesen Brautentführungsquatsch mit ritterlicher Rettungsnummer hat sie doch aus dem Fernsehen. Aus diesem einen Film mit der Prinzessin, die ihren Bruder liebt und ihn mit der Entführungsnummer verführen will. Bäh, ich verziehe das Gesicht bei dem Gedanken an besagte Filmszene.

Jaz schaut ungefähr so glücklich drein wie eine hundertjährige Schildkröte, die als einzige ihrer Art noch am Leben ist. Armer kleiner Pirat. Oder ist das nur das Lampenfieber vor der Hochzeit? Ich betrachte ihn genauer. Ein Schweißfilm hat sich auf seiner Stirn gebildet und auf einmal vermeidet er es, mich anzusehen.

Ich ahne bereits Böses, als Jasemin mit einem Satz meinen Magen umstülpt.

»Sobald du mich gerettet hast, wird dein Preis eine Nacht mit mir in deinem Bett sein.« Sie versucht sich an einem unschuldigen Augenaufschlag, den ihr garantiert niemand in dieser Runde abkauft.

Plötzlich bin ich froh, seit dem Haferbrei heute Morgen nichts mehr gegessen zu haben.

Auch der Flaschengeist läuft eine Spur kotzgrün an, finde ich.

Stille breitet sich aus. In der Kammer und im gesamten Flur darum herum. Bis Aladin tief einatmet.

»Jasemin, ich bitte dich …«

Und da verstehe ich auf einmal, dass mir Aladin noch ein nützlicher Verbündeter sein könnte.

Ohne ihn wirklich anzusehen, bringt Jasemin Aladin mit einer Geste zum Schweigen, die sie sich hundertprozentig von Snow abgeschaut hat. Genauso gebieterisch bringt Snow Prinz Philip immer dazu, die Klappe zu halten.

Zu Jasemins Unmut bricht Jaz nach dieser Ankündigung nicht gerade in Begeisterungsstürme aus. Das zumindest lese ich an ihrer Gesichtsmimik ab.

Am liebsten würde ich ihr eine Bemerkung an den Kopf werfen, dass das ja kaum wahre Liebe und sicher nicht ihr Happy End sein kann.

Obwohl ich es nicht laut ausspreche, scheint sie es mir anzusehen.

»Ach, weißt du was, Schatz.« Sie richtet ihren Blick auf Jaz. »Warum ziehen wir die Hochzeit nicht vor? Wir könnten uns heute Abend verloben und morgen heiraten. Wäre das nicht fantastisch?«, gurrt sie.

Doch Jaz scheint wie erstarrt. Genau wie ich. Morgen schon? Das bedeutet wohl, dass ich morgen sterben werde.

Mein Mund klappt auf, doch Jasemin grinst mich süffisant an. »Ich weiß, meine Ideen sind immer die besten. Du brauchst mir nicht zu danken, Jaz, Liebling.«

Unfähig etwas zu erwidern starre ich die Königin des Morgenlands mit ihren aufgemalten Hamzas und Krönchen an.

»Wachen!«, bellt sie wie aus dem Nichts, sodass ich zusammenzucke. »Schafft mir dieses schmutzige Individuum aus den Augen! Sie soll im Turm bis zu meiner Hochzeit verrotten.«

Gastfreundschaft wird in ihrem Palast also mal wieder großgeschrieben. Ich fauche, als mich zwei Wachen packen, versuche mich allerdings so würdevoll wie möglich zu geben. Jasemin soll nicht denken, dass sie mich gebrochen hat.

Ein kleiner Funke Hoffnung stiehlt sich in meinen Hinterkopf. Spieglein. Spieglein hat mich gefunden …

Kapitel 23

~Snow~

Zum letzten Mal, ich bin keine Hexe!«, brüllt Snow die Dreizehnte Fee an.

Ihr Gesicht läuft langsam himbeerrot an, während die Dreizehnte Fee sich im Schneidersitz auf der Balustrade von Snows Balkon niedergelassen hat. Auf der anderen Seite der geschlossenen Fenster. Immerhin.

Gretel lacht schon die ganze Zeit über das Neon-Outfit der Fee und kann nicht damit aufhören.

»Bist du auf dem Weg zu einer Achtziger-Jahre-Bad-Taste-Party?« Sie deutet auf das leuchtend grüne Tutu, die schwarz-weiß gestreiften Ringelstrumpfhosen und die neonpinken Handschuhe. »Ich muss unbedingt ein Foto davon machen. Für Instagram. Du hast doch nichts dagegen?«

»Hmpf«, sagt die Fee.

Gretel kramt in ihrer riesigen Handtasche. Zieht erst eine Wagenladung Schokolade, Taschentücher und Notizblöcke heraus, bevor sie ihr Smartphone zu fassen bekommt.

»Und jetzt sag: neunundneunzig Luftballons.«

»Grmpfl«, sagt die Fee.

Aber das Foto ist schon gespeichert und in die Cloud geladen.

»Deine Mutter war eine Hexe und deine Großmutter«, fährt die Fee fort, wobei sie Gretel demonstrativ ignoriert. »Deine Tante ist eine sehr begabte Hexe. Flüstermagie ist eine starke Macht, wenn du verstehst.«

Snows Blick fällt auf die Dreizehnte Fee, worauf sie sich in Richtung Gretel beugt. »Falls du waffenfähiges Uran in deiner Handtasche hast … jetzt wäre der richtige Zeitpunkt.«

Gretel grinst, deutet ein Schulterzucken an. »Könnte sein, dass ich eine Nagelfeile und eine Steinschleuder hier drin habe.«

Snow sieht die Fee lange an, stößt schließlich ein Knurren aus, das sicherlich alle Bären im Umkreis in Unruhe versetzt. Verständnis hin oder her. »Du spinnst noch mehr als die Herzkönigin und die belegt darin praktisch die olympische Disziplin.«

»Mag sein. Gut, ich verliere langsam die Geduld mit dir, Nachwuchshexe. Du gibst mir jetzt sofort den Feenzauberstab zurück, dann lasse ich deinen Prinzen und seine Freunde frei.«

»Hahaha.« Snow legt den Kopf in den Nacken. Darum geht es der Fee bei diesem unerwarteten Besuch. »Wirklich witzig. Philip ist nun dein Problem. Beginnt schon langsam zu nerven, was? Vielleicht auch zu müffeln? Das ist die Videospiel-Sucht. Viel Spaß mit diesen Geldvernichtern.«

Die Fee sieht sie scharf an.

Aber in diesem Moment stürmt eine aufgeregte Cinder ins Esszimmer. Ihr pinkfarbener Lippenstift ist verwischt, als hätte eine Vierjährige versucht, sie zu schminken. Hinter ihr her stolpert Pan, dessen Lippen pink glänzen.

»Da sitzt ein riesiges Insekt auf dem … Oh.« Cinder hat die Fee nun auch entdeckt.

»Du brauchst endlich eine Brille«, sagt Snow vorwurfsvoll. »Und ja, ich weiß, dass wir Besuch von der Dreizehnten Fee haben. Stell dir vor, sie möchte gerne die Prinzen zurückgeben.«

Cinder lacht so herzlich, als hätte man ihr angeboten, Charmings Füße zu küssen.

»Nein, deshalb bin ich nicht hier«, beschwert sich die Dreizehnte Fee.

»Doch, bist du.« Snow verschränkt die Arme vor der Brust.

»Dir kann man einfach nicht vernünftig drohen«, beschwert sich die Fee. »Früher hätte es so was nicht gegeben.« Sie hebt einen Finger, mit dem sie herumwedelt. »Da hätten Prinzessinnen wie du noch angemessen vor mir gezittert.«

Snow kann nicht an sich halten und prustet los.

»Ich übersetze das mal«, schreitet Gretel ein. »Snow will ihr Happy End nicht zurück, also sieh du zu, wie du mit den Prinzen klarkommst. Falls du deinen Feenzauberstab zurückwillst: Da würde ich dir empfehlen, Jasemin zu bedrohen. Wäre im Endeffekt zielführender. Und falls du mal ein bisschen Farbe ins Gesicht bekommen willst, bei mir im Sonnenstudio gibt's gerade zweimal Sonnenbankbraten zum Preis von einem.«

Cinder nickt. »Gretel besitzt einen Assitoaster.«

»Den besten«, ergänzt Gretel.

Snow lacht immer noch. »Zielführender wäre eine Stilberatung bei dem Insekt.«

Das Gesicht der Fee färbt sich dunkelrot.

»Aber mal rein aus Interesse«, sagt Gretel. »Wann ungefähr hast du vor, die Prinzen wieder loszuwerden? Könnte sich auf die Börsenkurse auswirken, weißt du?«

Die Fee guckt noch verkniffener, sagt jedoch nichts.

»Wo hast du eigentlich die letzten Tage gesteckt?«, nimmt Snow den Faden wieder auf. »Beinahe hätte dich hier niemand vermisst.«

»Nee, das wäre schon nicht passiert«, sagt Gretel.

»Wir hätten uns irgendwie zusammengerissen«, meint Cinder generös. Die Fee deutet auf ihre Brust und fährt mit ihrer Hand nach oben bis zu ihrer riesigen neonbunten Haarschleife.

»Schönheitsschlaf. Muss ich mehr dazu sagen?«

Pan lacht schallend auf, klopft sich auf die Oberschenkel.

Nach ein paar wütenden Blicken, die sie auf Gretel und die Prinzessinnen abfeuert, wirft die Fee die Hände in die Luft. »Ach, euch ist einfach nicht mehr zu helfen.« Sie stößt sich von der Balkonbrüstung ab und flattert in der Luft. »Aber ich komme wieder und dann …«

»Ah!« Pan schlägt sich gegen die Stirn, als wäre ihm gerade etwas eingefallen. »Weißt du, wer endlich zurück ist, Snow? Der Kutscher! Und er will wissen, was wir mit der Kupplung seiner Kutsche angestellt haben. Die ist total durch.«

Er ignoriert die Fee vollkommen und die anderen tun es ihm nach. »Insgesamt sind fast alle Bediensteten zurück. Vollkommen geheilt. Rapunzel und Pain scheinen ganze Arbeit geleistet zu haben. Wo stecken die beiden eigentlich? Und Rexia?« Pan sieht sich um, als könnten sich die drei unter den Sofakissen versteckt haben.

»Argh!«, schreit die Fee draußen vor dem Fenster. Aber niemand sieht hin. »Ich werde euch eure Happy Ends stehlen, hört ihr? Wegnehmen werde ich sie euch, darauf herumtrampeln, bis ihr mich anfleht, Erbarmen zu zeigen.«

»Bitte behalt meins einfach. Wer braucht schon ein Happy End?«, sagt Snow, ohne sie anzusehen.

»Ja total lame«, sagt Cinder, wobei sie ein wenig wie Pan klingt.

»So basic«, ergänzt Pan in seiner Jugendsprache.

Die Fee zupft an einem Neonhandschuh. »Ihr glaubt wohl, ihr seid wahnsinnig schlau, ihr Komiker, hm?«

»Nein, bloß schlauer als du«, sagt Snow.

~Red~

Nach kaum zehn Minuten in der Zelle im Turm schwitze ich erbärmlich. So muss sich Ever gefühlt haben, als Jasemin ihn vergangene Woche hier festgehalten hat. Weniger als eine Woche ist das erst her. Unglaublich. Mir erscheint es so, als wäre seither eine Ewigkeit vergangen. Eine Weile sitze ich an die Wand gelehnt da, dann spähe ich aus dem vergitterten Fenster. Draußen auf dem Innenhof erkenne ich Wachen, die einen riesigen Holzblock auf die Henkersbühne hieven. In dem Holzblock steckt eine Axt. Leider weiß ich nur zu gut, was das bedeutet. Direkt nach Jaz' und Jasemins Hochzeit soll ich also geköpft werden. Und dann ausgerechnet von ihm: Jaz! In meinem Magen rumort es. Ach, Jaz. Ach, Ever. Wie haben wir uns nur in diese absurde Situation hineinmanövrieren können?

Mit schmerzenden Gliedern schleppe ich mich in den Schatten, gleite an der Wand hinab bis auf den Steinboden. Ever ist tot, Jaz wird Jasemin heiraten und soll und wird mich vermutlich töten. Ironie des Schicksals. Shakespeare hätte sich kein besseres Drama für seine Theaterstücke ausdenken können. Ich lasse meinen Kopf in meine Handfläche sinken. Im Schatten kauere ich auf einem Ministrohhaufen. Hoffentlich beeilt sich Spieglein mit unserer Rettung. Ansonsten muss ich mir etwas einfallen lassen. Bloß was? Ich sehe nach draußen. Betrachte den Horizont über der Wüste, der sich rosarot färbt. Durchzogen von Blau. Jasemin will meinen Kopf. Vermutlich für ihre Andenkensammlung. Oder als Halskette oder für was weiß ich was. Und Jaz soll es tun. Mich köpfen. Aber das könnte er niemals, oder? Nein, ich glaube nicht daran. Dennoch, diese Hochzeit wird bereits morgen stattfinden. Und die Verlobung heute schon, ist womöglich bereits im Gange. In diesem Moment! Jaz und Jasemin. Auf einmal fällt es mir schwer zu schlucken.

Eine Maus steckt ihren Kopf durch ein Loch in der Wand, schnuppert und zieht sich dann sofort zurück.

Ich starre auf den Boden zwischen meinen nackten Füßen. Gehe in Gedanken immer wieder die letzte Challenge in der Hölle durch. Was hätte ich anders machen sollen?

»Red«, flüstert jemand.

Ich sehe mich um. War das … mein Name? Ich kneife ein Auge zu. Habe ich in so kurzer Zeit bereits Wahnvorstellungen entwickelt?

»Red.«

Da! Schon wieder.

»Herrjemine.« Vor mir materialisiert sich die Grinsekatze. »Selbst meine Großmutter begreift schneller als du.«

Die Grinsekatze ist zurück. Oder ist nie weggewesen … je nachdem.

»Die Herzkönigin.« Die Grinsekatze macht abgehackte Kopfbewegungen in Richtung meiner Zellentür. »Sie sitzt in der Zelle dir direkt gegenüber.«

Oh. Deshalb die Maus. Ich verstehe. Mein Hals juckt ganz entsetzlich und verlangt nach Wasser. Anstatt etwas zu sagen, röchle ich nur.

Die Katze trippelt von rechts nach links. Betrachtet mich wie einen Patienten im Krankenhaus. »Nein, dir ist definitiv nicht mehr zu helfen. Diese Ohrläppchenstraffung ist zwingend nötig«, empfiehlt sie mir.

»Hey, Red.« Dieses Mal erkenne ich ihre Stimme. Die Herzkönigin lockt mich und ich folge ihrem Ruf. Krabbele auf allen Vieren bis zur Tür, bevor ich mich dort mit etwas Mühe an der Wand hochziehe. Mein Rücken protestiert, aber ich blende diese Schmerzen aus. Genau genommen sind sie mir langsam so vertraut wie alte Freunde. Vorsichtig blinzle ich durch die Gitterstäbe, die auf Kopfhöhe wie ein Fenster in die Tür eingelassen sind. Im Flur ist niemand zu sehen. Nur mir gegenüber erspähe ich einen roten Haardutt durch die Gitterstäbe der Tür.

»Du lebst«, sage ich atemlos.

In derselben Sekunde springt mir die Grinsekatze auf die Schulter und flüstert mir ins Ohr: »Ich auch.«

Eigentlich hätte ich nicht gedacht, dass ich mich jemals so darüber freuen würde, die Herzkönigin zu sehen. Oder immerhin ihren Haardutt. Und darüber, dass sie lebt. Ich lächle, was an meinen rissigen Lippen Schmerzen nach sich zieht. Aber das ist mir egal.

»Ist sie noch an einem Stück?«, fragt die Königin.

Sofort weiß ich, dass sie nicht mit mir redet.

Etwas fiept. Vermutlich eine Maus.

»Du musst durstig sein«, flüstert die Königin. Warum auch immer fällt mir in diesem Moment ein, dass ihr Vorname Quinn ist. Der Teufel hat sie so genannt.

»Schon okay«, krächze ich. »Bekommt man hier jemals Wasser?«

Die Herzkönigin flucht, sagt danach lange nichts mehr. Ich lausche auf meinen Herzschlag und gleichzeitig auf Schritte im Flur. Versuche, meine Gedanken zu sortieren. »Konntest du Kontakt zu unseren Freunden aufnehmen?«, frage ich irgendwann.

»Nein«, gibt die Herzkönigin zu. »Aber ich kann etwas anderes für dich tun.«

Ich verstehe nicht, was sie meint.

Kurze Zeit später klettert ein Äffchen durch mein Fenster. Eine Plastikflasche zwischen Kinn und Brust geklemmt. Oha.

Dankbar nehme ich sie dem Affen ab, kraule kurz seinen Nacken, bevor ich das Wasser hinunterstürze. Dann wende ich mich wieder der Tür zu, lehne mich mit meinem Sklavenoutfit dagegen. Der Stoff bleibt an zwei Stellen an Splittern im Holz hängen. »Ich glaube, Spieglein hat uns gefunden.«

»Was?« Die Stimme der Herzkönigin klingt, als hätte sie sich verschluckt. »Erzähl mir alles. Alles, was in den letzten vierundzwanzig Stunden passiert ist.«

Ich erzähle ihr alles. Von Anfang an, seit wir getrennt wurden. Die Katze schnurrt und nickt an manchen Stellen, als sei sie dabei gewesen. Ich blinzle sie argwöhnisch an. Falls sie es war und mich nicht unterstützt hat, muss ich wirklich langsam darüber nachdenken, aus ihr einen Bettvorleger zu machen.

Es ist bereits weit nach Sonnenuntergang, als ich mit dem letzten Satz erkläre, wie ich in diese Zelle gelangt bin.

Die Herzkönigin seufzt. Irre ich mich oder klingt sie erstickt, so als hätte sie ein paar Tränen vergossen?

Ein bisschen verlegen drehe ich mich um, lehne mich mit dem Rücken gegen die Tür und erstarre. Auf dem Fenstersims hocken zwei Äffchen, eine zusammengerollte Schlange und darunter sitzen vier Mäuse und eine Ratte. Alle starren mich mit großen Augen an.

Die Herzkönigin hat doch nicht etwa …

»Sie wollten alle deine Geschichte hören«, schluchzt Quinn. »Ich hoffe …« Ein Hickser. »Das war in Ordnung für dich.«

Ja, ich meine, ist nun auch egal oder nicht?

»Kein Thema«, sage ich. Eigentlich wollte ich schon immer mal wie eine echte Prinzessin mit Tieren reden.

Eine der Mäuse putzt sich die Nase und der linke Affe neigt den Kopf bis fast auf seine Schulter. Zu niedlich. Aber ich muss mich zusammenreißen. Muss die richtigen Fragen stellen.

»Quinn … was haben sie mit dir –«

»Schhhh«, unterbricht mich die Herzkönigin. »Da kommt jemand.«

Ich lausche, höre jedoch nichts. Allerdings hinterfrage ich die Informationen der Herzkönigin ja generell selten, also entferne ich mich vorsichtshalber etwas von der Tür. Aus meiner Position (mit der Grinsekatze um die Schultern an die Wand gepresst) kann ich immer noch einen Teil des Flurs überblicken. Und dann höre ich tatsächlich Schritte. Wütende, männliche Schritte, die mehr stampfen als gehen.

Mit einem Fauchen löst sich die Katze in Luft auf. Grins' Gewicht verschwindet ebenso von meinen Schultern. Abgesprungen. Na, vielen Dank auch. Immer, wenn es brenzlig wird. Dieser egoistische Fußabtreter!

Die Schritte nähern sich. Ob das die Wachen sind, die mich zum Henkersplatz bringen sollen? Nein, das kann nicht sein, oder? Sie werden sich doch nicht umentschieden haben und mich heute um Mitternacht auf den Block legen und Jaz meinen Kopf abschlagen lassen? Mir wird heiß und kalt bei dem Gedanken.

Während ich im Geiste Verwünschungen ausstoße, wird meine Zellentür aus den Angeln gerissen. Wortwörtlich. Das Ding fliegt krachend und splitternd in den Flur. In der nun freigewordenen Öffnung steht ein mir sehr bekanntes Gesicht auf einem mir sehr bekannten Körper. Jaz. Jaz, der schnaubt wie ein Stier.

Bei seinem Anblick werden meine Augen groß und ich vergesse zu atmen.

Noch sagt er nichts, ringt nur nach Luft. Irre ich mich oder sind seine Augen dunkler als heute Nachmittag? Mehr schwarz als braun. Außer einer weiß-silbernen Pumphose trägt er nichts. Auch meine Zeichnungen nicht mehr. Sein Brustkorb bebt.

Kommt er, um mich zu retten oder um mich zu töten? Nichts an ihm verrät es mir. Ihn umschwirrt lediglich eine Aura voller Wut. Hinter mir ergreifen die Tiere die Flucht. Ich kann die Affen kreischen hören.

Immer noch sagt er kein Wort, überwindet aber die Distanz zu mir innerhalb eines Wimpernschlags. Benötigt dafür nicht mehr als zwei Sprünge.

Irgendwo in der Ecke faucht es. Wahrscheinlich die Katze … wirre Gedanken wirbeln in meinem Kopf umeinander.

Ich will etwas sagen, nein, fragen, doch da packt er mich. Seine Hand umfasst meinen Oberarm, bloß entgegen meinen Erwartungen zieht Jaz mich nicht aus der Zelle. Stattdessen drückt er mich mit dem Rücken gegen die Wand. Und das so heftig, dass mir die Luft aus der Lunge entweicht. In seinen Augen tobt ein wahrer Sturm. Was ist nur los? Habe ich ihm etwas getan? Warum starrt er mich derart böse an? Oder was ist das in seinen Augen?

Aber dann fällt mir wieder ein, dass er im Grunde schuld an meiner Lage ist. Verantwortlich für Evers andauernden todesähnlichen Zustand. Scharf atme ich ein, bedenke ihn mit einem Blick, aus dem ihm hoffentlich klar wird, was er mich mal kann.

Nur müssen wir an seiner Lernkurve womöglich noch arbeiten, denn er drückt sich einfach an mich und presst seine Lippen auf meine, als hätte ich ihn darum gebeten. Ist er von allen guten Geistern verlassen? Was für ein Idiot! Ich hole aus, schlage auf ihn ein, versuche ihn zu treten, aber er hält mich immer noch stoisch fest Rührt sich nicht, außer dass er mich immer drängender küsst. Was fällt ihm ein? Niemand hat das Recht …

»Ist Jaz bei dir?«, will die Herzkönigin wissen.

Leider kann ich gerade nicht antworten.

Ich versuche ihn zu kratzen, zu beißen, doch er weicht meinen Zähnen geschickt aus. Die Furchen, die meine Fingernägel auf seinem Rücken erzeugen, scheinen ihn nicht im Mindesten zu stören.

Langsam bekomme ich Panik. Das da ist immer noch Jaz. Aber irgendwie auch nicht. Eher ein Ding, das seine Hülle trägt. So überhaupt nicht auf meinen Widerstand reagiert. Es ist nicht Jaz, kann es nicht sein. Nicht der wahre Jaz.

»Mein Sohn ist bei dir, oder?« Die Stimme der Herzkönigin klingt immer aufgeregter. Eine Maus fiept.

»O nein. Red, hör mir zu. Hier ist irgendetwas faul. Es riecht nach Feenstaub.«

Nach Feenstaub … Und da wird mir plötzlich klar, was passiert sein muss.

Kapitel 24

~Rapunzel~

Wo seid ihr gewesen?«, begrüßt Snow Rapunzel, Rexia und Pain.

Die drei sehen sich an. »Rapunzel wollte ein Fotoshooting mit dem Mettigel machen für Instagram.« Als Snow stöhnt, beeilt sich Rexia hinzuzufügen: »Und wir wollten uns umhören, wie die Stimmung unter der Bevölkerung ist.«

»Aha«, sagt Snow, lehnt sich mit dem Rücken gegen das Treppengeländer in der Eingangshalle. »Und, wie ist das Bauern-Stimmungsbarometer?«

Rexia schürzt die Lippen. »Sei nicht immer so gemein, Königstochter.«

Auch Pain schaut jetzt böse drein, was Rapunzel zum Lächeln bringt. Furchtbar niedlich sieht das aus.

»Gut«, sagt Rapunzel letztendlich, wobei sie die Hände auf dem Rücken verschränkt und mit der Fußspitze auf den Boden tippt. »Nur gibt es da ein gewisses Gerücht, deinen Ehemann betreffend …«

»O bei allen Geißlein!«, schreit jemand aus dem Esszimmer. »Das ist ja noch viel widerwärtiger, als ich gedacht habe!«

Sofort rennen alle los, angelockt von Cinders Stimme.

Im Esszimmer stehen Pan, Gretel und Cinder vor dem runden Spiegel mit den aufwendigen Verzierungen.

»Uääh, ich kann nicht hinsehen«, beschwert sich Pan, hält sich dann den kompletten Unterarm vor die Augen.

Atemlos schaut nun auch Rapunzel in den Spiegel.

Zu sehen ist … nein, das muss ein Fehler sein. Ist das etwa Charming, der da die Dreizehnte Fee umarmt? Spieglein muss direkt aus der Behausung der Fee streamen. Die beiden befinden sich in einer düsteren Hütte. Ein Kessel raucht im Hintergrund. Charming und die Fee halten jeder ein Glas Sekt in der Hand. Die Fee kichert, schiebt sich die Neonschleife auf dem Kopf zurecht und spitzt die Lippen.

Charming beugt sich vor und küsst die Fee.

Nein! Rapunzel reißt Mund und Augen auf. Sie muss sich verguckt haben. Cinders Ex kann unmöglich dieses Insekt von einer bösen Fee *geküsst* haben!

»Auf Brüderschaft!«, jauchzt die Dreizehnte Fee glücklich.

Charming hebt sein Sektglas. »Auf unseren Deal!«

Der Stream muss einseitig sein, denn weder Charming noch die Fee können sie sehen, wird Rapunzel klar.

Betretenes Schweigen setzt in Snows Esszimmer ein.

Sowohl Rexia als auch Pain haben sich die Hände vors Gesicht geschlagen, sodass sie wie zwei der drei legendären Affen wirken, die nichts sagen und nichts sehen wollen.

Rapunzel kann es nicht fassen.

Neben ihr ist Cinder ganz grün angelaufen. Immerhin stützt Pan sie.

Gretel würgt.

Auf der anderen Seite setzt nun auch Stille ein.

»Gut, nun zeig mir, was wir vereinbart haben«, meint Charming irgendwann.

Die Fee nickt, wackelt kurz mit Augenbrauen und Hüften, bevor beide aus dem Bild verschwinden. Dafür erscheint Spiegleins Antlitz. Die Augen zu dunklen Bohnen verengt, knurrt er: »Dieser Verräter. Charming hat sich mit der Fee verbündet.«

Und wie! Und wie sie sich verbündet haben. Rapunzel unterdrückt ein Würgen beim Gedanken daran, was die beiden in diesem Augenblick wohl tun. Im Grunde ist es nur zu ihrem Besten, dass man das nicht mehr mitansehen kann.

Cinder schluchzt. »Das ist alles meine Schuld!«

»Nein, ist es nicht.« Pan legt ihr einen Arm um die Schultern, führt sie dann zu einem Ebenholzstuhl und redet beruhigend auf sie ein.

»Sie haben irgendeinen Deal ausgemacht. Hat jemand eine Ahnung, worum es dabei gehen könnte?« Spieglein mustert Rapunzel, Snow, Gretel und die Hexen der Reihe nach.

»Hm, hm.« Rapunzel tippt sich an die Lippen. Sofort hat sie die volle Aufmerksamkeit der Hexen. »Wir haben Charming gesagt, er solle sich darum kümmern, die Prinzen zu retten.«

Gretel schlägt sich eine Hand vor den Mund. »O du riesiges Lebkuchenhaus. Er wird doch nicht mit der Fee …«

Jetzt entweicht auch aus Snows Gesicht die gesunde Hautfarbe. »Hat jemand eine Badewanne für mich? Ich glaube, ich muss wirklich viel erbrechen.«

Aber Rapunzel schüttelt den Kopf. »Nein, habt ihr nicht zugehört? Charming sagte: Zeig mir, was wir vereinbart haben.«

Die anderen starren sie verständnislos an.

»Schluss damit«, durchbricht Snow die Stille. »Wir sollten uns zuerst um Reds und Rose' Rettung kümmern und danach um diesen Vollidioten Charming.«

Auch wieder wahr, denkt Rapunzel. *Das Wichtigste zuerst.*

~Red~

Meine Finger tasten nach einem losen Stein in der Wand, um damit auf Jaz einschlagen zu können. Aber natürlich finde ich keinen. Nichts, was ich als Waffe verwenden könnte. Er soll endlich aufhören, mich zu küssen, ja, mich zu verschlingen! Dieser veränderte Jaz ist total unheimlich. Einmal mehr verfluche ich Jasemin! Wenn ich sie und auch nur irgendetwas ansatzweise Spitzes in die Finger kriege ... Eine Nagelfeile würde mir reichen!

Langsam bekomme ich keine Luft mehr. So wie er sich an mich presst und mir allen Sauerstoff zum Atmen nimmt, werde ich in Kürze ohnmächtig werden, das ist sicher.

Nein, nein, nein! Das darf nicht auf diese Weise enden.

Als ich schon denke, ich ertrage diesen Druck auf meinem Brustkorb keine Sekunde länger, bevor meine Rippen brechen, lässt Jaz von mir ab, brüllt etwas. Ist das ein Schmerzensschrei?

Ich blinzle. Tränen verschleiern meine Sicht. Erst mit einiger Verzögerung erkenne ich die Grinsekatze, die sich in Jaz' Wade verbissen hat.

Der Kater! Nie wieder werde ich etwas gegen ihn sagen. Grin ist meine Rettung!

So schnell, wie es mir möglich ist, schiebe ich mich weg von Jaz, japse nach Luft. Dann stürme ich, ohne mich noch einmal zu Jaz umzudrehen, aus der Tür. Ich muss weg von ihm! Leider kann ich ihn nicht in der Zelle einsperren. Dafür hat er gesorgt. Und es bleibt keine Zeit, den Schlüssel für die Zelle der Herzkönigin zu suchen. Das werde ich auf später verschieben müssen.

»Quinn!«, rufe ich dennoch, als ich in den Flur schliddere. Meine Füße finden keinen Halt auf den glatten Steinen, auf denen sich Stroh und unidentifizierbare graubraune Krusten wie ein Flickenteppich ausbreiten.

»Red!« Die Herzkönigin scheint genauso außer Atem zu sein wie ich. »Es ist der Feenstaub. Jasemin hat ihn mit dem Feenzauberstab verhext. Damit er bei ihrem Brautentführungsspiel mitmacht. Am Abend vor ihrer Verlobung. Jasemin ist sich wirklich zu nichts zu schade.«

Eine Maus fiept bekräftigend.

So muss es sein.

»Versteck dich. Meine Freunde werden dich finden«, japst die Herzkönigin, doch ich rase schon weiter. Nach links in Richtung des Flurendes, in das eine Tür eingelassen ist, die mir Freiheit verspricht.

Aber bereits nach wenigen Schritten höre ich Jaz hinter mir. Erstaunlich schnell hat er sich erholt. Natürlich. Was habe ich erwartet?

Sofern das möglich ist, beschleunige ich meine Schritte noch mehr. Wage es nicht, mich umzudrehen. Viel zu schnell hat er mich eingeholt. Seine Hände umfassen meine Taille und schleudern mich nach rechts gegen die letzte Zellentür im Gang.

»Was ist los, Red?«, kreischt die Herzkönigin ein paar Türen entfernt. Sie braucht unbedingt einen Hocker, um das Türfenster erreichen zu können.

Der Aufprall raubt mir den Atem. Geradeso kann ich meinen Kopf davor schützen, gegen das Holz zu knallen.

»Jaz, bitte«, flehe ich ihn an, wobei ich mich zu ihm umdrehe. Obwohl ich weiß, dass er nicht er selbst ist. Jasemin hat ihn verhext. Gefügig gemacht, damit er ihren Entführer spielt. Mein Blick streift Jaz. Ihren wollüstigen Entführer allem Anschein nach.

Aber er scheint mich nicht mal zu hören. Stattdessen stößt er ein animalisches Knurren aus. Wieder presst er sich so eng an mich, dass kein Blatt Papier mehr zwischen uns passt, drängt mich gegen die Zellentür. Wo sind die Wachen, wenn man sie braucht? Und wo ist Jasemin? Was hat sie aus Jaz gemacht? Einen Neandertaler? Diese … spontan fallen mir keine Schimpfwörter für sie ein, die nicht entweder Hexen, Schlangen oder sonstige Lebewesen beleidigen würden.

»Ich liebe dich«, stöhnt Jaz an meinem Hals, dann beginnt er mich wieder wild zu küssen.

Als Antwort prügele ich mit meinen Fäusten auf seine Oberarme ein. Ich will das nicht. Er soll loslassen! Zu meinem absoluten Missfallen scheint ihm das überhaupt nichts auszumachen. Selbst durch meine Schläge ernte ich keine Reaktion.

Das ist ein Zauber, nichts als ein Zauber. Stumm flehe ich, dass man uns endlich die Wachen auf den Hals schicken möge. Das wäre mir lieber, als hier von Jaz und seiner Liebe erdrückt zu werden. Aus den Augenwinkeln bemerke ich, wie sich zwei Äffchen auf uns zubewegen. Ein wenig skeptische, aber dennoch neugierige Blicke aufgesetzt. Sicher schickt Quinn sie. Die beiden springen auf Jaz' Rücken, zerren dort an seinen Haaren. Nur wirkt Jaz nicht so, als würde er es registrieren.

Frustriert nehme ich all meinen Mut zusammen und donnere meine Stirn gegen seine. Doch das führt lediglich dazu, dass mir der Schmerz kurz meine Sehkraft raubt. Aua.

Jaz macht einfach weiter wie zuvor. Nichts deutet daraufhin, dass er soeben eine Kopfnuss von mir kassiert hat. Na großartig. Dieser dämliche Zauber. Gleich werde ich von ihm entweder erdrückt oder von seinen Küssen erstickt worden sein. Ich bekomme kaum noch Luft. Und nichts scheint seinen Liebestaumel stoppen zu können.

Bis die Tür aufgestoßen wird und direkt in seinem Kreuz landet.

»Jaz«, knurrt eine Stimme, die eindeutig Jasemin zugeordnet werden kann. Nie war ich froher, sie zu hören.

Endlich lässt Jaz von mir ab, wendet sich ihr zu. Ich sehe Verwirrung in seinen Augen aufblitzen. Er blickt wie wild zwischen mir und Jasemin hin und her.

Da steht sie, die Königin des Morgenlandes, flankiert von zwei Wachen. Auf der Haut trägt sie so etwas wie ein durchsichtiges Negligé, das nur an manchen Stellen die Sicht mithilfe von rosa Federn auf den Körper der Königin verdeckt.

Mir wird schlecht. So hatte sie also den Abend für sich und Jaz geplant.

Jaz – ihr Verlobter, bei dem Wort muss ich schlucken, wirkt immer noch verwirrt. Die Zeremonie muss vorüber sein, womit diese beiden offiziell verlobt sind. Was für einen Zauber hat sie benutzt? Falls es ein Wahre-Liebe-Zauber war, hat Jaz' Liebe zu mir wohl gesiegt. Schließlich ist er zu mir gerannt und nicht zu ihr. Der Gedanke lässt mich trotz allem das Kinn heben.

Ohne es wirklich überdacht zu haben, öffne ich den Mund. »Tja, da ist dein zauberhafter Plan wohl nach hinten losgegangen, was, Jasemin? Wahre Liebe siegt immer, wusstest du das nicht?«

Schon bevor ich ihren Blick auf mir spüre, merke ich, dass ich zu weit gegangen bin. Dass ich einen meiner Trümpfe leichtfertig ausgespielt habe.

»Du! Und wo sind eigentlich die Wachen?« Sie deutet mit dem kleinen Finger auf mich, schnaubt für mehrere Sekunden, sodass sich bereits eine unheilvolle Stille über den Gefangenentrakt legt. Lediglich die Herzkönigin hüstelt.

»Ich will ihren Kopf! Im Morgengrauen.« Jasemin funkelt mich an. »Auf einem Silbertablett.«

Oh. Sind ihr momentan nicht genug Zuschauer vor Ort oder hat sie Angst, in ihrem Outfit vor die Tür zu gehen? Und was haben alle Bösewichte nur immer mit Köpfen auf Silbertabletten? Stellt das einen inneren Zwang dar oder welches Trauma versuchen sie, mit diesem Wunsch zu verarbeiten? Ich verziehe den Mund. Erst danach wird mir das Ausmaß ihrer Worte bewusst. Sie wird mich töten lassen. In ein paar Stunden schon.

»Jaz, mein Liebster. Du wirst mir diesen kleinen Gefallen doch tun, nicht wahr?«

Jaz wirkt immer noch benebelt. Jasemin nimmt seine Hand. »Also ist es abgemacht.« Sie bedenkt ihn mit einem verführerischen Augenaufschlag. Dieses Biest!

Auf einen Fingerzeig von ihr packen mich ihre Leibwachen, schleifen mich in die nächstgelegene Zelle. Zwei Türen von Quinn entfernt. Ohne Umschweife werfen sie mich hinein. Sobald ich in der Zelle auf meinen Knien lande, höre ich Jasemin kichern.

»Das kannst du nicht machen!«, schreie ich. Zwar komme ich mir lächerlich vor, wie ich da von innen gegen die Tür hämmere und überhaupt wie klischeehaft ich mich aufführe, aber was bleibt mir sonst übrig? Meine Worte verhallen ungehört. Genau wie Jasemins und Jaz' Schritte. Dann fällt die Tür zum Flur ins Schloss.

Nein. Bei allen Haaren des Teufels, nein!

Die Herzkönigin ruft mir etwas zu, doch das Rauschen meiner eigenen Gedanken übertönt alles andere. Selbst das leidvolle Gejammere der Grinsekatze, die durch meine Zelle humpelt und offenbar von Jaz gemein getreten wurde.

Alles ist mir egal. Einfach alles.

Was soll ich bloß tun? Ich schlage auf die Steine unter mir, bis meine Handballen schmerzen. Träne um Träne rinnt über mein von Staub und Jaz' Küssen verschmiertes Gesicht. Das darf nicht sein. Ist etwa alles verloren? Ich, Jaz, der Krieg gegen das Morgenland? Ohne Jaz wird der Märchenwald untergehen. Ich habe versagt. Egal wie ich es drehe und wende, ich habe keine Ahnung. Kann nur darauf hoffen, dass meine Freunde mich retten.

Ein weiterer beunruhigender Gedanke schleicht sich in mein Bewusstsein: Wenn ich sterbe … wer wird dann Ever retten?

Die Herzkönigin redet auf mich ein, hat aber selbst keine Idee, wie sie mich hier herausholen soll. Die Wachen stehen im Flur und tragen die Schlüssel zu unseren Zellen am Hosenbund.

Ein Äffchen bringt mir eine kleine Flasche Wasser, doch mehr können die tierischen Freunde der Königin nicht für mich tun.

Ich wandere auf und ab, versuche durch den Stand des Mondes abzulesen, wie viel Uhr es ist. *Ever, mein Ever, ich vermisse dich so sehr!* Seufzend starre ich in den Nachthimmel. Wenn er wüsste, was mir seit seinem Tod alles passiert ist. Schließlich reibe ich mir über die Augen. Bis zu meiner Hinrichtung darf ich auf keinen Fall einschlafen, wird mir klar. Denn ich bin ganz allein in meiner Zelle. Der Fluch der Dreizehnten Fee könnte mich leicht noch vor meiner Hinrichtung erwischen und Jasemin den ganzen Spaß verderben …

Ein paar Stunden später, in denen ich abwechselnd im Kreis gelaufen bin und meditiert habe, finde ich mich von Wüstentieren und Affen umzingelt in meiner Zelle wieder. Im Schneidersitz. Ein Papagei sitzt auf meinem rechten Knie.

Ich lasse den Kopf wieder sinken. Das muss ein Traum sein. Genau wie der von gestern. Von Jaz, mir, einer zerborstenen Zellentür und einer halbnackten Jasemin, die meinen Kopf will. Abgetrennt von meinem restlichen Körper.

Ein Affe zieht an meinem Ohrläppchen. Ich reibe mir über die Augen. Nein. Kein Traum.

»Quinn!«, brülle ich. »Was machen deine Tiere bei mir?«

»Dich aufmuntern«, schallt es sofort aus Quinns Zelle. »Und dir dein Frühstück bringen.«

Die Affen halten mir eine Banane und eine Flasche Wasser vor die Nase.

»Danke«, murmle ich, bevor ich alles nehme und mich aufsetze. »Das Frühstück wird mir nur nichts nützen, wenn ich gleich kopflos in Jasemins Innenhof liege.«

Leider helfen mir die mitleidigen Blicke der Tiere ebenfalls kein Stück weiter, während ich das Wasser hinunterstürze. Die Banane rühre ich nicht an, breche sie dagegen in zwei Hälften und reiche sie den Affen. Mein Hals fühlt sich an, als könnte er nie wieder Essen hinunterwürgen. Vielleicht muss er das auch nicht mehr. Nie wieder …

Mein Blick fällt auf den Papagei. »Könntest du die Tiere nicht losschicken, um Nachrichten für uns in den Märchenwald zu schmuggeln?«

»Tut mir leid, Red. Der Weg ist zu weit für einen der Papageien und ich habe noch keine Möglichkeit gefunden, wie eins der Tiere an Papier und Stift herankommt. Anscheinend Mangelware in diesem Palast.«

Ich lasse den Kopf sinken. Natürlich. Wäre auch zu schön gewesen.

Die Zeit bis zu meinem allerletzten Termin auf Erden vergeht viel zu schnell. Meiner Exekution.

Die Sonne erhellt die Welt um mich herum immer mehr, während ich in ein bodenloses schwarzes Loch zu sinken scheine.

Wie konnte das alles nur passieren? Ich lasse die letzten Wochen vor meinem inneren Auge Revue passieren. Was hätte ich anders machen können? Außer nicht so gemein zu Jaz zu sein, fällt mir spontan nichts ein.

Ach, Ever, wenn du doch jetzt bei mir wärst.

Eine Weile rüttele ich an der Tür, untersuche die Wände nach losen Steinen, mit denen ich die Wachen ausschalten könnte, doch ich finde nichts, was mir nützt. Aber kampflos aufgeben werde ich nicht.

»Uns wird etwas einfallen«, versucht mich die Herzkönigin aufzumuntern. »Irgendeine Chance wird sich ergeben und du wirst sie nutzen. Ich bin mir ganz sicher.«

Irgendwann kommen sie. Öffnen meine Zellentür und nehmen mich schweigend mit. Ich erlebe alles wie in Trance, antworte nicht mal der schreienden Herzkönigin, die die Wachen zum Teufel wünscht. Kurz denke ich an den Herrscher über die Unterwelt, der vermutlich gerade Popcorn essend an seinem Schreibtisch sitzt und uns über seinen magischen Bildschirm zusieht. Vielleicht schreibt er irgendwann ein Buch über mich und mein Schicksal. Der Gedanke lässt meinen linken Mundwinkel zucken. Erste-Reihe-Karten hätte er ja.

Eine der Mäuse flitzt immer wieder durch meine Beine, während wir den Turm hinabsteigen. Immerhin sie wird mir beistehen. So scheint es jedenfalls.

Auf der Plattform im Hof erwarten mich bereits Jasemin und Jaz. Beide mit golden und blau bemalten Oberkörpern. Sie stecken in weißen, durchsichtigen Gewändern. Ihre Hochzeitstracht. Es ist exakt das Kleid, das Jasemin uns gestern noch im Spa-Bereich vorgeführt hat. Die Wachen schleppen mich durch die Menge auf das Brautpaar zu. Menschen, die mich nicht kennen, beschimpfen und bespucken mich. Manche bewerfen mich mit Sand oder faulen Datteln.

Ich nehme es kaum wahr. Die ganze Zeit über starre ich nur Jaz an. Er scheint wieder ganz der Alte zu sein. Kein wirres Funkeln blitzt mehr in seinen Augen. Stocksteif steht er da. Breitbeinig, mit einer Axt in den Händen.

O Ever, steh mir bei!

Jasemin lächelt. Als hätte man sie soeben zur Siegerin im Wettstreit um Jaz erklärt. Der Anblick lässt mich die Lippen aufeinanderpressen. Mein Magen verkrampft sich. Dieses Biest!

Also wird Jaz mich tatsächlich töten. Wie kann Jasemin nur? Wie kann *er* nur? Nach allem, was zwischen uns war? Meine Zähne reiben knirschend aufeinander, doch ansonsten schaltet mein Kopf auf Autopiloten. Sie soll mich nicht für schwach halten. Also schüttele ich die Arme der Wachen ab und schreite hoch erhobenen Hauptes vor ihnen her.

Zu meinen Füßen fiept das Mäuschen bekräftigend.

Zunächst beäugen mich die Wachen misstrauisch, lassen mich aber gewähren. Mit einer Hand an ihren jeweiligen Säbeln flankieren sie mich. Als würde ich gleich mit meinen nichtvorhandenen Karate-Moves über sie herfallen.

Meine Füße erklimmen die hölzerne Bühne, wo mir ein kleiner Mann in der Uniform eines Priesters eine Münze in die Hand drückt.

»Bezahle deinen Henker, wie es Brauch ist, und sprich ihn von seiner Schuld an deinem Tod frei.«

Was? Ungläubig starre ich ihn an. Für eine Sekunde gerät meine hoheitsvolle Maske ins Wanken. Von einem derartigen Brauch habe ich nie gehört.

»Das ist so üblich. Tu es einfach.«

Ich soll also … Nachdem ich einmal tief eingeatmet habe, drehe ich mich zu Jaz um, gehe ganz langsam auf ihn zu. Direkt vor ihm bleibe ich stehen, hebe den Kopf.

Lange stehen wir so da und betrachten einander.

Zittert sein Kinn etwa eine Spur?

Die Menge um uns herum scheint den Atem anzuhalten. Dann fliegt eine Dattel knapp an meinem rechten Ohr vorbei.

Am liebsten würde ich ihn anspucken. Innerlich verfluche ich den Tag, an dem wir uns begegnet sind. An dem sich unsere

Schicksalsfäden miteinander verwoben haben. Nun ist alles zu spät für mich.

Als ich mich vorbeuge, ihm noch näher komme, vielleicht um ihn anzuspucken, ich weiß es nicht genau, schnalzt Jasemin mit der Zunge.

»Na, na, Red. Jetzt nicht den Kopf verlieren.« Sie hält sich wohl für sehr witzig.

Ich beachte sie nicht, sehe nur Jaz an.

»Ich vergebe dir«, sage ich kalt, hebe die Hand mit der Münze auf Augenhöhe und lasse sie dann vor seine Füße fallen.

Ohne seine Reaktion abzuwarten, drehe ich mich um.

»Du überhebliches Miststück«, knurrt Jasemin.

Sie stürzt auf mich zu, zerrt mich mit Gewalt auf den Richterblock. Ich keuche überrascht auf, als sie sich praktisch auf mich wirft, um mich zu Boden zu ringen. Ganz ohne jegliche königliche Anmut.

»Jetzt, Jaz, töte sie jetzt!« Jasemin drückt meinen Kopf auf den Holzblock.

Obwohl ich es mir verboten habe, schluchze ich. Tränen rinnen mir aus den inneren Augenwinkeln. Jetzt ist alles zu spät.

Hälse recken sich im Publikum.

»Jaz!«, kreischt Jasemin. »Jetzt!«

Kapitel 25

Jaz!«, wiederholt Jasemin.

Ich kann hören, wie Jaz einatmet. Wie er hinter mich tritt. Obwohl ich ihn nicht sehen kann, erahne ich seine Mimik und typischen Gesten, wie er sich zuerst über die Haare und dann über das Kinn fährt, mich mit den Augen fixiert … Als Nächstes meine ich zu hören, wie er ausholt. Tatsächlich saust eine Klinge durch die Luft.

Ich kneife die Augen zusammen. Jetzt ist alles zu spät.

»Nein!«

Was? Hat Jaz etwa Nein gerufen?

Die Klinge trifft etwas, aber es ist nicht mein Hals. Dem Himmel sei Dank.

Wieder kreischt Jasemin, doch dieses Mal hört es sich anders an. Sie lässt mich los und sofort springe ich auf.

»Komm!«, sagt Jaz und nimmt meine Hand.

Neben mir erscheint die Grinsekatze wie aus dem Nichts. »Jetzt, Quinn!«, ruft sie.

Ich verstehe immer noch nichts. Nur, dass Jaz … ich sehe mich um … offensichtlich Jasemins Kleid mit der Axt auf dem Boden festgepinnt hat.

Von überall her strömen Tiere auf die Bühne. Sofort geht mir auf, was los ist. Quinns Armee. Das Publikum kreischt, stöhnt und jammert, dann stürzen alle durcheinander. Schlangen, Skorpione und Mäuse bahnen sich ihre Wege zwischen den Füßen der Menschen hindurch. Die Papageien stürzen sich gezielt auf die Wachen, picken nach ihren Augen. Absoluter Ausnahmezustand bricht aus.

»Du!«, kreischt Jasemin. »Ihr!«, verbessert sie sich zugleich. »Das werdet ihr mir büßen.«

»Werden wir nicht«, sagt Jaz ruhig. Seine Finger verschränken sich mit meinen. »Es tut mir leid, dass ich hierherkam und dich ausgenutzt habe, Jasemin. Ich musste es tun, um meine große Liebe zu retten. Red.« Er schenkt mir einen warmen Blick, hält meine Hand vor seinen Mund und küsst sie. »Es war immer nur Red.«

In meinem Kopf dreht sich alles, doch mein Magen wärmt sich wie von einem Lagerfeuer. Er hat Jasemin getäuscht, um mir zu helfen? Obwohl ich ihn nach Evers Tod so gemein behandelt habe? Er hat also alles gespielt? Seine Liebe zu Jasemin? Aber wieso? Hat er geahnt, dass sie mich gefangen nehmen würde? Leider bleibt keine Zeit für Erklärungen und ich kann nicht weiter darüber nachdenken, denn schon zieht mich Jaz die Stufen nach unten, durch die aufgewühlte Menge hindurch in Richtung des Palasttors.

Hinter uns zetert Jasemin. Wünscht uns alles Pech und sämtliche Krankheiten an den Hals, die alle vier Länder derzeit zu bieten haben. Selbst Haarausfall. Aber ich lächle komischerweise. Jaz hat sie die ganze Zeit ausgetrickst. Okay, abgesehen von gestern Abend vermutlich.

Schnell wird mir das nächste Problem klar. Wohin sollen wir fliehen? Sie werden uns einholen. Und ich kann Rose nirgends entdecken. Immerhin sehe ich, wie die Herzkönigin auf uns zueilt, sich ihren Weg durch die Menge bahnt – begleitet von der Grinsekatze, die einen Bund Schlüssel als Haarschmuck trägt. Sie sind frei und bei mir. Wie um alles in der Welt haben die zwei das bewerkstelligt? Aber Rose ist nicht hier. Außerdem habe ich den Feenzauberstab noch nicht …

Bevor ich den Gedanken ganz zu Ende geführt habe, rempelt mich jemand an. Nein, nicht jemand, sondern ein echter Stier! Jaz' Hand wird aus meiner gerissen. Mit großen Augen rutsche ich über das Kopfsteinpflaster, überschlage mich beinahe und bleibe genau unter dem Stadttor ausgestreckt liegen. Eine Bö weht mir Sand in meinen Kragen. Der Stier verwandelt sich! Dschinni. Es ist Dschinni. Natürlich. Im Prinzip kann er dank Wunschmagie jede Gestalt annehmen.

Wie von Zauberhand erscheint ein Speer in der Hand des Flaschengeists.

»Töte sie«, rufen Jasemin und Aladin wie aus einem Mund. Die beiden sind wirklich wie füreinander geschaffen.

Auf Händen und Füßen rutsche ich rückwärts. Immer weiter in die Sandwüste, die sich direkt vor dem Tor erstreckt. O nein, meine Fußfessel! Vor Schreck halte ich inne. An sie habe ich gar nicht gedacht! Erst da erkenne ich das Dilemma, in dem ich stecke. Entweder wird sie mich grillen oder ein Flaschengeist durchbohrt mich. Toll. Welche Art zu sterben soll ich wählen?

»Nein!«, schreit Jaz, aber Aladin hält ihn mit einem zweischneidigen Kurzschwert in Schach, das er ihm an die Kehle drückt.

Also werde ich doch noch sterben, nur eben nicht durch Jaz' Hand. Die Frage ist bloß, was mich zuerst tötet. Ich krieche rückwärts. Schließe die Augen. Bitte, bitte, wir brauchen ein Wunder! Nicht jetzt, wo wir Jasemin entwischen konnten.

Sekunden später bebt die Erde. Komischerweise verstehe ich sofort, was das ist. Es kann nur eines bedeuten.

Und tatsächlich: Ein Sandwurm schießt neben mir aus der Erde, spritzt Sand in alle Richtungen. Doch das ist nicht alles. Hinter ihm her krabbeln sechs kleine Sandwürmer. Merkwürdig deformierte Sandwürmer.

Der große stürzt sich, ohne Fragen zu stellen, auf den Flaschengeist. Mit ausgefahrenem Maul. Dem typisch reisrunden Maul voller Zähne.

Die kleinen Würmer dagegen quieken verzückt. Seine Jungen, es müssen noch Babys sein. Mir fällt auf, dass sie komischerweise kleine Hörner auf dem Kopf tragen und außerdem schwarzes Fell wie das eines Labradors … o bei den Schwarzfelsen. Das sind Mischlinge! Die Kinder von Pyra, dem Pyranthocorn aus Wonderland und einem Sandwurm! Snow hat davon gesprochen, dass sich die beiden verliebt haben. Ich kann mein Glück kaum fassen.

Etwas saust heran. Reflexartig drehe ich mich in die Richtung des Geräuschs und erstarre. Nein! Es ist Rose. Auf einem minikleinen fliegenden Teppich, der wie in der Wäsche eingelaufen wirkt. Wahnsinn. Wo hat sie den nur her? Aber ich habe keine Zeit, Fragen zu stellen, denn der Teppich bremst kurz vor mir ab.

Keuchend streckt mir meine beste Freundin eine Hand entgegen. »Ich weiß. Jasemin sollte endlich mal lernen, die Dinger besser vor uns zu verstecken. Leider habe ich keinen größeren gefunden.«

Ich zögere. Die Herzkönigin spurtet heran. Auf ihrem Kopf thront die Grinsekatze. Gemeinsam hechten sie auf den fliegenden Teppich, der damit voll besetzt ist. »Spring auf meinen Schoß!«, schreit die Königin mich an.

Gleichzeitig brüllt Jasemin etwas. Sie hat uns fast erreicht.

»Aber Jaz«, sage ich.

»Geh«, ruft Jaz. »Flieh. Ich komme schon klar.«

Tut er nicht. Eine Lüge – und wir beide wissen es. Dennoch lasse ich mich von Rose auf den Teppich ziehen. Halt, nein, damit ist das letzte Problem noch nicht gelöst. »Moment!«, rufe ich. »Unsere Fußfesseln!«

»Ach, verdammt.« Soeben hat auch Rose unseren Denkfehler bemerkt.

»Was?« Die Herzkönigin betrachtet uns, ihre Blicke gleiten in Richtung meines Knöchels. »Tiefer. Senk den Teppich«, fordert sie. Im Gegensatz zu uns trägt sie keine Fußfessel aus Morgenland, nur die der Jäger. Jasemin muss geglaubt haben, es würde ausreichen, die Mini-Königin in eine Zelle zu sperren.

Rose und ich sehen uns an. Ihre Haare kleben in verschwitzten Strähnen an ihrer Stirn. Rose streicht sie sich aus den Augen und tut dann, was die Herzkönigin verlangt hat. Sobald ihr Fuß, der über dem Teppichrand baumelt, den Sand berührt, stürzen sich die Babymonster auf uns.

»Keine Angst«, befiehlt die Herzkönigin.

Gerade so kann ich mir einen Aufschrei verkneifen, als sich die Mischlinge auf meinen Knöchel stürzen. Trotzdem verstehe ich. Und es funktioniert. Mit ihren Sandwurmzähnen beißen sie meine und Rose' Fußfesseln ab. Unsere Haut verschonen sie dagegen. Ganz wie Quinn sie darum gebeten haben muss.

Trotzdem. »Hättest du uns nicht vorwarnen können?«

»Keine Zeit«, sagt Quinn. »Und jetzt kommt.«

Irgendwo hat sie recht. Jasemin stürzt auf uns zu.

Gleichzeitig bemerke ich etwas, das durch die Luft in unsere Richtung rast. Zwei Gestalten. Pan und Cinder! Oh, was …?

»Da seid ihr ja!« Cinder strahlt. »Habe ich mir's doch gedacht, dass ihr auch ohne unsere Hilfe entkommt.«

Ich erkenne meine Chance. »Pan!«, schreie ich. »Gib mir Cinder und rette Jaz. Bitte!«

Die beiden verstummen. Cinder sieht Pan an und nickt. In Windeseile setze ich mich auf Quinns Schoß und ziehe Cinder auf Roses, sobald Pan auf unserer Höhe schwebt. »Los, los, los!«

Das lässt sich Pan nicht zweimal sagen. Den Ernst unserer Lage scheint er erfasst zu haben. Wie eine Gewehrkugel schießt er auf Aladin und Jaz zu.

Dagegen kommt unser Teppich nur langsam voran. Aber immerhin.

»Weg da, Aladin, ihr habt verloren.« Pan zückt seinen Dolch und fummelt an seinem Feenstaubbeutel herum.

Gut so, denke ich mir. Tatsächlich niest Aladin, sobald ihn der Feenstaub trifft, was Jaz nutzt, um ihm den Ellenbogen ins Gesicht zu rammen.

»Aladin!« Jasemin erreicht ihren Noch-Ehemann und stützt ihn im selben Augenblick, in dem Jaz losstürmt, Pans Hand packt und sich von ihm nach oben ziehen lässt. Pan packt ihn und hält ihn wie eben Cinder unter sich. Gemeinsam fliegen sie uns hinterher. Pan und Jaz. Zunächst schüttle ich den Kopf. Die beiden ewigen Widersacher. Mein Herz wird ganz weich bei diesem Anblick. Ich verkneife mir ein Schniefen. Mein Hals fühlt sich schon ganz starr an, so sehr muss ich mich verrenken, um die beiden im Blick zu behalten, während wir fliegen.

»Juhu!« Cinder jubelt, leider etwas zu sehr. Sie will Pan ein Luft High Five zuwerfen, verliert dabei jedoch das Gleichgewicht.

Nein, nein, nein. Nicht jetzt, wo wir gerade entkommen sind! Verzweifelt versuche ich nach ihr zu greifen, erwische aber nur ihren Ärmel. Ungefähr zwei Sekunden baumelt sie unter uns, dann ratscht der Stoff.

»Runter!«, schreie ich Rose an und sie folgt dem Befehl. Nach unten – oder Cinder überlebt diesen Sturz nicht. Blöderweise rauschen Aladin und Jasemin auf einem Stier auf uns zu. Die beiden haben sich erstaunlich schnell erholt. Kämpfen Seite an Seite gegen uns, wie es scheint.

Ich kann Cinder nicht mehr halten. Außerdem reißt die Naht nun endgültig. Sie fällt. Glücklicherweise nicht viel mehr als ein Stockwerk tief.

»Verdammt!«, fluche ich.

»Cinder!« Pan fliegt auf uns zu.

Glücklicherweise rollt Cinder sich geschickt ab. So wie sie es bei ihrem Krav-Maga-Training oft übt.

Aus Richtung Morgenland schwirrt noch etwas auf uns zu, wie ich registriere. Ein riesiges Insekt. Ich halte die Luft an. Die Dreizehnte Fee! Und sie trägt Charming auf dem Rücken. Charming? Was in aller Welt? Habe ich etwas verpasst?

»Ihr!«, schreit Jasemin.

Meine Aufmerksamkeit konzentriert sich in einer Art böser Vorahnung auf sie. Um die Fee muss ich mich später kümmern. Hoffentlich tauchen keine weiteren ungebetenen Gäste auf. Das nimmt wirklich überhand.

»Ja, flieht nur, ich werde euch trotzdem vernichten. Und zuallererst werde ich diesen Tölpel töten. Ihr habt es nicht anders verdient.« Jasemin zieht etwas aus der Satteltasche des Stiers. Ja, der trägt tatsächlich einen Sattel. Mit Tasche. Dschinni ist gut. Das muss man ihm lassen.

Bei dem Anblick beginnen meine Gedanken zu rasen. Diese verrückte Königin! Ich ahne Böses.

Und in der Tat. Sie deutet mit dem Feenzauberstab auf Cinder, die sich unter mir aufrappelt. Ich will nach ihr greifen, sie zurück auf den Fußabtreter ziehen, doch Jasemin konzentriert sich wieder auf mich, worauf unser Teppich nach hinten geschleudert wird. Krampfhaft klammere ich mich an der Seite fest.

»Cinder wird mein erstes Opfer sein«, verkündet Jasemin. Ihr Gesicht ist wutverzerrt. Sicherlich brennt sie innerlich vor lauter Scham, dass Jaz ihr die ganze Zeit etwas vorgespielt und nun mich gewählt hat. Irgendeine Zelle in meinem Körper empfindet gerade Mitleid mit ihr. Aber nur eine ganz kleine. »Ich glaube, in zwanzig Scheiben geschnitten würde sie mir besser gefallen als in ihrem aktuellen Zustand. Wäre auch pflegeleichter.«

Wir alle brüllen und schreien durcheinander. Ich kann nicht fassen, dass Jasemin Cinder vor unseren Augen töten will.

Warum tut denn niemand was? Warum tue ich nichts?

Jasemin holt mit dem Feenzauberstab aus. Ihre Begleiter scheinen den Atem anzuhalten. Aber die Königin des Morgenlandes hat nicht mit Prinz Charming gerechnet, der ihr in Sachen Verrücktheit durchaus das Wasser reichen kann. Charming, der immer noch auf der Dreizehnten Fee thront wie auf einem Drachen, holt aus und wirft sein Schwert in Richtung Jasemin.

»Finger weg von meiner Frau«, kreischt er dabei in die Stille hinein, die sich in unserer panischen Erwartung von Cinders Tod um uns gelegt hat Das Schwert saust durch die Luft und durchbohrt die Königin des Morgenlands mitten in der Brust, genau in dem Moment, als sie den Feenzauberstab nach vorn schwingen will.

Wir alle verstummen. Ich fasse es nicht.

Blut schießt aus der Wunde, tränkt den weißen Stoff ihres Kleides und verwischt die Farbe auf ihrer Haut.

Wie betäubt starrt sie an sich hinab. Der Feenzauberstab entgleitet ihren Fingern.

Aladin, der um Haaresbreite dem Schwert entgangen ist, beugte sich zur Seite und übergibt sich. Gemeinsam mit Jasemin rutscht er Sekunden danach von seinem Stier. Sie starren sich an. Immer noch ist es totenstill. Der Stier verwandelt sich zurück, steht ganz teilnahmslos neben Aladin, der seine Königin in den Armen hält.

»Rette sie«, beschwört Aladin den Dschinni. Doch der schüttelt den Kopf. »Du weißt, wie stark beschränkt meine Magie ist. Vor allem seit der Sultan die Magier ausgerottet hat. Nicht mal ihr Zauberstab kann sie jetzt noch retten.«

Aladin schluckt. »Dann entferne wenigstens das Schwert.«

Der Dschinn schnipst mit den Fingern, wie der Teufel es tun würde, und das Schwert verschwindet. Aber die Wunde ist immer noch da. Schließt sich nicht.

Auf unserem Teppich halten wir alle den Atem an.

Blut läuft aus Jasemins Mundwinkel. Ein kleines Rinnsal. Immer noch starrt sie Aladin mit großen Augen an. Als sähe sie ihn eben zum ersten Mal. Er zieht sie an sich, heult los und ich begreife, dass das die letzten Momente in Jasemins Leben sind. Wie konnte es nur so weit kommen?

Alle sehen wie gelähmt dem vor sich hin klagenden Aladin zu, wie er seine Liebste in den Armen wiegt. Dann wird die Königin des Morgenlands ganz schlaff. Ihre Augen werden glasig, sehen in die Ferne, durch alles hindurch. Jasemin ist tot, begreife ich. Ein Leben – ausgelöscht. Wir alle schweben komischerweise völlig ruhig da. Der Teppich, Pan, selbst die Fee. Aber die fängt sich als Erste. Gemeinsam mit Charming stürzt sie nach vorn, direkt auf Aladin zu. Zu spät bemerke ich, warum. Im Sturzflug angelt sie nach dem Feenzauberstab, der im Sand liegt. Fallen gelassen von einer sterbenden Königin.

»Mein Schatz«, kreischt sie, sieht dabei zuerst den Zauberstab und gleich danach Charming an, wobei sie ihren Hals in einen unnatürlichen Winkel verdrehen muss. Ihre Finger umschließen den Feenzauberstab, dann reißt sie ihre Beute nach oben.

Sie hat den Zauberstab und damit ihr Eigentum zurückerobert.

»Dafür werde ich euch fertigmachen!« Aladin schluchzt es ganz leise. Aber seine Worte könnten nicht eindringlicher sein, wenn er sie geschrien hätte. Böse funkelt er zuerst Charming und dann mich und meine Freunde der Reihe nach an.

Sofort richtet sich meine Aufmerksamkeit wieder auf ihn.

»Wachen! Dschinni, hol mir die Wachen. Ich bin nun der rechtmäßige König.« Aladin richtet sich auf. Die tote Jasemin auf den Armen. Der Durst nach Rache spiegelt sich in seinen Augen. Ich weiß, was das bedeutet. Soeben haben wir einen Feind dazugewonnen.

»Ich bin auch noch nicht fertig mit euch«, sagt die Fee, die klingt, als sei sie beleidigt, weil sie sich nun offensichtlich hinten anstellen muss.

»Rose!«, schreie ich.

Meine beste Freundin erwacht aus ihrer Trance. Wir stürzen auf Cinder zu. Ich ziehe sie hoch. Die Herzkönigin hilft mir.

»Das hättest du nicht tun sollen!«, ruft Cinder ihrem Ex-Ehemann zu.

Aber der zuckt nur mit den Achseln.

Ja, das hätte er nicht.

»Jasemin hätte dich sonst umgebracht«, schreit er zu uns herüber. »Das hätte ich nicht zugelassen. Du bist meine wahre Liebe. Also hatte ich keine Wahl.«

»Korrekt, die hatte er nicht!« Täusche ich mich, oder liegt da so etwas wie Stolz in der Stimme der Dreizehnten Fee? »Prinz Charming ist der letzte echte Gentleman auf diesem Planeten. Cinder weiß nicht, was sie verpasst.« Wird sie etwa rot? Unglaublich, aber wahr.

»Macht euch auf meine Rache gefasst«, brüllt Aladin. »Die wird fürchterlicher sein als alles, was ihr euch vorstellen könnt.«

Da hege ich keine Zweifel. Ein von Rache getriebener Aladin. Mit seinem Dschinn, der Wunschmagie beherrscht … Nach diesem Tag stecken wir noch tiefer im Schlamassel als sowieso schon. Ich schlucke. Jasemin ist tot und Ever ist es ebenso. Und die Dreizehnte Fee hat sich ihren Zauberstab zurückgeholt.

Nichts wie weg von hier.

Knapp zwei Stunden später sitzen wir um Snows Ebenholztisch herum.

Alle sind da. Die Prinzessinnen, die Hexen, Gretel, die Herzkönigin, die Grinsekatze, Pan, Jaz und Asher.

Nur Charming nicht. Der ist ziemlich beleidigt abgerauscht, nachdem ihm niemand dazu beglückwünschen wollte, dass er Cinder gerettet hat. Und hat seine neue Freundin mitgenommen, die sicher gerade irgendwo ihre Rache an uns plant. Von ihnen werden wir noch hören, da mache ich mir nichts vor.

»Jasemin war doch sowieso nichts mehr als eine von Hass zerfressene Hexe«, hat er gesagt.

Und du bist nichts mehr als eine beleidigte Leberwurst, hätte ich gerne geantwortet. Obwohl ich still geblieben bin, ist sein Gesicht hochrot angelaufen, sobald Cinder und Snow ihm ordentlich die Meinung gesagt hatten. »Das werdet ihr bereuen«, hat er uns zugerufen, dann ist er mit der Dreizehnten Fee davongeflogen. In Richtung Märchenwald.

Wir alle schweigen, jeder in seine eigenen Gedanken vertieft. Nur Asher zappelt herum. Seine Freude darüber, seinen Vater und mich wiederzusehen, ist ihm deutlich anzumerken. Zu gerne würde ich mit ihm spielen, herumtollen und so etwas, aber das ist nicht der richtige Moment. Es gibt Wichtiges zu besprechen in unserer Runde. Kriegsentscheidendes.

Pan streckt seinen Arm aus und greift nach Cinders Hand. Ich registriere es schmunzelnd. Immerhin ist ihr nichts geschehen. Pan kann sein Glück offensichtlich kaum fassen, dass Cinder wohlbehalten zurück ist. Sie hätte sterben können. Cinder bedenkt ihn mit einem niedlichen Augenaufschlag, der Pan zum Seufzen bringt. Und alle Hexen im Raum gleich mit. Unwillkürlich muss ich lächeln. Pan hat wirklich nie eine Chance gehabt.

Der Gedanke lässt mich beinahe laut aufseufzen.

Die beiden haben endlich ihre wahre Liebe gefunden. Die Glücklichen. Manchmal kann es eben doch so einfach sein.

Ich schiele in Richtung Jaz, der neben mir sitzt, schlucke dann.

Auf seiner anderen Seite zappelt Snow herum. »Also hast du das nur gespielt mit deiner Liebe zu Jasemin?« Sie kräuselt die Lippen. »Verlobt hast du dich am Ende allerdings mit ihr? Entschuldige, aber bist du da nicht etwas zu weit gegangen?«

Jaz' Haltung versteift sich. »Ich hätte sie niemals geheiratet, falls du das meinst. Bloß dachte ich mir, Red … und ihr alle … könntet einen Verbündeten im Palast im Morgenland gebrauchen.« Bei seinen Worten sieht er mich an.

Komischerweise kommen mir nun beinahe die Tränen.

»Ich habe Jasemin Feenstaub für ihren Zauberstab vorbeigebracht. Sie hatte eine Online-Suchanzeige dazu geschaltet. Natürlich hatte ich den Feenstaub ordentlich gestreckt und manipuliert, dass vor allem Liebeszauber schwach ausfallen würden. Ich hatte da so eine Vorahnung … Auf der anderen Seite durfte sie keinen Verdacht schöpfen. Deswegen habe ich viel geschauspielert, aber es war auch Feenstaub im Spiel zwischen uns.« Er unterbricht sich kurz und ich denke an all die Momente zwischen Jaz und Jasemin, die ich mitansehen musste und die mir den Magen umgedreht haben. »Jedenfalls sind wir ins Gespräch gekommen, als ich ihr den Beutel geliefert habe. So, wie ich es geplant hatte.« Er sieht auf seine Hände, die er auf der Tischplatte gefaltet hat. »Von Hass zerfressene Frauen fliegen irgendwie auf mich. Ich weiß das.«

Fear blinzelt und ich kann es ihr nicht verdenken.

Doch da schenkt mir Jaz einen kurzen Blick aus dem Augenwinkel.

Für mich. Er hat das alles für mich getan. Der ultimative Beweis seiner Liebe. Wieder blinzle ich gegen die Tränen in meinen Augen an.

Mein Herz fühlt sich abwechselnd kalt und heiß an. Warum muss das alles derart kompliziert sein? Meine Hände umfassen die Tischplatte, ziehen so fest daran, als ob ich das massive Stück Holz verrücken wollte. Durch Jaz habe ich Evers Leben in der Hölle verspielt. Doch Jaz hat alles dafür getan, mich und meine Freunde, ja mein ganzes Land zu retten. Ich möchte ihn hassen, kann es aber einfach nicht. Mir fallen die Worte des Teufels ein. Seine Feststellung, dass ich beide liebe. Ever und Jaz.

Mir gegenüber füttert die Herzkönigin zwei Affen mit Apfelschnitzen. Schon seit geraumer Zeit verteidigen die Mini-Äffchen den Platz rechts und links auf den Schultern von Quinn. »Wenn die beiden es nicht in letzter Sekunde geschafft hätten, die Schlüssel zu meiner Zelle zu klauen, säßen wir jetzt ziemlich in der Patsche«, erklärt sie, sobald sie bemerkt, dass ich sie beobachte. »Ich wusste, mein Sohn könnte dich niemals umbringen, aber wir brauchten verdammt noch mal einen guten Fluchtplan.« Sie zwinkert der Grinsekatze zu, doch ich fühle mich aktuell viel zu betäubt, weshalb ich mir eine Reaktion darauf spare. Wie in Trance bemerke ich, dass Jaz sich zu mir beugt.

»Es hat mich schier umgebracht, als sie dich hat auspeitschen lassen, das musst du mir glauben. Zu dem Zeitpunkt war ich allerdings noch nicht soweit, unsere Flucht zu planen. Erst als die Grinsekatze mir von Quinns Idee erzählt hatte, nur Minuten, bevor du auf den Richterblock geführt wurdest, da habe ich unsere Chance gesehen.«

Ich schließe die Augen. Quinn … die Herzkönigin und ihre Tiere haben uns alle gerettet. Sie muss den kompletten Fluchtplan erdacht und organisiert haben. Wenn mir das jemand noch vor ein paar Tagen hätte weismachen wollen …

Spieglein räuspert sich von Snows Smartphone aus, das mitten auf dem Tisch liegt.

»Die Dreizehnte Fee hat die Prinzen freigelassen. Sie sind auf dem Weg hierher. Lediglich Charming ist freiwillig bei ihr geblieben.«

Snow nickt langsam. »Glaubst du, sie hat ihn verhext?«

»Nein, ich denke, sein Hass frisst ihn auf. Sein Hass auf Cinder und Pan. Die Fee gibt vor, ihn zu verstehen. Damit hat sie ihn und sein Ego eingewickelt.«

Rapunzel streichelt einen Mettigel, der in einer Tupperbox sitzt.

Seltsam, dass mir das schon gar nicht mehr komisch vorkommt.

»Auf der negativen Seite hätten wir also: Aladin, der nach Jasemins Tod fürchterliche Rache an uns geschworen hat. Ungefähr so wie die Dreizehnte Fee und Prinz Charming. Denn die sehnen ebenfalls unsere Vernichtung herbei«, fasst Rapunzel zusammen.

Gretel tippt mit flinken Fingern etwas in ihr Handy. Wahrscheinlich kauft sie gerade Waffenaktien oder etwas in der Art, womit sie Dank unserer prekären Lage Geld an der Börse verdienen kann.

»Auf der positiven Seite allerdings: Wir alle sind am Leben, selbst Rexia. Und die Prinzen kommen auch zurück. Außerdem bleibt uns eine Möglichkeit, Evers Leben zu retten.«

Bei Rapunzels letzten Worten ruckt mein Kopf nach oben. Haben wir? Was habe ich verpasst? Sagte sie nicht, dass weder die Gans noch Bane einen Trank …?

Während meine Gedanken umeinander taumeln, beiße ich mir auf die Unterlippe.

Snows Handy vibriert. Es ist Charming. Das erkenne ich daran, dass eins der unsäglichen Kalendershootingbilder von ihm zum Klingelton von »Girls run the World« aufpoppt.

Snow drückt auf das grüne Feld. »Was willst du?«

»Nichts, was du mir geben könntest«, schnauzt Charming zurück.

»Warum rufst du dann bei mir an?«

»Weil Cinder meine Nummer anscheinend blockiert hat.«

Cinder verdreht die Augen.

Genau wie Snow, die sich über den Tisch beugt und das Handy aufrecht an eine Blumenvase lehnt. Jetzt kann ich Charming erkennen und hinter ihm: die Dreizehnte Fee mit einer überdimensionalen Neonschleife im Haar.

»Was willst *du* denn jetzt?«, mischt sich Pan ein.

»Außer Cinder, die du Lauch mir genommen hast, meinst du?« Charmings Gesicht verzieht sich zu einer hässlichen Fratze.

»Bitte sei doch vernünftig«, versucht Rose auf ihn einzureden.

»Vernünftig?«, kreischt Charming wie ein Mädchen. Mit einem seltsamen Echo.

Erst kurz danach wird mir klar, dass das Echo der Ruf der Fee war.

»Ich werde nicht vernünftig sein, sondern euch alles nehmen, was ihr liebt, genau wie ihr es mir genommen habt. Und mit Red fange ich an!«

Eine unheilvolle Stille breitet sich aus. Dann wackelt das Bild. Charming scheint das Handy neu auszurichten. Er schwenkt auf eine gefesselte Person in der Hütte der Dreizehnten Fee. Dort sitzt auf einem Stuhl, gefesselt und geknebelt, meine Großmutter. Das … kann nicht sein!

»Nein!«, rufe ich. Mein Nacken beginnt zu jucken. Großmutter … Sie sollte bei ihrer Kur in Wonderland sein. Wie haben sie sie so schnell in die Finger bekommen?

Charmings Gesicht erscheint auf dem Display. Er hat sich vor meine Großmutter gestellt.

»Doch«, sagt er. »Nur weiß ich noch nicht genau, was wir jetzt mir ihr anstellen. Vielleicht von einem Wolf fressen lassen? Darin hat sie ja bereits Erfahrung.«

»Ertränken, so wie sie mich ertränken wollten«, empfiehlt die Fee aus dem Hintergrund.

Nein, nein, nein!

Cinder beugt sich mit kalkweißem Gesicht über den Tisch. »Das kannst du nicht tun, Charming. Bitte!«

»Kann ich doch«, motzt Charming sie an. »Ich bin dir in der Wüste zu Hilfe gekommen, habe deine Feindin ausgeschaltet und so dankst du es mir?« Er bleckt die Zähne, dann wird der Bildschirm schwarz.

Meine Kopfhaut juckt wie verrückt. Zu all meinen Problemen jetzt auch noch das. Ich springe auf. Wo liegt diese verdammte Hütte? Ich muss dorthin. Jetzt sofort.

Sanft drückt mich Jaz zurück auf den Stuhl.

»Wir brauchen einen Plan«, flüstert er mir zu.

»Das ist alles meine Schuld«, jammert Cinder an Pans Schulter. »Ich werde zu ihm reiten. Zurück zu Charming gehen, damit er endlich Ruhe gibt.«

»Nein, das wirst du nicht«, widerspricht Pan. Er drückt ihre Hand. »Du wirst dich nicht opfern. Wir finden eine andere Lösung.«

Eine Lösung. Einen Plan. Was sollen wir tun?

Auf einmal scheinen meine Fingerspitzen in Flammen zu stehen. Was? Ich starre auf meine Nägel hinab. Bei dem Anblick, der sich mir bietet, klappt mir die Kinnlade herunter. Meine Nägel wachsen im Rekordtempo, biegen sich in diesem Moment zu Klauen.

Mir gegenüber fällt Rapunzel die Tupperdose aus der Hand. »Red!«

Ich sehe auf. Neben mir atmet Jaz einmal tief ein. Alle am Tisch betrachten mich wie einen Außerirdischen.

Fear macht ein Geräusch, als würde sie die Nase hochziehen.

»Du«, stottert Rapunzel. »Hat Ever … dich irgendwie gekratzt?«

Zuerst verstehe ich die Frage nicht. Nur langsam dringt die Erkenntnis zu mir durch, dass sich meine Hände gerade in Werwolfklauen verwandeln. Ungefähr so, wie es Ever bei unserer ersten Begegnung passiert ist. Kurz darauf fällt mir der Tag ein, an dem sich Jaz und Ever wegen mir geprügelt haben und Ever mich dabei aus Versehen verletzt hat. Dabei muss er mich infiziert haben. Die Bedeutung dessen lässt mich aufkeuchen. Jaz versucht, seine Hand auf meinen Unterarm zu legen, doch ich schlage sie weg. Bei Frau Holle, ich verwandele mich in einen Werwolf!

Danksagung

Wow, dieses Buch ist tatsächlich ziemlich on time fertig geworden und natürlich ist das nicht nur mein Verdienst!

Zuerst möchte ich mich ganz herzlich bei Astrid vom Drachenmond Verlag bedanken. Deine positive Art und Freundschaft spornt mich an, mich immer wieder zu neuen Höhen aufzuschwingen.

Danke auch an mein Brain, meine Lektorin und Freundin Isabell Schmitt-Egner, für unsere motivierenden Telefonate, unsere Seelenverwandtschaft, die sicherlich ein Grundpfeiler unserer Freundschaft ist, und vor allem danke, danke, danke für unsere Megaschreiburlaube jedes Jahr! Die zweite Hälfte dieses Buches habe ich fast vollständig in unserem Urlaub in Kassel geschrieben!

Außerdem gibt es so viele andere befreundete Autoren, die mir Motivation spenden und mich aufmuntern, wenn ich ein Tief habe. Danke, danke, danke! Unter anderem sind das: Stefanie Hasse, Ava Reed, Lin Rina, Marlena Anders, Nina Schiffer, Christian Handel, Christian Milkus, Marie Graßhoff, Nicole Gozdek und so, so viele mehr! (Leider kann ich schlecht 100 – 200 Autorennamen hier abdrucken. Ich liebe euch aber alle!)

Da ich dieses Buch hauptsächlich in meinem Lieblingscafé überarbeitet habe, möchte ich meinen großen Dank ans Café Blumen in Mainz aussprechen. Eure Atmosphäre ist wahnsinnig gemütlich. Einen großen persönlichen Dank an meine Lieblingsbarkeeper Pega, Jakob und Dana.

Außerdem habe ich den Mittelteil dieses Buchs bei meinem lieben Autorenkumpel Christian Handel in Berlin geschrieben! Danke dafür, dass ich mir schon so oft dein Gästezimmer unter den Nagel reißen durfte wie Gretel Sonnenbank-Aktien, muhahaha!

Dieses Buch hätte auch ohne meine Testleser nicht in dieser Version abgedruckt werden können, wie es jetzt ist, daher einen großen Dank an meine Testlesergruppe, vor allem an Sophie M. und Mirka Mai, die superschnell durch waren.

Ohne meine großartige Korrektorin und Freundin Lillith hätte dieses Buch es ebenfalls nicht in eure Hände geschafft. Danke für dein süßes Feedback immer!

Außerdem geht ein großer Dank an meine Buchbotschaftergruppe, die meine Bücher so fleißig auf ihren Blogs besprechen. Auch ohne euch wäre diese Reihe nicht möglich gewesen! Ich danke euch tausend Mal!

Wenn ihr die wunderschönen Illustrationen im Buch bewundert habt, werdet ihr sicher verstehen, weshalb ich Andrea Grautstück dafür meinen großen Dank aussprechen möchte. Jedes Mal trifft sie direkt meinen Geschmack!
Und zuletzt geht mein großer Dank an meine Leser, die mir immer sagen, sie freuen sich auf den nächsten Hipster-Band! Ich danke euch und danke dir, dass du dich entschieden hast, dieses Buch zu lesen.

Verlinke mich gerne unter deiner Rezension auf Social Media. Ich freue mich drauf!

DRACHENMOND VERLAG